Newton Compton Editores

Título original: *The Cat Share*

© 2025, Angela Jariwala. Publicado gracias al acuerdo con Simon & Schuster UK
© 2026, de la traducción por María Lobo García
© 2026, de esta edición por Antonio Vallardi Editore S.u.r.l., Milán

Todos los derechos reservados

Primera edición: febrero de 2026

Newton Compton Editores es un sello de Antonio Vallardi Editore S.u.r.l.
Pl. Urquinaona, 11, 3.º 1.ª izq. Barcelona, 08010 (España)
www.newtoncomptoneditores.com

Gruppo editoriale Mauri Spagnol S.p.A.
www.maurispagnol.it

ISBN: 979-13-87575-45-8
DL: B 16.716-2025

Diseño de interiores:
David Pablo

Composición:
Ailen Abdala | Nodicia

Impreso en febrero de 2026 en Puntoweb s.r.l., Ariccia (Roma), en Italia.

Angela Jariwala

Un gato para dos

Traducción de María Lobo García

Newton Compton Editores

Barcelona, 2026

En memoria de Angela.
Y de Dilly, el gato que inspiró esta historia.

Capítulo 1

Jenni se encontraba junto al fregadero de la cocina llenando el hervidor. La mañana era tranquila y fresca, pero la luz solar inundaba el pequeño piso, anunciando la llegada de un día espléndido. Después de colocar el hervidor en la base, pulsó el interruptor y se estiró para coger una taza del estante superior. Eligió su favorita, que tenía un colorido estampado de un amarillo brillante, y se dispuso a prepararse un té.

Justo entonces, un insistente repiqueteo en la puerta trasera le hizo alzar la mirada con una sonrisa. Como de costumbre a esa hora de la mañana, Oscar, el gato de Jenni, volvía de sus andanzas nocturnas. Y, también como de costumbre, los golpes no cesaban.

Jenni soltó un suspiro.

–Oscar, usa la gatera. Siempre igual. Deja de dar golpes.

Él decidió responder con un buen cabezazo.

Jenni se acercó a la puerta, se agachó y miró al gato a través de la gatera de metacrilato.

–A ver, tú eres un gato. Esto es una gatera. No tienes ningún motivo para no querer entrar en casa por esta puerta hecha a tu medida.

Oscar le clavó la mirada, y ella puso los ojos en blanco y se incorporó.

Ambos sabían qué venía después de aquel paripé y no había motivo alguno para fingir lo contrario. Jenni quitó el pestillo, abrió la puerta trasera y dio un paso hacia atrás para dejar entrar al pequeño atigrado.

Oscar, dejando claro que no entendía por qué tenían que repetir todas las mañanas el mismo teatrillo –para el que ella, a estas alturas, ya tenía claro su papel–, se encaminó hacia la cocina ronroneando satisfecho y restregándose contra las piernas de Jenni. Ella, al bajar la vista, vio que llevaba algo en la boca, que, a juzgar por su aspecto, parecía un viejo paquete de patatas Quavers descolorido.

–Muchas gracias por traerme esto, Oscar, corazón –le dijo, agachándose para cogerlo.

Después de que Jenni lo tirase a la basura, Oscar, orgulloso de haber hecho su aportación al medioambiente, pasó a la segunda fase de su rutina mañanera. Ella, sabiendo lo que venía a continuación, se puso a prepararle el desayuno, que devoró con avidez.

A menudo se preguntaba cómo había acabado con un gato tan sibarita de mascota, pero siempre llegaba a la conclusión de que la culpa había sido solo suya porque, tal vez, había cedido demasiado a sus exigencias y no le había puesto suficientes límites.

Jenni tomó nota para darle vueltas en un futuro si algún día llegaba a ser madre, aunque, a decir verdad, en ese momento no era algo por lo que tuviera que preocuparse, teniendo en cuenta que estaba soltera y sola en la vida. Llevaba meses sin salir con nadie y no tenía intención de volver a instalarse ninguna de esas aplicaciones. Sin poder evitarlo, un escalofrío le recorrió la espalda.

Una vez listo el té, decidió sentarse fuera a tomarlo. Se acomodó en la silla de metal, un tanto inestable, que estaba junto a la pequeña mesa situada al lado de la puerta trasera y, tras apartar alguna que otra herramienta de jardinería, etiquetas y trozos de cuerda, apoyó con cuidado la taza en la esquina de la mesa y colocó la silla de manera que no se tambalease debido a las irregularidades del suelo.

El jardín de Jenni era minúsculo, el tamaño normal para una ciudad. Tenía una zona pavimentada junto a la casa y un pequeño rectángulo de césped con el espacio justo y necesario para un cobertizo encajonado en la esquina más alejada. Las flores bordeaban las vallas en ambos extremos del pequeño espacio. Jenni tenía la suerte de vivir en un bajo con jardín y de tener más pisos adosados al lado porque, cuando brotaban las hojas, los árboles y arbustos que la rodeaban le permitían tener su propio refugio privado, oculto a las miradas de las ventanas del resto de las casas vecinas y del bloque de pisos que daban a su terreno.

En aquel momento, el jardín no prometía demasiado, pero la primavera estaba a la vuelta de la esquina y las señales eran evidentes: las hojas nuevas, de color rojo cobrizo, empezaban a brotar del viejo rosal; los brotes de los tulipanes abrían su paso por la tierra helada, y las flores iban cubriendo el cerezo de la casa de al lado.

A Jenni le encantaba su jardín. La había salvado cuando su exnovio, Alex, la dejó. Y Oscar también, por supuesto. Había leído en alguna parte que cultivar un jardín era cultivar esperanza; esperanza en el futuro, en que la vida seguiría adelante, en que estarías ahí para ver cuando todo empezase a florecer. Y, para ella, aquello había resultado cierto.

Después de que él se marchase y se quedase sola en ese bajo en el que se suponía que iban a vivir los dos, el cavar, podar y sembrar le habían permitido, literalmente, echar raíces y hacer de ese piso un lugar habitable y no tan solo cuatro paredes como un recuerdo constante de su fracaso.

Allí, disfrutando de la ligera brisa, escuchaba cómo la calle empezaba a cobrar vida. En la casa de al lado ya estaban despiertos, pues se podía oír el ruido de las ventanas al abrirse y el de una radio puesta con el volumen muy bajo; en la del otro lado, se escuchaba a Jo y Nick sacando las bicis para dar una vuelta. Él era un apasionado del ciclismo y, a pesar de que Jo decía que ella también disfrutaba las salidas de ochenta y pico kilómetros hasta Kent todos los fines de semana, Jenni no terminaba de creérselo.

Dejando escapar un suspiro de satisfacción, se recostó en la silla, agradecida de no tener que acompañar a Alex al parque para ir a correr, como siempre se empeñaba en hacer cada sábado nada más levantarse. Mientras tanto, empezó a examinar el jardín: tenía que podar la hiedra que trepaba por la valla y quitar algunos hierbajos. Pensó en probar a separar los geranios perennes, ya que Monty Don lo había hecho parecer facilísimo en su programa. Prefirió no darle demasiadas vueltas al hecho de que sus viernes por la noche consistiesen en sentarse en el sofá a ver *Gardener's World*.

A fin de cuentas, como decía su madre, las plantas tenían dos opciones: vivir o morir. Era una visión tajante, especialmente con todo el debate de la naturaleza frente a la crianza, pero, teniendo en cuenta que el jardín de su madre era espectacular, su filosofía parecía resultar, al menos con las plantas.

Sin embargo, por ahora Jenni se conformaba con disfrutar de la tranquilidad. Al principio, pasar los fines de semana sola le había resultado duro, pero ahora ya estaba acostumbrada a llenar esos dos días vacíos con actividades que la hacían feliz, aunque a veces le siguiera resultando complicado.

Esa tarde iba a quedar con su amiga Amy, pero, aparte de eso y de darse una vuelta por el mercadillo para echar un vistazo a los puestos antes de volver a casa, no tenía más planes.

De pronto se oyó un golpe procedente de la gatera y, junto a ella, apareció Oscar relamiéndose. El pelo negro en forma circular que tenía alrededor del ojo derecho le daba un aire un tanto pirata.

—Vaya, así que la gatera solo se usa cuando quieres salir, ¿eh? —le dijo mientras Oscar se subía de un salto a la mesa que estaba a su lado. Jenni le acarició las rayas grises y negras mientras él ronroneaba y se restregaba contra su mano–. Pero qué mimoso eres, Oscar. –Jenni le acarició debajo de la barbilla una última vez y se colocó un mechón de pelo oscuro detrás de la oreja antes de levantarse–. A ver, ¿dónde tengo las tijeras de podar? Tengo que arreglar esa hiedra, que se ha despendolado y ya está empezando a tapar la ventana del cobertizo.

Oscar se estiró al sol y se tumbó con cuidado sobre las tijeras que Jenni necesitaba mientras observaba, con un ojo entreabierto, cómo ella buscaba el objeto perdido sobre el que él se había acomodado para echarse una cabezadita.

–Aquí tienes: un repugnante *gin-tonic* con pepino para ti y uno doble con una rodaja de limón de toda la vida para mí –dijo Amy posando las dos copas sobre la mesa y apartándose el cabello rubio–. Vale, cuéntame qué es de tu vida.

Jenni dio un sorbo largo a su bebida.

Su visita al mercadillo había sido bastante fructífera porque se había hecho con un poco de hierba gatera para darle un capricho a Oscar. Seguro que se revolcaría sobre ella, encantado de la vida.

–Luego cogí una bolsa grande de palomitas en ese puesto que tanto nos gusta y volví a casa. Ah, también fui a echar un vistazo rápido a Grace & Favour, pero lo pensé mejor y la verdad es que no necesito más cojines.

–Qué autocontrol tan impresionante. Bien hecho –respondió Amy–. Me encantaría darme una vuelta por el mercadillo, pero, por desgracia, no es que resulte demasiado fácil con un niño pequeño.

–No, sobre todo si el niño en cuestión es George –apuntó Jenni. Aunque le tenía mucho cariño al peque de su amiga, debía admitir que recorrer sitios llenos de cosas frágiles con él a cuestas era de todo menos tranquilo–. Todavía estoy traumatizada por la vez que fuimos a esa cafetería. No sé cómo se las apañó para llegar hasta la porcelana de la estantería.

–No volvemos allí ni locos. Ahora pasamos de largo a toda prisa, muertos de vergüenza. Qué mal lo pasé.

Esa tarde decidieron sentarse en el rincón de la derecha del *pub*, en una zona más apartada, pero habían tenido que moverse pues la música atronadora del altavoz que tenían encima no les permitía escucharse. Ahora estaban en una mesa del fondo, no muy lejos de la barra. El Dog & Duck era uno de sus *pubs* favoritos porque quedaba a diez minutos andando de casa de Jenni y estaba cerca de la estación, lo que también le facilitaba el viaje a Amy. El fondo del local tenía una iluminación tenue, con pequeñas velas sobre las mesas de madera desnuda a las que acompañaban diferentes tipos de sillas del mismo material. Las paredes azul marino decoradas con platos *vintage* de colores vivos y fotografías antiguas, creaban una atmósfera muy acogedora que, junto con la amabilidad del personal, les permitía charlar tranquilamente sin sentirse presionadas.

–¿Qué habéis hecho hoy? –preguntó Jenni mientras cogía las cartas y le pasaba una a Amy.

–Hemos pasado el día en el parque de bolas. Un infierno. Pensar en esta copa es lo único que me ha dado fuerzas para sobrevivir. Eso y la alegría de no tener que ocuparme de bañarlo y acostarlo.

–Simon se encarga de él hoy, ¿no?

–Sí, y puedo dormir hasta tarde porque también se va a encargar de él por la mañana; de ahí el *gin-tonic* doble. En fin, vamos a echar un vistazo a la carta para ver qué pedimos.

Jenni se decidió por el *risotto*, un plato que nunca le apetecía cocinar en casa, mientras que Amy optó por uno de *fish and chips*. El camarero, Thomas, les tomó nota y volvió corriendo a la cocina antes de salir disparado a atender a otro grupo que se había sentado en la mesa de al lado.

–¿Y qué tal el trabajo? ¿Cómo te va en Go Big? – preguntó Amy.

Ambas trabajaban en una empresa especializada en ropa de montaña de alta gama. Las dos estaban en el Departamento de Marketing y habían congeniado gracias a una campaña especialmente complicada en la que tenían que lanzar una colección de material de senderismo. Las palabras «tejido impermeable» todavía les hacían reír a carcajadas, aunque ya hubiesen pasado tres años.

Amy estaba de baja por maternidad, pues la pequeña Tilly se había incorporado a la familia como hermana menor de George.

–Pues Clive está en modo insufrible otra vez. Está empeñado con que hay que superar a Patagonia y se ha puesto de golpe en plan ético porque cree que debemos ser también una empresa B Corp. Admiro su intención, pero parece que no entiende que ser ecológicos no es tan fácil como poner «material sostenible» en las etiquetas, ni que la economía circular y la ropa de ciclismo son mundos aparte. Está siendo agotador.

Amy puso los ojos en blanco en señal de complicidad.

–¿Y qué hay de Susan? ¿Cómo está?

–Bien, pero hasta ella se frustra con esta situación, y eso que nunca sabes qué se le está pasando por la cabeza.

Susan era la nueva directora general y la habían contratado para controlar a Clive. Era una tarea ingrata, pero parecía más que capaz de afrontarla, aunque, en esta ocasión, el tener que explicarle a Clive lo que suponía ir de ecológicos la obligó a marcharse a casa a descansar un rato.

Jenni siguió poniendo al día a Amy de todo lo que estaba ocurriendo en el trabajo: quién estaba enviando correos pasivo-agresivos a quién, cómo Ryan había entrado en cólera por la intensidad del café y ahora nadie se atrevía a rellenar la máquina, y cómo Aisha, la nueva becaria, seguía en estado de *shock* tras ver a Clive probarse la camiseta y las mallas térmicas que le quedaban muy, muy ajustadas.

Ambas coincidieron en que Aisha tenía suficientes razones de peso para emprender algún tipo de acción legal, puesto que nadie tenía por qué ver a Clive enfundado de arriba abajo en una fina capa de lana merino de triple hebra. Por suerte, Sandra, la de Recursos Humanos, acudió al rescate y les evitó una demanda de las caras.

—Ah, y la otra gran noticia es que estamos organizando una macrosesión de fotos en una pista de nieve cubierta para crear unas imágenes espectaculares de la nueva colección de esquí. Yo me estoy encargando de coordinarlo todo y va a ser una locura. Ojalá estuvieras para ayudarme. Necesito encontrar cinco *influencers* conocidas para la sesión, y ¡me está quitando el sueño!

Jenni tomó un sorbo de su bebida.

—¡Seguro que lo haces genial! —la animó Amy—. Siempre que empiezas este tipo de proyectos parece que es un caos absoluto, pero, al final, todo acaba saliendo bien.

—Mmm.

Jenni tenía dudas, pero el voto de confianza de su amiga le proporcionó algo de consuelo.

—Yo te puedo echar un cable. Cuando me toque la toma de las dos de la mañana, me pongo a buscar y, si veo a alguien que encaje para colaborar con la marca, te lo paso.

—Gracias, me vendría genial. Hay tanto que hacer que ni siquiera he tenido tiempo de mirar todo en condiciones. Pero tiene que ser una campaña auténtica, no quiero a la gente de siempre. En fin, tú ya lo sabes de sobra, así que avísame si encuentras a alguien.

En ese momento, Thomas apareció con la comida. Tras dejar los platos, fue a por los cubiertos y, al poco, los trajo en un pequeño tiesto de barro junto con servilletas de papel y condimentos varios. Luego se dirigió a la barra a por otra ronda de bebidas. Ya con los *gin-tonics* en la mesa, las amigas empezaron a hincarle el diente a la comida.

A Jenni le encantaban esas salidas con Amy. Era de esas amigas con las que podía dejarse llevar y ser ella misma, sin necesidad de aparentar nada. Aunque estaban en etapas vitales diferentes –Amy casada con dos hijos, y ella soltera y aún intentando recuperarse de su ruptura con Alex–, no existía ninguna rivalidad entre ellas y Amy nunca hacía sentir mal a Jenni por estar sola, como sí lo hacían, de forma no intencionada, algunas de sus otras amigas. Después de quedar con Amy, Jenni nunca volvía a casa sintiéndose sola y siempre disfrutaba mucho escuchando historias sobre George, y ahora también de Tilly, y compartiendo con Amy tanto la ilusión como, en ocasiones, el cansancio de la vida con niños pequeños.

–Ay, esto está buenísimo –dijo Amy tomando un bocado–. Toma, prueba una patata, aquí hay de sobra.

Jenni cogió una y la mojó en su *risotto*; total, no hay nada de malo en mezclar carbohidratos.

–¿Qué planes tienes para mañana? –le preguntó Amy.

Justo cuando Jenni, a punto de terminar de tragar, iba a contestar, el camarero, que se había acercado para asegurarse de que todo estaba en orden, la interrumpió. Todos los trabajadores hacían siempre lo mismo, como si lo tuviesen ensayado: aparecer justo en el momento en que ambas tenían la boca llena, de modo que solo podían asentir con entusiasmo, esperando que el gesto fuese suficiente para expresar su aprobación.

–No me gusta que hagan eso –comentó Jenni cuando pudo hablar tras haber tragado.

–Ya ves. Seguro que lo hacen aposta para que no podamos quejarnos de nada. Es un fastidio. En fin, ¿por dónde íbamos? Ah, sí, ¿qué planes tienes para mañana?

–Bueno, la verdad es que quería meterme en el cobertizo a

poner un poco de orden. Voy a intentar teñir unas bolsas con la técnica del *tie-dye*. Por cierto, ahora que me acuerdo, te he traído algo para Tilly. –Jenni le dio a Amy el regalo, envuelto en un pañuelo–. Tenía unos tintes naturales preciosos, así que los probé en unos pijamas y pensé que Tilly podía ser mi conejillo de indias. Si el color aguanta, igual hago más, a ver si puedo venderlos en la feria de artesanía del 1 de mayo.

–Ay, pues es buena idea. Ya te contaré, pero estoy segura de que te ha quedado perfecto. A George le encanta su pijama.

Jenni había estudiado diseño textil en la universidad, así que soñaba con ganarse la vida confeccionando ropa, pero la realidad de encontrar trabajo en la industria de la moda pronto truncó sus esperanzas y se sintió agradecida de haber conseguido un puesto de *marketing* en la empresa emergente de Clive, Go Big. Aunque vender ropa que no había hecho ella y, encima, de deporte, cuando le costaba hasta ir a una clase de yoga, no era exactamente lo que se había imaginado.

Siempre le había encantado coser y hacer sus propios proyectos, pero el pequeño bajo de un dormitorio –y que Alex se empeñara en usar el cobertizo solo para cosas prácticas, como guardar el cortacésped– le impedía disponer de espacio para experimentar con sus diseños. Una mañana, un mes después de que él se marchara definitivamente, decidió que el cobertizo era suyo y que iba a usarlo. Donó el cortacésped para que alguien le diera uso –el presentador Monty Don decía que ahora había que dejar crecer el césped, así que ya no hacía falta–, le regaló la bici vieja de Alex a Nick, el vecino de al lado, para que pudiese aprovechar las piezas, y convirtió la mesa plegable en su zona de trabajo. Gracias a haber recuperado ese espacio, Jenni había podido pasar una infinidad de horas en el cobertizo, feliz de llevar a cabo su pasión: teñir ropa con la técnica del *tie-dye*. Como había tenido algún que otro incidente desafortunado con los colores, que le llevó a resultados más dignos de *hippie* andrajoso que de *hippie* estiloso, aprendió a usar combinaciones menos potentes. Además, Amy, que misteriosamente siempre sabía antes que nadie lo que se iba a llevar en, al menos, los próximos seis meses, había declarado que las creaciones de Jenni eran un éxito rotundo y la había animado a adentrarse en el mundo de la ropa de bebé.

–¿Qué más estás pensando en vender? –quiso saber Amy, comiéndose la última patata y dejando el cuchillo y el tenedor sobre el plato.

–Igual algunas camisetas. También estoy pensando en calcetines, son bastante fáciles de teñir y tienen un margen considerable –explicó Jenni tomando el último bocado de *risotto*.

–¿Y qué te parece imprimir algunas tarjetas de visita para que las vayas repartiendo? –le sugirió Amy–. ¿Ya tienes en marcha la web?

–Todavía no. La verdad es que vendo principalmente por Instagram, pero es una buena idea. Me han hecho ya varios pedidos para regalar.

–Suena bien. ¿Postre?

Jenni, por un momento aturdida porque en su cabeza había aparecido la imagen de un postre teñido con la técnica del *tie-dye*, negó con la cabeza.

–Ah. Mmm. No, gracias. ¿Y tú?

–Estoy llena –respondió Amy negando con la cabeza. A continuación, echó un vistazo al reloj que estaba colgado en la zona de la barra–. De hecho, creo que es mejor que me vaya. Sé que aún es demasiado temprano, pero tengo que levantarme por la noche y no quiero llegar muy tarde a casa.

Una vez avisaron al camarero, pagaron la cuenta, cogieron sus abrigos y localizaron la bufanda de rayas rosas y verdes de Jenni en una silla próxima, esta acompañó a Amy a la estación y luego continuó su corto paseo hasta su casa.

Si bien las tardes ya eran más largas, el aire era aún fresco.

Puesto que era sábado por la tarde, la calle principal estaba abarrotada de personas que, o bien regresaban a casa o bien acababan de empezar la noche. La gente salía de los *pubs* entre risas y charlas animadas, dándoles tragos a las pintas de cerveza y haciendo equilibrio con las copas de vino que llevaban en la mano. El *pub* La Victoria siempre estaba a tope, por eso ella y Amy se habían decantado por el Dog & Duck, que se encontraba un poco más arriba en esa misma calle y era el preferido por los vecinos, ya que siempre había sitio y se podía hablar tranquilamente.

Después de quedarse esperando en el paso de cebra a que algún coche se detuviera, continuó por la calle y dejó atrás la panadería orgánica, la tienda del barrio –cara, pero con productos excelentes–, la cafetería vegana de Rosie y la carnicería, nada vegana, donde todos los sábados por la mañana se formaba una cola que daba la vuelta a la esquina. Todos aquellos elementos habían transformado su barrio en una de esas zonas de Londres donde los vecinos viven con la confianza propia de un pueblo. Sin embargo, Jenni, que había crecido en una pequeña comunidad rural, sabía que esa calle principal llena de vida, gente y bullicio no se parecía en absoluto a un pueblo; aunque, a pesar de ello, le encantaba vivir allí porque sentía que contaba con la libertad de elegir su propio círculo y su ambiente sin que se lo impusiesen.

Jenni se acordó justo a tiempo de que se le había terminado el pienso, así que paró a comprarlo en la tienda de Barry, el ultramarinos del barrio que estaba abierto las veinticuatro horas del día.

Algo curioso de la tienda es que los dos trabajadores se llamaban Barry: el Barry sonriente era amable y le encantaba hablar, mientras que el Barry gruñón saludaba a los clientes con mala cara, y eso si tenían suerte.

Afortunadamente, aquella tarde se encontraba el Barry sonriente.

Una vez compró el pienso, Jenni continuó caminando por la calle mientras se entretenía vislumbrando por las ventanas de aquellas casas en las que se hubiesen dejado las cortinas o las persianas abiertas los pequeños instantes de la vida cotidiana de la gente, y maravillándose de cómo, aunque las casas adosadas eran idénticas en diseño y distribución, cada una tenía su propio carácter. Unos habían decidido tirar una pared por aquí y añadido una puerta por allá; otros habían escogido una pintura de tonos más neutros, como crema o blanco, mientras que algunos habían optado por colores más atrevidos, como magenta, morado e incluso un verde de un tono que, más que tirando a esmeralda, a Jenni le recordaba a Shrek.

Cuando giró en Copestone Road ya casi estaba llegando a casa. Pensar en su bajo le provocaba un sabor agridulce: sabía que era muy afortunada de ser propietaria en una ciudad como Londres, pero era consciente de que aquello había tenido un precio. Aunque su padre había querido que usase el dinero que le había dejado para comprar la parte de Alex y asegurarse un futuro estable, a Jenni le daba pena que no estuviera con ella para verlo.

Tras rebuscar en su bolso para encontrar la llave, que, como siempre, estaba bien escondida en las profundidades, abrió la puerta y se adentró en el portal. Su vecino de arriba se encontraba en casa, como se podía deducir por el volumen de la televisión, que siempre ponía a todo trapo.

Por encima del sonido de las risas enlatadas, Jenni oyó un fuerte maullido.

Oscar tenía hambre, no cabía duda.

Tras abrir la puerta y encender la luz de golpe, vio sentado encima de la alfombra a su gato, que la miraba con una actitud de «¿Qué horas te crees que son estas?».

Jenni se encogió de hombros, se quitó el abrigo y la bufanda y los colgó en el perchero del recibidor antes de cerrar la puerta y dirigirse hacia la cocina, con Oscar serpenteando impaciente entre sus piernas.

–Lo siento, Oscar. Mira, te he traído comida. Deja que me quite los zapatos y te echo un poco.

Al oír el ruido del pienso, Oscar se dejó caer de espaldas de forma dramática y alzó las patas ronroneando. Evidentemente, estaba todo más que perdonado y el servicio habitual se había reanudado.

Jenni se reía mientras le echaba la comida en el cuenco y miraba a Oscar, que había dado un salto para llegar a su cena. Aprovechando que él comía, ella recogió su taza del escurridor y llenó el hervidor.

Tenía pensado tomarse un té de hierbas y ver algo en la tele –quizá lo mismo que estaba viendo su vecino de arriba– antes de acostarse.

La gatera se cerró de golpe, lo que anunciaba la salida de Oscar, que había dejado a Jenni sola en la cocina. Con la taza caliente entre las manos, trató de no pensar en Amy que volvía a casa con su familia ni en Nick y Jo en el piso de al lado viendo la televisión juntos. Sabía que tenía amigos y que veía a otra gente en el trabajo, pero a veces le resultaba agotador ignorar la soledad. Así no es cómo había imaginado su vida al borde de los cuarenta.

Jenni, decidida a no pensar en el resto del fin de semana que tenía por delante, apagó la luz de la cocina y se refugió en Netflix para evadirse.

Capítulo 2

Ben cerró la puerta de casa y echó un vistazo al móvil: llegaba tarde. Por suerte, el parque de bomberos de Pelham se encontraba a solo quince minutos a pie de su casa, así que, si caminaba rápido, llegaría a tiempo.

La gente siempre asumía que trabajar de noche era difícil, pero a Ben, que ya estaba acostumbrado a tener que ajustar su reloj biológico según le tocase turno de día o de noche, le gustaba la sensación de empezar su día justo cuando el de los demás ya estaba a punto de terminar.

Esa misma mañana, al llegar a casa, desayunó y se obligó a ir a la cama. Siempre le resultaba tentador quedarse despierto, pero la experiencia le había enseñado que debía irse a dormir en ese momento para evitar tener que echar la siesta por la tarde y despertarse atontado y de mal humor. Todos los que trabajaban en el servicio de bomberos acababan averiguando, al cabo de un tiempo, lo que mejor les funcionaba para adaptarse a los turnos; y lo que mejor le venía a Ben era, sin lugar a duda, irse a dormir en cuanto llegase a casa.

Lo peor era el ruido: intentar dormir cuando todo el mundo estaba ya despierto y de aquí para allá era una tortura. Antes, le sacaba de quicio oír a sus compañeros de piso dando golpes, a los vecinos dando portazos y a la gente en la calle pegando gritos. En el fondo, sabía que no lo hacían a propósito, pero cuando estás agotado, lo sientes de esa manera.

Por suerte, ahora vivía en un piso construido especialmente para el personal de servicios públicos que trabajan a turnos, así que todos sus vecinos eran conscientes de lo que significaba tener horarios imposibles y eran muy considerados. En cambio, los obreros que estaban trabajando en la casa de al lado no lo eran tanto.

Llevaba dos años viviendo en su pequeño bajo, pero aparte del televisor enorme y la Xbox, no había hecho mayor esfuerzo por decorarlo. Las paredes, de un blanco crudo, seguían vacías; las pocas baldas apenas tenían algún que otro libro, y la planta que su hermana le había regalado en un intento de «alegrar un poco la casa» languidecía en el alféizar de la ventana. El bajo era lo que era: un sitio donde ir a dormir y guardar sus cosas.

No sentía que fuese su hogar.

A veces, cuando contemplaba su salón, iluminado solo por la luz de la televisión, le asaltaba, fugazmente, la imagen de otro piso, de otra vida: el cálido resplandor de una lámpara, cojines, fotos enmarcadas sobre la repisa de la chimenea, un jarrón con flores en la mesa de centro. Esos pequeños toques que le daban vida al hogar. Pero aquellos detalles –y la persona que se había preocupado por ellos– ya no estaban, así que se había prometido no volver a encariñarse con nada igual.

Después de haber conseguido dormir sus siete horas, Ben se despertó a las cinco, lo que le dejaba tiempo para poner lavadoras, ocuparse de alguna que otra tarea urgente, cenar y echarse una partida rápida antes de volver al trabajo.

Incluso después de llevar cinco años en su trabajo, todavía sentía una chispa de emoción al adentrarse en la noche sin tener la menor idea de lo que le depararía la oscuridad: una guardia tranquila haciendo papeleo y manteniéndose a la espera, o una emergencia que les haría lanzarse corriendo hacia el camión con el ruido de la sirena y las luces azules atravesando la ciudad, que era precisamente lo que le producía esa adrenalina que lo impulsaba a querer ir al trabajo.

Aunque le dolía ver los daños causados –ya fuese en personas o en edificios–, tenía que reconocer que una noche con mayor movimiento se pasaba más rápido que una calmada, y, por supuesto, esa sensación de haber salvado algo o a alguien era un sentimiento que a todos les gustaba. Eso era lo que hacía que el trabajo mereciera la pena.

En cuanto giró a la derecha para dejar atrás su calle, Ben avanzó a paso rápido por las zonas que tan bien conocía en dirección a Camberwick Road, donde se encontraba el parque de bomberos.

Las enormes puertas rojas estaban abiertas de par en par y dejaban ver los tres camiones aparcados en el interior. El patio estaba vacío y las líneas amarillas en zigzag que se extendían hasta la calzada advertían a peatones y coches de que se mantuvieran alejados y extremaran la precaución.

Taz y Vick ya estaban allí, haciendo el cambio de turno.

–Oye, Ben, ¿cómo es que ahora que vives más cerca siempre llegas tarde? –gritó Taz al verle llegar.

–Ya lo sé. Y ni siquiera puedo usar la excusa de haber pillado un atasco –respondió Ben sonriendo.

–Lo que necesitas es tener hijos pequeños, que ya verías cómo saldrías de casa en un periquete –dijo Vick.

–¿Has tenido un día movidito con los críos? –preguntó Ben.

Vick tenía dos hijos pequeños, con lo que estaba mucho más ocupada que él, aunque su marido, Dale, también bombero, se cogía los turnos opuestos para que pudiesen compaginar el cuidado de los niños.

A menudo bromeaba diciendo que apagar incendios era más fácil que lidiar con sus hijos.

–Sí, Max pilló un resfriado y no pudo ir a la guardería, así que se ha tenido que quedar en casa conmigo. Dale lo convenció para que se echase una siesta después de comer, gracias a Dios, así que he podido dormir un poco.

–Si no hacemos mucho ruido, siempre puedes echarte una cabezadita más tarde –añadió Taz.

El parque de bomberos tenía habitaciones, lo que les permitía descansar mientras estaban de guardia, para gran envidia y burla de sus compañeros policías, que no contaban con nada parecido.

Justo en ese instante apareció el jefe de servicio y el resto del equipo de Ben se apresuró a formarse en fila, preparados para el pase de revista.

Ben se apresuró, lanzó su mochila en la taquilla maltrecha y volvió rápido para colocarse junto a Vick.

–Siempre llegas por los pelos –le susurró ella tan solo moviendo la comisura de la boca.

Con el corazón acelerado tras la carrera que se tuvo que dar desde la sala común, Ben se prometió a sí mismo empezar a salir más temprano de casa.

Capítulo 3

Jenni recogió el portátil, la libreta y su bolígrafo favorito y se dirigió a la zona diáfana de la oficina a la que todos llamaban de broma «la arena», donde se celebraba la reunión «Los lunes de logros». Clive, su jefe, estaba obsesionado con las aliteraciones, en lo que a nombrar reuniones se refería. De hecho, Jenni estaba segura de que Clive las convocaba solo porque se le había ocurrido un juego de palabras, como aquella a la que llamó «Viernes que te quiero viernes».

La sede de Go Big se había diseñado para fomentar «la colaboración, el diálogo y los encuentros creativos», así que, al fondo de la oficina, en una zona apartada de los escritorios y de la cocina para el personal, se alzaba una estructura semicircular con gradas, como un pequeño anfiteatro romano.

La idea era que, al ser algo tan diferente a la habitual mesa de reuniones, los trabajadores pudiesen dejar fluir su creatividad y sacar todo su potencial.

Personalmente, Jenni consideraba que la estructura de madera tenía el efecto contrario, porque la aterraba verse obligada a subir por esos escalones tan incómodos y permanecer sentada durante horas sobre una tabla de contrachapado.

Tras darle de comer a Oscar aquella mañana, Jenni salió disparada de casa para coger el bus que la llevaba al centro. Gracias a trabajar en una empresa donde estaba bien visto ir en zapatillas de deporte y vaqueros, pudo correr los últimos metros sin mayor esfuerzo y subirse al autobús antes de que arrancara.

Nada más salir de casa había empezado a llover con ganas, así que ya podía imaginarse la expresión de indignación de Oscar en cuanto pusiese una pata fuera. El día anterior, que también estuvo pasado por agua, se quedaron en casa el día entero, por lo que Jenni aprovechó para pintar el baño de un color amarillo cálido que llevaba mucho tiempo visualizando mientras Oscar estaba acurrucado en el sofá, ignorándola.

El gato seguía cabreado con ella por haberle arrebatado a Elsa, lo que le recordó, mientras recorría el pasillo, que tenía que enviar un mensaje al grupo de WhatsApp de la comunidad para ver si alguien había perdido una figurita de Frozen, otro de los «regalos» que Oscar le dejaba en la cocina.

–Bien, venid aquí todos. Vamos a empezar la reunión.

Cuando Jenni llegó a la arena y se subió para sentarse, Clive ya estaba todo lanzado. Hoy su estimado líder llevaba puesto el prototipo de ropa de ciclismo y se paseaba en pantalones cortos de licra y una camiseta de manga corta con una cremallera hasta la mitad del pecho. Una simple ojeada le bastó para confirmar que el equipo de diseño se había tomado muy en serio el aspecto aerodinámico del proyecto, porque lo que llevaba Clive estaba tan apretado que rozaba lo indecente.

Jenni, intentando prometerse a sí misma que no miraría a su jefe por debajo del cuello –y esperando que el Departamento de Recursos Humanos estuviera alerta ante este tipo de incidentes capaces de dejar a una becaria en *shock*–, se mentalizó para lograr aguantar la risa en la siguiente media hora que le quedaba.

A continuación, como ya contaba con experiencia en tratar de aparentar interés durante las charlas de Clive, abrió el portátil para que nadie pudiese ver su libreta. De vez en cuando levantaba la vista y asentía, pensativa, en los momentos más oportunos; pero, en realidad, estaba haciendo una lista de materiales que necesitaba para preparar su puesto en la feria del 1 de mayo, a la que se había apuntado hacía siglos en un arrebato de euforia. Ahora, la fecha se iba acercando y había empezado a sentir pánico.

Clive se paseaba frenéticamente por el escenario mientras gesticulaba como un poseso y Jenni logró concentrarse en escucharlo hablar sobre la necesidad de que los «líderes empresariales» fuesen ágiles y tuviesen buenos reflejos. También dijo algo sobre pivotar.

Jenni pensó que quizá deberían plantearse sacar una línea deportiva para emprendedores, teniendo en cuenta la cantidad de actividad física que requería el ser uno de ellos.

Volvió a levantar la vista un momento para asentir, como dando a entender que la charla le resultaba interesante, y vio a Barney, del Departamento de Ventas, haciendo lo mismo que ella. Ambos pusieron los ojos en blanco de manera cómplice y Jenni volvió a su libreta. Tenía bastantes ganas de añadir algún detalle a las asas de la bolsa de tela que había teñido, así que pensó en hacerse con una de esas máquinas para fabricar pompones que había visto por internet.

Clive ya había echado el freno y por fin se quedó quieto, mirando a todo el mundo.

Por suerte, ya estaba llegando a su fin.

—Así que lo que quiero es ver todo ese excelente trabajo que estáis haciendo. Tenemos que asegurarnos de que la nueva línea de ropa de esquí se haga un hueco entre la gama alta del mercado y de que Go Big se consolide como una marca que todo el mundo quiera llevar. Jenni es la encargada de la sesión de fotos, y estamos deseando ver los resultados.

Jenni, sobresaltada por la interrupción mientras miraba su libreta, levantó la vista con rapidez y asintió con firmeza para tratar de transmitir un control absoluto sobre la sesión de fotos de ropa de esquí y así evitar a toda costa que Clive le pidiese un resumen de lo que había estado preparando.

Afortunadamente, Susan aprovechó la ocasión para informar sobre el funcionamiento interno: últimamente había escasez de café y animaba a todo el personal a usar menos cucharadas cada vez que rellenasen la máquina o a que, directamente, bebiesen té.

Jenni se percató de que Ryan, famoso por sus cafés solos bien intensos, estaba recibiendo miradas cargadas de odio, pero él, casi como si se tratara de un desafío, mantenía la vista fija al frente. Y, a juzgar por las miradas de apoyo que le echaba el resto del Departamento de Finanzas, parecía que la guerra del café no se iba a resolver tan fácilmente.

Una vez bajó de la tercera grada donde se había sentado, se dirigió a su escritorio, agradecida de poder moverse, pues el trasero se le había quedado dormido. Su mesa estaba en la Esfera uno o, como la llamaban entre ellos en confianza, «El tercer círculo del infierno», al que también pertenecían Tim, Lucy y, de momento Will, que cubría la baja de Amy. Tenían un gran escritorio circular –uno de los seis que había en esa zona– dividido en cuatro cuartos y separado con paneles de malla metálica que, supuestamente, daban mayor privacidad, pero, en realidad, les hacían sentir como en la cárcel.

A pesar del aire moderno e industrial y de la especie de arena de gladiadores, Jenni tenía que admitir que las oficinas de Go Big eran bastante elegantes y que, a diferencia de mucha gente que no quería volver a la oficina después de la pandemia, ella estaba contenta de ir tres veces por semana.

El cuarto de mesa que conformaba su escritorio daba a las grandes puertas correderas de vidrio que se abrían a la terraza de la azotea, desde donde pudo ver que la lluvia de antes había cesado y que los tenues rayos del sol se abrían paso entre las nubes. Detrás de Tim había unas estanterías llenas de libros, que separaban su zona del Departamento de Diseño y, más adelante, en el espacio diáfano, se situaba la cocina.

Jenni se dio cuenta de que uno de los del Departamento de Finanzas merodeaba por la entrada, seguramente para vigilar a Susan mientras Ryan le añadía esa cucharada extra al filtro del café. Al imaginarse la situación, decidió que quizá sería mejor esperar antes de ir a hacerse una taza de té.

Una vez volvió a conectar el portátil al monitor, escribió su contraseña y abrió el correo electrónico. Cuando por fin localizó lo que buscaba, cogió el teléfono y marcó el número del fotógrafo que quería contratar para hacer la sesión de fotos de la línea de ropa de esquí.

La mañana pasó volando mientras Jenni tachaba tareas de su lista de cosas pendientes: contratar al fotógrafo –hecho–, organizar los *castings* de modelos –hecho–, hablar con el estudio para coordinar la entrega de la ropa –hecho–. También recibió un correo de Amy con algunas ideas y nombres de *influencers*, así que se apuntó que tenía pendiente hablar con el Departamento de Comunicación.

Jenni sintió que le rugía el estómago y, al mirar el reloj, vio que ya pasaba de la una; definitivamente, hora de comer.

Recogió su abrigo y el bolso, y se puso de pie.

–¿Alguien quiere algo? –les preguntó a Tim y a Lucy, puesto que Will ya había desaparecido.

–Yo no, gracias –respondió Lucy–. Me he traído una sopa de tomate, tengo que ahorrar un poco.

–Yo voy contigo –le dijo Tim mientras se levantaba–. Yo también debería ahorrar, que la luna de miel me ha costado un pastizal, pero me da pereza tener que planear todo el tema de la comida.

Tim agarró su abrigo y metió la cartera en el bolsillo. Luego decidió coger también la bufanda.

–Vale, ya estoy listo.

–¿Y qué tal Portugal? –preguntó Jenni mientras bajaban las escaleras y salían del edificio hasta la calle llena de gente.

Tim se había casado hacía poco, y junto a su marido, Paul, había pasado la luna de miel en el Algarve.

–La verdad es que una pasada. Hizo un tiempo estupendo, perfecto para sentarse al lado de la piscina a leer un libro. Y el hotel era impresionante; teníamos nuestra propia villa en la zona baja y luego, en la zona alta, estaba el hotel con todas las instalaciones, con *spa* y restaurante. Hay que ver lo bien que sienta no hacer nada.

–Menuda pasada. ¡Y si conseguiste que Paul se relajase y se tomase un respiro, entonces ya es digno de aplauso!

Jenni había coincidido con Paul en varias ocasiones. Tim era tranquilo y jamás se agobiaba, ni siquiera cuando Clive lo bombardeaba con ideas y le exigía elaborar presentaciones para convencer a los clientes con un plazo de tiempo más que ajustado; Paul, por el contrario, era un torbellino, siempre con varios proyectos entre manos y revisando el móvil sin parar. Jenni suponía que era el ejemplo de que los polos opuestos se atraen, y, aunque Tim llegaba a la oficina quejándose de lo cansado que estaba y lo mucho que necesitaba un fin de semana tranquilo, no cabía duda de que habían dado con la fórmula para hacer que su relación funcionase.

–Pues el primer día aguantó una hora tumbado en la hamaca, pero, por suerte, había un montón de actividades, así que se iba a jugar al tenis, a hacer *windsurf* o lo que tocase ese día. Fue una maravilla. Yo acabé tomándome *gin-tonics* con todos los padres que habían dejado a los críos en el club infantil. Nos emborrachamos y lo pasamos de lujo.

Jenni se echó a reír al imaginarse a Paul eufórico volviendo de las actividades y contándole a Tim todo lo que había hecho, exactamente igual que los niños cuando cuentan orgullosos a sus padres lo que han hecho en los columpios o en el tobogán.

La calle estaba a rebosar, las aceras estaban llenas de gente y el tráfico avanzaba a paso de tortuga hasta el semáforo que había al final de la carretera. Las losas del suelo presentaban un aspecto resbaladizo a causa de la lluvia que había caído por la mañana, pero el viento se había calmado y, si te resguardabas entre los altos edificios de ladrillo rojo, sentías casi un calor agradable.

–Yo estuve en Oporto una vez con Alex, pero de eso hace ya años –recordó Jenni con un tono de nostalgia–. Visitamos todas las bodegas. Fuimos solo un fin de semana largo, pero estuvo genial. Me encantaría volver.

–¿Y por qué no vuelves? –le preguntó Tim antes de detenerse en seco cuando el hombre que iba caminando delante de él se paró de golpe para mirar el móvil–. Estos turistas… –Tim hizo un chasquido con la lengua–. ¿Acaso no saben que las aceras de Londres son como autopistas? Si vas a ir despacio, ve por el carril de dentro, pegado a las tiendas –dijo alzando la voz y dirigiendo esa última frase al hombre que se había quedado bloqueando el paso.

Tras esquivar al hombre inmóvil, que tenía el ceño fruncido mientras miraba el mapa en la pantalla, Jenni y Tim siguieron caminando unos pocos metros más y giraron hacia una tienda de sándwiches.

Tim, que no era la primera vez que iba a comprar, se puso en la cola para pagar mientras Jenni cogía un sándwich de huevo y unas patatas de bolsa de sal y vinagre para ella, y uno de pollo y unas patatas clásicas para él. Después, una vez identificó a Tim cerca del mostrador gracias a la chaqueta de pana color azul oscuro que llevaba, se puso junto a él en la fila.

–Has llegado justo a tiempo –le dijo con una sonrisa, antes de pagar y salir de nuevo.

Al llegar a la oficina, se sentaron en la cocina a comer.

–Vale, ahora en serio, ¿por qué no te coges unas vacaciones? Hace siglos que no te tomas un respiro –insistió Tim siguiendo la conversación anterior.

Jenni terminó de masticar antes de contestarle.

–No tengo con quién ir. Ya sé que no debería limitarme y que debería ser independiente y animarme a ir sola, pero no me apetece. Y, además, tengo a Oscar. ¿Quién va a cuidar de él si yo me largo una semana?

–Pensaba que tus vecinos se encargaban de darle de comer cuando te ibas.

Tim se comió su última patata y luego, como de costumbre, alisó el paquete de forma meticulosa y lo fue doblando con cuidado hasta formar un triángulo perfecto. Jenni, como siempre, le preguntó para qué hacía eso, y él insistía en que era porque así quedaba más ordenado, a lo que ella contestaba que era un claro signo de psicopatía.

–Jo y Nick son muy majos y le dan de comer si me voy un fin de semana. Si ellos tuviesen mascota, podría devolverles el favor, pero como no tienen, me parece de tener un poco de morro pedirles que le den de comer durante una semana entera. –Jenni se sacudió las migas que le habían caído en el regazo– Supongo que podría ofrecerme a lavarles las bicis o darles algo a cambio –propuso, pensativa.

–Mmm, yo creo que es solo una excusa –replicó Tim–. Podrías venirte con Paul y conmigo la próxima vez que hagamos un viaje. Podríamos ir a algún sitio con playa o a algún lugar donde haga calor.

–Muy considerado por tu parte, pero creo que los compañeros de trabajo nunca deberían verse en bañador –respondió Jenni–. Además, ¿no sería rarísimo? Tú, tu marido y yo… ¡me sentiría como una sujetavelas!

–Sí, sería un poco raro, pero si no has pensado en salir con nadie, tienes que empezar a hacer cosas como irte de vacaciones sola. Si no, terminarás siendo la loca de los gatos que vive con su hijo peludo.

–Oye, lo de loca, si no te importa, sobra.

Tim hizo una mueca.

–Oh, oh. Ahí viene Ryan. Y Susan. Vámonos rápido, antes de que acabemos en medio de esta guerra.

Ambos recogieron el envoltorio de los sándwiches y las bolsas de patatas y salieron de la cocina. Jenni echó la mirada hacia atrás y vio que Susan estaba allí haciéndose la distraída junto a la cafetera, mientras Ryan, plantado junto al fregadero, le dedicaba una mirada amenazante esperando a ver si hacía algún movimiento.

Jenni alcanzó a Tim y se puso a su lado.

–Además, a final de mes me voy a Somerset, que ahora está muy de moda y lleno de gente del mundillo de las redes. Muy glamuroso todo.

Tim se detuvo y la miró.

–Cariño, volver a casa de tu madre no es precisamente una escapada de lujo en The Newt.

Después reanudó la marcha a paso rápido por el pasillo, y Jenni, a sus espaldas, le sacó la lengua, porque sabía que no podía llevarle la contraria.

Capítulo 4

—Aquí tienes, tío –dijo Taz pasándole la pinta de cerveza a Ben antes de sentarse frente a él.

Este dio un trago largo.

–¡Qué falta me hacía esto!

–Oye, ¿y mis patatas? –preguntó Dale, cogiendo su pinta de la bandeja que Taz había dejado en el centro de la mesa.

–Solo tenían picantes y sé que no lo aguantas –respondió Taz.

–Bien visto. Vale, te perdono.

–No entiendo por qué has reservado en Tandoori Nights si ni siquiera eres capaz de comer un *curry korma* –añadió Brian dándole un codazo a Dale.

–Puedo comer las patatas y el *curry*. Yo estoy bien, así que tú mejor preocúpate de ti y de tu cerveza. No quiero volver a verte echando los higadillos antes siquiera de haber salido.

–Fue por una indigestión, ya te lo he dicho –protestó Brian dándole un trago desafiante a su pinta, como para demostrar que tenía razón–. O eso o porque la pinta estaba mala.

–Sí, claro, lo que tú digas. Qué pena que Vick no haya podido venir esta noche; ella sí que tiene aguante –se burló Taz.

Dale era un tipo alto y flacucho del sur de Londres; tenía la cabeza rapada, era muy noble y el marido de Vick. Normalmente hacían turnos opuestos para cuidar de sus hijos, pero esa temporada la madre de Vick estaba de visita, lo que le había permitido a Dale unirse a los chicos en una de esas noches libres que se pueden contar con los dedos de una mano.

Ben, que estaba disfrutando de la charla, se echó atrás. Para él y el resto de sus compañeros era el segundo día libre de los cuatro que tenían de descanso, así que habían decidido que ya era hora de salir a tomarse una pinta y comer *curry*. El problema de Ben con los turnos era que, como muchos de sus compañeros, apenas podía coincidir sus otros amigos, que tenían un horario más normal, así que, a veces, resultaba mucho más fácil salir con los que tenían también el día libre.

Había pasado el día entero en su piso; el zumbido del móvil lo había despertado y, pensando que podía ser del trabajo, se había incorporado de golpe, pero resultó ser un mensaje de WhatsApp preguntando si alguien había perdido una figurita de Elsa porque su gato había aparecido con ella en la boca la noche anterior. Alguien que vivía en la calle de al lado lo había reenviado por el grupo de su comunidad.

Ben, que, como tenía la suerte de que su sobrina estuviese obsesionada con *Frozen*, ya tenía el *Suéltalo* metido en la cabeza, desistió en intentar dormirse de nuevo y echó las sábanas hacia atrás, se volvió a incorporar y se bajó de la cama.

Tras encender el hervidor y prepararse una taza de té, abrió el armario de la cocina, prácticamente vacío, en busca de algo para desayunar. Pronto se dio cuenta de que no le quedaba pan, pero sí una caja de cereales, lo que le permitió ahorrarse el viaje a la tienda de la esquina.

Agitó la caja de copos de maíz, sospechosamente ligera, y volcó en un cuenco lo que quedaba –más polvo que cereales– para después sentarse en la barra a desayunar mientras ojeaba el móvil, le daba «me gusta» a las publicaciones de sus amigos y leía los titulares de las noticias.

De repente, le sonó el móvil y dio tal sobresalto que casi lo tiró en la leche que quedaba en el cuenco. Al ver que era su hermana, deslizó el dedo sobre la pantalla para contestar y activó el altavoz para hablar con ella mientras recogía.

–Hola, Pen.

—Hola, Benny Bú. ¿Qué tal estás?

Ben hizo una mueca al oír aquel apodo que su hermana usaba cuando era pequeño.

—Pues, hasta ahora, bien. Así que, si no quieres que te llame Penny Puaj, mejor me dejaba de Benny Bú —le dijo mientras echaba jabón sobre el montón de platos y cubiertos sucios del fregadero para después abrir el grifo del agua caliente.

—Venga, no te pongas así. Solo quería saber qué tal estabas.

Ben había notado la preocupación de su hermana en la primera pregunta que le había hecho, a pesar de haber intentado ocultarlo empleando un tono alegre.

—Pen, estoy bien. No hace falta que estés pendiente de mí.

—Pues lo estoy y lo seguiré estando —le respondió.

Ben sonrió al escuchar lo intensa que estaba sonando.

Su hermana tenía dos años menos que él, pero desde su crisis —así era cómo los médicos lo habían llamado— los papeles se habían invertido. Ella fue quien lo encontró en su piso aquella noche tan horrible y quien se negó a dejarlo allí solo, así que se lo llevó a su casa, cuidó de él y le dio el tiempo que necesitaba para recuperarse; que pasó sentado en el sofá, incapaz de hacer otra cosa que no fuera ver la televisión con su sobrina Evie, de ahí su conocimiento de las princesas Disney y sus canciones tan emblemáticas. Ben estaba casi seguro de que, si participase en un programa como *Mastermind*, el universo de protagonistas Disney sería su especialidad.

La voz de Penn hizo que volviese a concentrarse en la conversación y le prestó atención mientras ella le contaba qué estaba haciendo Evie y qué estaban planeando para la fiesta de su séptimo cumpleaños del mes que viene. Mientras ella hablaba, él fregaba los platos.

—Apúntate la fecha de la fiesta porque, si no puedes venir, Evie se va a poner muy triste.

«Para nada chantaje emocional», pensó Ben.

–Mamá y papá van a bajar también, así que vas a poder verlos. Y deja de poner esa cara que sé que estás poniendo.

Ben cambió su expresión rápidamente.

–No estaba poniendo ninguna… Bueno, no mucho. Pero…

Ben suspiró mientras reflexionaba –no por primera vez– sobre lo irritante que era tener una hermana que sabía lo que estabas pensando.

–Vale, veré qué puedo hacer. Pero me parece que usar la fiesta de Evie para que pase tiempo con papá es jugar sucio.

–Yo…

Ja. Penny no era la única con superpoderes.

–Sí, lo sé, Penelope James. Pero quiero estar en el cumpleaños de Evie, así que veré lo que puedo hacer. ¿Contenta?

–Sí –respondió Penny con una sonrisa que Ben percibió en su tono de voz–. Gracias, sé que papá es difícil de llevar, así que te lo agradezco.

–Es solo que odio ver cómo evita hablar conmigo. Es como si lo hubiera defraudado por haberme puesto enfermo.

La vergüenza y la rabia se apoderaron de Ben al recordar que su padre se negaba a hablar del motivo por el que no había podido ir a trabajar.

–Lo sé –contestó Pen con voz dulce–. Es de una generación en la que no se hablaba de estas cosas. No lo entiende. El otro día tuve que echarle la bronca porque no paraba de burlarse de «los locos que acababan en el manicomio». Gracias a Dios que no tiene redes sociales, que, si no, nos habrían cancelado a todos por ser de la familia. Así que no dejes que te afecte.

Ben frunció el ceño. No era solo cuestión de que no hablase del tema. Es que ambos sabían que su padre también tenía sus propios problemas, pero todos hacían como si no existiesen, y ni hablar de atreverse a comentar algo. Como no quería entrar en una discusión con Penny, dejó que su hermana se desahogase y se quejase sobre un cliente que no dejaba de mandarle correos a todas horas exigiendo respuestas sobre el caso en el que estaba trabajando.

Mientras colocaba de nuevo los cuchillos y los tenedores en el cajón, se dio cuenta de que había algo moviéndose en el jardín. Pensaba que había sido su imaginación, así que se giró otra vez mirando hacia el fregadero, hasta que un pequeño objeto de rayas negras y grises salió disparado del arbusto y echó a correr por el césped persiguiendo una ardilla.

Ben se quedó mirando cómo aquel gato atigrado atravesaba el jardín y se detenía de golpe cuando la ardilla se subió a un árbol. Cuando se dio cuenta de que había perdido su presa, el gato se sentó con aire de indiferencia, se lamió la pata y empezó a limpiarse las orejas como si todo hubiera ido de acuerdo con su plan y no hubiera fracasado al intentar su cacería.

De pronto, el gato cambió de postura y se agazapó, con los ojos entrecerrados, y empezó a mover el trasero como si estuviese preparándose para lanzarse al ataque. Ben imaginó a David Attenborough narrando la escena: «El depredador, concentrado en su próxima presa, se dispone a atacar».

–Ben, ¿me estás escuchando? –le llamó la atención Penny.

–Perdón, he visto un gato en el jardín y se me ha ido el santo al cielo –respondió Ben apartando la mirada del jardín.

Echó un vistazo por la ventana, pero el gato ya había desparecido, y la ardilla ahora corría sobre la valla en señal de victoria.

–Pues muy bien. Si te resulta más interesante mirar por la ventana que hablar conmigo, ya cuelgo –protestó Penny fingiendo estar ofendida–. Apúntate el cumpleaños de Evie en la agenda y avísame si puedes venir.

–Vale, ya hablamos. Dale un abrazo a Evie de mi parte.

–Se lo daré. ¡Chao, Benny Bú!

Antes de que a Ben le diese tiempo a responder, su hermana ya había colgado.

El resto del día transcurrió con normalidad: compras, una partida rápida a la Xbox y un poco de tele antes de salir hacia el *pub*. Ahora que estaba rodeado de sus compañeros de trabajo e iba algo contentillo después de su tercera pinta, Ben comenzó a relajarse.

—¿Habéis oído lo que le pasó a la brigada de Lewisdown? —preguntó Brian.

El resto de la mesa negó con la cabeza, así que Brian procedió a contarles que el jefe de la comisaría del distrito les había echado la bronca porque habían atascado un camión de bomberos debajo de un puente ferroviario de poca altura.

—Como la carretera principal estaba bloqueada, tuvieron que ir por otra ruta. Por suerte, no se trataba de una emergencia porque, si no, se habrían metido en un buen lío. Se quedaron allí atrapados dos horas y tuvieron que cancelar los trenes que iban hacia el puente de Londres para que les diera tiempo a solucionarlo. Los policías locales se lo pasaron de miedo.

De cara a la galería, parecía que todos los cuerpos de emergencia formaban un gran equipo y trabajaban codo con codo, pero, en realidad, había mucha rivalidad, sobre todo entre policías y bomberos, porque los primeros pensaban que lo único que hacían los segundos era rescatar gatos de los árboles y darles cera a sus camiones tan grandes, rojos y relucientes.

Siendo justos, lo de rescatar gatos sí era verdad cuando había días tranquilos, pero, igual que sus compañeros del cuerpo de policía, los bomberos tampoco se libraban de su dosis de traumas y penurias.

En el caso de Ben, había sido su primer accidente de tráfico, algo que nunca podría olvidar.

—Me imagino que se lo pasaron pipa ayudando a un grupo de «mangueras apagafuegos» —dijo Dale con sarcasmo.

Ben se terminó su última pinta entre risas.

—Venga, chicos, a vaciar esos vasos. Una más y pedimos algo.

Capítulo 5

Era sábado por la tarde y Jenni abrió los ojos para ver cómo el sol se colaba por las cortinas desgastadas de la marca Laura Ashley, que hacían que las sombras se proyectasen sobre el papel pintado de rayas rosa pastel que había elegido con nueve años y nunca se había cambiado desde entonces. Los pósteres de películas antiguas, horarios de los exámenes y postales de sus viejos amigos habían desaparecido al irse de casa, pero, por lo demás, su habitación seguía idéntica. A Jenni le encantaba lo familiar que se sentía en aquel espacio que le había acompañado en los momentos difíciles.

Había cogido el tren desde Waterloo la noche anterior y su madre la había esperado en la estación dejando a su paso una nube de humo negro que salía de Bertie, su antiguo Mini rojo.

Media hora en coche más tarde, al girar en la curva, la imagen de la casita de piedra y ladrillo rojo con las ventanas altas situadas debajo del tejado de pizarra le provocó a Jenni una sensación de alivio, como si se le hubiera quitado un peso de los hombros tras su viaje, en el que había dejado Londres atrás.

Esa paz que había sentido al oír los pájaros cantando nada más abrir la puerta del coche y bajarse la ayudó a tranquilizarse aún más. Como se había criado allí, Jenni había dado por sentado aquellos paisajes y solo ahora era consciente de lo bonito que era ese lugar. Le encantaba Londres y se sentía afortunada de poder vivir en una zona llena de espacios verdes, pero volver a casa le hacía apreciar el mundo rural de un modo que antes, mientras vivía allí, no había sentido.

Después de dejar las maletas en su habitación, su madre le preparó un chocolate caliente, se sentaron juntas en el viejo sofá frente a la chimenea y, más tarde, su madre le dijo que se fuese a dormir. Estaba agotada tras una semana de trabajo en la que había tenido algunas negociaciones muy tensas con los *influencers* que Amy había considerado adecuados como embajadores de la marca, y una conversación bastante complicada con Clive para convencerle de que no era necesario contactar con Wim Hof, así que, nada más apoyar la cabeza en la almohada, Jenni se quedó dormida.

Tras inclinarse un poco para alcanzar el móvil y mirar la hora, se dio cuenta de que había dormido más de lo habitual: ya eran las diez. Ya oía a su madre abajo y los murmullos de fondo de la emisora Radio 4. De vez en cuando, oía a su madre hablando sola, lo que le hizo sonreír al imaginarla buscando sus gafas perdidas entre la pila de revistas y libros amontonados sobre la mesa de la cocina.

A Jenni le llegó un mensaje al móvil con un pitido, así que deslizó el dedo sobre la pantalla para leerlo:

> Oscar está de mal humor por tener que usar la gatera, pero ya le he dado de comer y está contento otra vez. Volveré más tarde. Espero que lo estés pasando bien. Un beso.

Jenni contestó rápidamente con un «gracias» a su vecina Jo, que ya conocía las exigencias de Oscar, pero se negaba a consentirle sus caprichos de mimado, y se levantó de la cama para bajar a la cocina.

Su madre estaba sentada al final de la vieja mesa de pino con los crucigramas del *Telegraph* delante de ella y el diccionario de sinónimos en mano. Al ver a su hija, Annie aspiró profundamente el humo del cigarrillo que estaba fumando y lo apagó con rapidez en el cenicero. Intentó ocultar las pruebas debajo del periódico mientras dirigía el humo hacia la ventana abierta. Luego se le cayó el bolígrafo al suelo y, de paso, también volcó la taza, por suerte vacía, que había sobre la mesa.

Jenni se rio.

–Mamá, se nota el olor, ¿sabes? No sirve de nada que intentes esconderlo.

–Ah, ya lo sé, cielo, pero sé que no te gusta. Ya sabes que es un caprichillo que me doy.

–Mmm –refunfuñó Jenni en señal de desaprobación.

Annie, que puso su pelo corto detrás de las orejas, se sintió un poco reprendida, pero no respondió y decidió ignorar a su hija. A continuación, se levantó y se dirigió al hervidor para hacerse otra taza de té, como era su costumbre en cualquier situación, ya fuese buena o mala.

–Cariño, ¿un té?

–Sí, por favor.

Jenni se acomodó en la silla junto al calor de la estufa mientras su madre le sacaba su taza de siempre. Tras retirar del fogón el hervidor, que ya estaba silbando, llenó las tazas con el agua hirviendo y añadió la leche, de botella y no de tetrabrik, ya que en el pueblo aún había lecheros y se consideraba de mala educación no apoyar a los granjeros de la zona. Después, le pasó la bebida a Jenni.

–Voy a patrullar el perímetro. ¿Te vienes afuera? –le preguntó Annie levantando su taza.

Jenni echó un vistazo por la ventana. El sol no había salido del todo, pero al menos se dejaba entrever, así que decidió acompañar a su madre en su ritual diario; además, pensó que tomar el té en el jardín sería bastante agradable.

–Sí, espera, voy a coger el jersey.

Salió de la cocina y subió las escaleras corriendo, sorteando de forma automática el tercer peldaño que crujía y agachándose para no golpearse con la viga de arriba, como si dejara que la memoria muscular hiciera su cometido.

Con el jersey con capucha y los calcetines gordos puestos, Jenni acompañó a Annie, que apagó rápidamente otro cigarrillo, y bajaron por el serpenteante camino de grava hasta el banco de madera junto al muro trasero, debajo del viejo peral que empezaba a florecer.

Annie saludaba a cada planta como si fueran sus amigas y miraba con ojo crítico los bordes mientras caminaban despacio, agachándose de vez en cuando, para arrancar algún caracol o babosa intrusos de las hojas.

–Qué bien, ha sobrevivido. Pensaba que la helada lo habría matado.

Se inclinó para examinar más de cerca un arbusto. El jardín siempre había sido territorio de su madre. Su padre había estado más que encantado de dejar que Annie se encargara de toda la plantación y solo intervenía si había que cavar un agujero especialmente grande o si era necesario hacer algún trabajo complicado de paisajismo que requiriese fuerza. Annie había creado un precioso y exuberante jardín campestre, donde lupines, rosas, dedaleras y aguileñas se entrelazaban formando un caos ordenado de colores que, por mucho que lo intentara, Jenni nunca lograría reproducir en su pequeño rincón de Londres.

Aunque el jardín permanecía casi intacto desde la muerte de su padre, Jenni empezaba a notar cómo la casa, que había sido más territorio de su padre cuando aún vivía, iba transformándose sin él. El cambio había sido paulatino, pero sin su presencia, la balanza se había ido decantando hacia Annie: plantas por doquier, el color que invadía los rincones, montones de libros sobre cualquier superficie coronada por un jarrón con flores. No había sido una decisión deliberada, pero Jenni podía ver ahora cómo su madre había cedido, de manera voluntaria e inconsciente, para adaptarse a los gustos de su marido. Sin embargo, también podía percibir cómo su padre solía restaurar el orden de forma imperceptible, ya que, sin él, los libros ya no volvían a su estantería, las flores marchitas se quedaban en los jarrones y el orden tranquilo y estable que recordaba de su infancia se había esfumado.

Ella era consciente, sin embargo, de que su padre nunca se iría por completo de la casa. Sin haber acordado nunca nada, la sala de estar rara vez se utilizaba y el desorden creativo de su madre no se extendía hasta allí. Era la habitación que más había usado su padre: allí estaba su escritorio de persiana donde se sentaba a hacer el papeleo —«Silencio, que tu padre está haciendo números»—, al igual que su tocadiscos y sus altavoces, perfectamente alineados para que, cuando se sentase en su silla, colocada con precisión, pudiera estar rodeado de la música que tanto le gustaba. Y por alguna razón, Jenni todavía podía sentir su presencia en el cobertizo por el olor de la creosota en la madera de las viejas sillas plegables de lona, que la transportaban de nuevo a él.

Jenni llegó al banco de madera plateada, con el viejo muro de ladrillo detrás, que ya se empezaba a calentar por el sol, y se sentó a esperar a su madre, que se había distraído al ver a un caracol rebelde merodeando por las hostas. Sosteniendo la taza aún caliente entre las manos, se abandonó a los sonidos que le resultaban tan familiares y le hacían sentir que la calma iba envolviéndola poco a poco. Allí podía escuchar a los jilgueros en lugar de a los periquitos que aterrorizaban los cielos de Londres, así que se recostó en el banco y se relajó.

Su amigo Tim podía burlarse de su escapada a Somerset, pero ella preferiría mil veces esto antes que un viaje a Hauser and Wirth. Una vez satisfecha al comprobar que todos los invertebrados habían sido derrotados, la madre de Jenni se sentó junto a ella en el banco y dio un buen sorbo a su té.

—Así sí. No hay nada como un buen té para empezar el día —afirmó—. ¿Qué quieres para comer?

–Mamá, odio que estés siempre igual –se quejó Jenni–. Ni he desayunado, no sé qué voy a querer comer más tarde.

–Bueno, ya sabes que a mí me gusta tener un plan y, además, necesito ir a Tesco porque se nos ha acabado la mantequilla y luego tengo que pasar por el vivero... –continuó su madre.

Jenni desconectó mientras su madre seguía explicando con detalle el día que tenían por delante. Se alegraba de dejarse llevar, de no tener que pensar por una vez; se sentía feliz de no tener que ingeniárselas al fin para buscar la manera de rellenar las horas entre el viernes por la tarde y el lunes por la mañana.

–¿Y qué hacías en la zona del monumento a los caídos? –preguntó la madre de Jenni con ligero tono de reproche.

Cada vez que pisaba de nuevo la casa de su infancia, Jenni tenía la sensación de volver a sus años de adolescente.

–¿Te llamó la señora Jones para contártelo? ¡Anda que no tendrá mejores cosas que hacer esa mujer! –se quejó Jenni.

Cuando era más joven, la señora Jones, la cartera y cotilla mayor, siempre miraba con cara de pocos amigos, desde su ventana, a los adolescentes del pueblo, aunque solo estuviesen charlando tranquilamente. Vivía a quince metros del centro juvenil más cercano. ¿Qué se suponía que debían hacer esos adolescentes si no?

–Pues va a ser que no me ha llamado la señora Jones. ¡Porque lleva muerta cinco años! Sé que se enteraba de todo, pero hasta ella tenía sus límites. –Señaló su móvil–. Estás en la página de Facebook del pueblo. Jane te ha hecho una foto. Mira.

Jenni miró la pantalla del móvil de su madre y se horrorizó; primero al descubrir que alguien había creado una página del pueblo y, luego, al ver una foto suya con un pie de foto que rezaba «¿SOSPECHOSA?» escrito con un tamaño de fuente de veinticuatro puntos, pues su madre no veía muy bien de cerca y había aumentado el tamaño del texto en su móvil.

Tuvo que admitir que, en efecto, parecía un poco sospechosa. En la foto aparecía detrás de un banco, inclinada, mirando hacia abajo y con el pelo cubriéndole casi toda la cara, así que, sí, su aspecto no inspiraba mucha confianza. Su madre le había mandado a que fuese a por harina a la tienda de la esquina y le apeteció pasearse por el viejo monumento donde ella y sus amigos solían pasar las horas cuando eran pequeños.

También era el lugar donde, años más tarde, ella y Alex solían sentarse.

Jenni sintió un nudo en el estómago al recordar la imagen de ellos dos juntos, lloviera o hiciera sol, charlando, riéndose, empezando a enamorarse. Se acordó de que él había tallado sus iniciales en el respaldo del banco –un proyecto que acabó con varias astillas y una llave Yale rota– y, por pura curiosidad, quiso ver si todavía seguía allí.

Le costó un poco dar con ello, pero, al final, consiguió distinguir la «J» y la «A», ya difuminadas y casi ilegibles, y el corazón que las rodeaba se había esfumado. «Irónico», pensó. Se preguntó si, en caso de seguir juntos y aún enamorados, el grabado seguiría estando como nuevo en lugar de desgastado como ahora. La nostalgia le estaba jugando una mala pasada.

Eso era lo malo de volver a casa: todas las versiones de ti mismo que creías haber dejado atrás seguían viviendo allí, esperando a que regresaras.

–Tranquila, te han reconocido y ya no estás en la lista de sospechosos. Y a mí me han etiquetado –continuó su madre sacándola de sus pensamientos sobre el pasado.

«¿Lista de sospechosos?». Jenni esperaba que su madre estuviese exagerando, pero, teniendo en cuenta que estaba en un pueblo tan pequeño, seguro que su presentimiento no era irracional. Su madre empezó a teclear en el móvil y publicó un estado para compartir no solo que Jenni había vuelto a pasar el fin de semana, sino también subir sus camelias, ya que, según ella, la gente se daría cuenta de que no tenían tantos botones como el año pasado.

La mantequilla, que habían dejado fuera, junto a la estufa, para que se atemperara mientras Jenni iba a comprar la harina, ya tenía la consistencia perfecta.

Jenni, acomodada en la antigua silla de mimbre con el asiento hundido, observaba el panorama familiar que le ofrecía su madre batiendo la mantequilla y el azúcar de tal forma que parecía facilísimo, aunque sabía por experiencia que el brazo se te acababa cansando mucho antes de que la mezcla adquiriera ese color crema pálido que indicaba el momento de añadir la harina y los huevos.

—Estoy haciendo el doble de mezcla para que te puedas llevar uno a casa —dijo su madre repartiendo la masa en cuatro moldes.

—Gracias. Me lo llevaré al trabajo, que a todos les encantan tus pasteles. Incluso a Tim, y eso que no come carbohidratos. Aunque, ahora que ha vuelto de la luna de miel, quizá ya habrá dejado la dieta. De todas formas, sé que será bien recibido.

—¿Cómo te va en el trabajo? —preguntó Annie mirando a su hija en busca de pistas y contenta de verla hoy con menos cara de cansancio y un poco más de color en las mejillas.

—Bien, pero hay mucho que hacer. Ya sabes, lo de siempre.

—¿No hay ningún chico interesante, entonces?

—Ninguno que esté soltero —respondió Jenni dando un sorbo de té recién hecho para evitar más preguntas.

La cocina se inundó del aroma de vainilla y azúcar caliente mientras Annie, sin emplear mucho esfuerzo, hacía varias tareas a la vez: preparaba la sopa que iban a comer; sacaba del horno los bizcochos para el pastel, que habían quedado muy esponjosos; los desmoldaba sobre la rejilla para enfriarlos, y llenaba el fregadero de platos sucios.

—Bueno, vamos a dejar que se enfríen un poco. Hoy me apetecía subir al Tor antes de comer.

Jenni, como de costumbre, soltó un gruñido.

—¿Es obligatorio?

Era un ritual que madre e hija siempre hacían y, aunque a Jenni le gustaba salir a dar un paseo, tenía que cumplir con su parte del trato para que su madre pudiera llevar a cabo su rutina habitual, que normalmente consistía en quitar los tocones de los árboles y las telarañas. Pero hoy, para su sorpresa, el guion tomó un giro algo inesperado:

—Bueno, si no te apetece venir, puedes quedarte en casa —dijo Annie fingiendo indiferencia.

Jenni dejó de refunfuñar mientras se abría paso entre los anoraks colgados en el pasillo. ¿Qué estaba sucediendo?

Al ver la cara de su hija, Annie continuó hablando:

—Es que los sábados a esta hora normalmente suelo encontrarme con Alan. A ver, eres más que bienvenida, pero…

«Vaya, esto sí que es interesante», pensó Jenni.

—¿Alan? —le preguntó su hija.

—Bueno, sí, se fue de Bristol y se mudó aquí hace un tiempo. Siempre nos cruzábamos cuando salíamos a pasear durante el confinamiento y decidimos empezar a sali… a tomarlo como un hábito —se corrigió su madre.

Jenni oyó la palabra «salir» que su madre nunca llegó a decir, lo que despertó aún más su curiosidad. Antes de que pudiera seguir interrogándola, Annie, con su vieja chaqueta encerada puesta y un puñado de caramelos en el bolsillo, abrió la puerta trasera y salió. Antes de irse, se dio media vuelta.

—¿Por qué no acabas tú el pastel? La mermelada está en la despensa.

Y, antes de que Jenni pudiera responder, su madre ya había desaparecido por el camino del jardín sin ella.

Capítulo 6

Jenni se encontraba tumbada en la cama. Era tarde y estaba cansada, pero no podía dormir. Su mente no paraba de repasar el día, que al final había resultado sorprendentemente interesante.

Annie había vuelto de su salida «inofensiva» con las mejillas sonrosadas y una sensación de ligereza que Jenni llevaba tiempo sin ver; al menos desde que su padre había muerto. Después de comer, cogieron a Bertie para ir a la tienda agrícola. Fue allí, junto a un montón de zanahorias «recién sacadas del campo» y embarradas hasta decir basta, donde su madre comentó con toda naturalidad:

—Ah, he invitado a Alan a cenar esta noche. No te importa, ¿no?

Jenni, maravillada por la cantidad de tipos de patatas –¿por qué habría tantas y qué aspecto tendría la pobre Charlotte para que decidieran bautizar a una patata con su nombre?– se volvió hacia su madre.

—No, no me importa en absoluto. Me parece bien –añadió con cautela, aunque, en realidad, no estaba del todo segura de si le parecía bien o no, o de si su respuesta había sonado amable.

¿Quién era ese hombre que iba con su madre de paseo? Supuso que estaba a punto de averiguarlo.

—Vale, genial. Le dije que viniera a las siete y media. Bien, quiero comprar algo de ternera; a él le encanta el asado.

Jenni se sintió molesta. ¿Por qué su madre le había preguntado si le parecía bien si ya le había invitado? Y, además, su madre, que era prácticamente vegetariana y odiaba la carne roja… ¡estaba comprando ternera!

Sabía que estaba siendo injusta, quizá incluso hasta se sentía un poco celosa, así que, intentando sacar la mejor versión de sí misma –y dando gracias a Clive por esos «Lunes de logros» tan motivadores– Jenni ayudó a Annie a elegir un buen pedazo de carne de *longhorn* y, delante de los postres caseros que había hecho la Asociación de mujeres, tras debatirse entre la tarta de merengue de limón o la de manzana, acabaron optando por el *crumble* de moras.

Como querían arriesgarse un poco, también pidieron unos quesos de la zona, galletas y dos salsas *chutney* diferentes. Después volvieron a casa a preparar la llegada de Alan.

Jenni, esperando que Alan tocase el timbre de la puerta principal, se dio un pequeño susto al oír un golpecito en la trasera y, antes de que pudiera levantarse, la puerta se abrió de par en par con un alegre: «¡Hola, ya estoy aquí!».

Annie, sin embargo, no mostró sorpresa alguna ante el hecho de que Alan entrase directamente sin esperar a que fuesen a recibirlo.

«Así que esto es lo habitual», pensó Jenni entrecerrando los ojos.

–¡Hola! Ven, pasa.

Annie dejó el trapo de cocina que tenía en la mano para coger la botella que Alan le ofrecía.

–Ay, qué bien, muchas gracias. ¡Ya sabes que este vino me encanta!

Alan tenía una sonrisa amable y cara de ser un hombre de los pies a la cabeza, algo que Jenni no pudo pasar por alto, pues, de forma instintiva, se dio cuenta de que era uno de esos hombres que siempre llevan pantalones cortos anchos y que es capaz de arreglar cualquier cosa. Tras pasarle la botella a

Annie, Alan le dio un fugaz beso en la mejilla y, a continuación, se giró hacia Jenni.

–Hola, soy Alan. He oído hablar mucho sobre ti. Tu madre está muy orgullosa de ti.

Jenni, que se quedó desarmada al instante, le devolvió la sonrisa sin saber muy bien qué responder, puesto que solo había oído hablar de él esa misma mañana, y le estrechó la mano. Cuando volvió a sentarse, observó que Alan abría el cajón en el que guardaban el sacacorchos y localizaba, con mucha facilidad, las copas de vino, lo que le provocó un pequeño vuelco en el corazón; eso y la complicidad tan evidente que había entre él y su madre.

Al final acabó siendo una velada encantadora. Alan había trabajado en vivienda social en el Ayuntamiento de Bristol y, con un interés que despertaba fascinación, les compartió tanto dificultades como logros de su profesión; también escuchaba con gusto a Jenni, que le contó a qué se dedicaba. Tenía dos hijos mayores: un hijo en Manchester –soltero, algo que mencionó de forma natural– y una hija que se había mudado a Nueva Zelanda y a la que esperaba visitar pronto, ya que no se veían desde hacía más de tres años.

Jenni no pudo pasar por alto que había una seguridad y una tranquilidad en él que le resultaban familiares: la forma en que se movía por la cocina recogiendo lo que Annie había dejado y fregando y volviendo a ordenar todo, algo que le recordaba a su padre.

Volvió a sentir un golpe de realidad al darse cuenta de que su madre había conseguido encontrar a otra persona; que ya no serían solo ellas dos.

Jenni dejó que terminasen de recoger y se fue a dormir después de dar las buenas noches.

Cuando se metió en la cama, oyó la puerta trasera al cerrarse suavemente y supo que, si miraba por la ventana, vería el punto rojo del cigarrillo de su madre mientras hacía su última revisión del jardín.

Jenni distinguió también una segunda voz: Alan seguía allí, y los oía a los dos hablando en voz baja, a la que acompañaban, ocasionalmente, unas risas mientras caminaban por los senderos de grava.

«Vaya –pensó Jenni–. Ellos dos solos dando un paseo por el jardín en la oscuridad de la noche».

Se moría de ganas por ver qué diría mañana la página de Facebook del pueblo sobre eso.

–¿Quieres un panecillo con la sopa? –preguntó Annie haciendo que su hija levantara la vista, alarmada.

Al ver los panecillos horneados, duros y con una forma redondeada, una *delicatessen* de Dorset, comprendió de golpe que su madre había dicho «panecillo» y no «penecillo», como había entendido, así que declinó educadamente la oferta.

–Mmm, si te soy sincera, yo tampoco quiero. No me extraña que cada año hagan ese concurso de ver quién es capaz de lanzarlos más lejos. Es prácticamente lo único que apetece hacer con ellos.

–¿Y por qué los compraste?

–Porque me gusta la lata grande en la que vienen, es muy útil para guardar cosas. Me llamaron la atención el otro día en esa tienda tan maja de Sherdowne, cuando Sheila y yo nos aventuramos a cruzar la frontera.

–Mamá, fuiste por la tarde a tomar el té en un pueblo del condado de al lado. Lo dices como si hubieras tenido que salir del país.

–Bueno, pues que sepas que había tanto tráfico en la A303 que podríamos haber llegado más rápido a España en avión –replicó su madre.

Jenni puso los ojos en blanco y cambió de tema.

–Alan fue muy majo anoche –soltó de forma natural observando a su madre con atención.

–Mmm. Sí, fue una velada encantadora, ¿verdad? –respondió su madre sumergiendo la cuchara en la sopa.

Luego se produjo una pausa y Jenni se percató de que Annie tenía las mejillas ligeramente sonrojadas.

–Me ha preguntado si quiero ir con él a Nueva Zelanda. Me gustaría, pero no sé si debería dejar el jardín. Tengo que regar todas las semillas del invernadero.

–Mamá, no es excusa. Jane puede regar. ¿No quieres ir?

–Sí, me encantaría. Tú padre y yo siempre dijimos que nos gustaría ir, así que quizá es eso lo que me echa para atrás.

Jenni levantó la vista del móvil –el mensaje de WhatsApp de Tim podía esperar– y miró a su madre atentamente.

–Y me preocupa si vas a estar bien, cariño –añadió su madre–. No me gusta la idea de estar tan lejos de ti.

Jenni le cogió la mano.

–Lo sé. Si te soy sincera, a mí también me resulta un poco raro todo, pero me alegro de que hayas encontrado a una persona buena y de que no estés sola. Creo que deberías ir.

Annie sonrió.

–Gracias. Yo estoy bastante a gusto viviendo sola, pero se agradece tener a alguien para compartir vivencias. –Luego miró a Jenni–. ¿Tú cómo estás? Sé que la ruptura con Alex ha sido dura. Aunque estés a gusto, no deja de costar, ¿verdad?

–Sí –admitió Jenni tomándose la última cucharada de sopa y dejando la cuchara en el cuenco vacío–. No sé, ahora mismo no me imagino estando con nadie. Todos mis amigos tienen pareja, así que nadie conoce a un chico disponible, y no me apetece nada eso de ponerme a ligar por internet. Además, prefiero estar sola que estar con alguien por estar.

–Ya llegará la persona adecuada, tiempo al tiempo –dijo Annie recogiendo los cuencos vacíos y apilándolos en el fregadero.

–Sí, seguro que mi apuesto y misterioso galán aparecerá en cualquier momento –afirmó Jenni intentando sonar optimista en vez de sarcástica, al menos solo para tranquilizar a su madre, aunque no estaba del todo convencida.

Su madre, que la conocía demasiado bien, se inclinó y le dio un beso en la coronilla al pasar de camino a la nevera.

–Ya aparecerá, pero mientras tanto ve a hacer la maleta. A y media tienes que estar en la estación y Bertie necesita algo más tiempo para subir la cuesta, así que tenemos que salir en diez minutos.

Jenni sonrió sintiendo, de repente, pocas ganas de abandonar la calidez de la cocina de su madre. Pero se levantó y se encaminó hacia las escaleras.

–Voy a por mi maleta ahora mismo –le dijo–. Y no te olvides de la tarta, ¡no pienso irme sin ella!

Capítulo 7

Ben se agarró con fuerza mientras el camión iba como un rayo por la carretera principal con el destello de las luces y el sonido de la sirena a todo volumen. Dale, Brian y Taz estaban sentados alrededor de él, todos en silencio y mentalizándose para lo que les esperaba al llegar. Vick conducía y Ali iba de copiloto guiándola, aunque hoy en día el GPS mostraba la mejor ruta y se ajustaba en tiempo real al estado de las carreteras y del tráfico.

Tras revisar el camión, el equipo y recibir la charla de siempre, acababan de ponerse a entrenar un poco cuando, a las nueve y media, sonó la alarma. Nada que les sorprendiera: los sábados por la noche solían ser movidtos.

Justo cuando Ben estaba a la mitad de una subida de quince metros por la escalera con una manguera enrollada al hombro, había empezado a sonar la alarma, y Aisha, de la centralita, anunció que había un incendio en un bloque de pisos de protección oficial a poco más de un kilómetro. Varios vecinos habían llamado para avisar de que salía humo del hueco de la escalera principal.

Ben y el resto del equipo se enfundaron las chaquetas y los pantalones ignífugos de color beige y subieron al camión A. Vick arrancó el vehículo y el motor rugió al ponerse en funcionamiento. Salieron despacio por las enormes puertas que conducían hacia el patio y, tras comprobar que nadie hubiera aparcado de cualquier manera en la carretera –algo que, sorprendentemente, ocurría bastante a menudo–, se incorporaron al tráfico. Los coches se iban apartando cuando veían el camión, y Vick, concentrada solo en la carretera delante de ella, avanzó esquivándolos lo más rápido y de la forma más segura posible.

Estaban a tan solo cinco minutos, pero al abandonar la carretera principal para meterse en calles residenciales, se vieron ralentizados por los badenes, que los hicieron rebotar en sus asientos a pesar de la excelente suspensión trasera del camión. Ali, que estaba en contacto con Aisha e iba recibiendo más información, puso al día al resto del equipo: habían llegado más llamadas de emergencia, seguía saliendo humo, aunque nadie había visto llamas y una de las llamadas decía haber visto a un grupo de adolescentes salir corriendo de la zona. Los responsables de vivienda del ayuntamiento ya se encontraban en el lugar y estaban evacuando el edificio. Por suerte, solo era de cuatro plantas y, al haberse construido en 1930, no había ningún revestimiento inflamable, noticia que alivió mucho a todo el equipo.

—El humo sigue siendo denso, así que vais a necesitar un equipo de respiración y la visibilidad será muy mala —terminó de informar Ali.

En lo que tardó en darle ese último parte informativo, ya habían llegado.

Ben vio a los vecinos en pijama y en bata arremolinados en un punto de evacuación. Los bebés estaban llorando, a disgusto y tiritando por el frío después de que sus padres los hubiesen sacado a toda prisa de su cuna y, mientras tanto, un par de ancianos salían muy despacio, con ayuda, hasta el punto de evacuación para que los responsables pudiesen cerciorarse de que no faltaba nadie. Una mujer, que se presentó como la administradora del bloque, se acercó al equipo en cuanto abrieron las puertas y empezaron a prepararse para intervenir.

–Creemos que no queda nadie dentro. Los encargados de la evacuación han ido aporreando puerta por puerta, han vaciado cada una de las plantas y han revisado todos los pasillos. Hemos salido por la puerta trasera y nadie ha vuelto a entrar.

La mujer, de unos cuarenta y tantos, con el cabello canoso y una chaqueta de trabajo reflectante puesta al revés encima de la rebeca, parecía aliviada de dejar el control de la situación en manos de los profesionales. Ben le dio las gracias y ella se fue a ayudar a trasladar a los vecinos a un salón parroquial cercano. Acto seguido, preparó todo el equipo y terminó poniéndose el casco. Equipados, él, Brian y Taz se dirigieron a la escalera principal. Vick y Ali se quedaron junto al camión con Dale, que se ocupaba de la manguera.

La distribución del edificio había originado un túnel de viento que avivaba las llamas, y un humo negro y espeso salía a borbotones de la ventana del tercer piso, que se encontraba encima de ellos.

La puerta cortafuegos de la escalera principal estaba abierta porque la habían sujetado con… un extintor. Ben se percató de lo irónico de la situación.

«Genial».

Se suponía que aquella puerta, con cierre automático y sistema de apertura eléctrica, debía permanecer cerrada en todo momento. Pero alguien, evidentemente, había decidido dejarla entreabierta para que los repartidores pudiesen subir hasta su puerta sin que ellos tuvieran que moverse de la comodidad de su sofá.

Ben volvió para comprobar que los demás estuviesen listos.

–Huele a goma quemada –dijo Brian.

–Sí, como a neumático ardiendo –añadió Taz.

–Ali dijo que habían visto a unos chavales salir corriendo. ¿Podrá ser un cubo de basura ardiendo? –sugirió Ben.

–Sí, puede ser. Vamos allá.

Con el equipo de respiración puesto, los tres entraron con cuidado en el edificio para hacer una primera evaluación. A causa del humo denso y negro tenían una visibilidad de apenas unos pocos centímetros. Ben avanzó hasta el rellano de la escalera con precaución.

Por suerte, todos ellos estaban familiarizados con la distribución del edificio porque solían visitar las viviendas de la zona para comprobar que los sistemas funcionasen y estuviesen al día, e informar a los vecinos sobre prevención de incendios y explicarles cómo actuar en caso de emergencia.

Ben había estado allí hacía apenas unos meses, así que sabía que, en la entrada principal del bloque, había un cuarto del tamaño de un armario grande, donde estaban se encontraban cuadros eléctricos y que el personal de limpieza usaba como almacén. Normalmente estaba cerrado con llave, pero, al acercarse, Ben comprobó, a través del humo cada vez más espeso, que la puerta estaba entreabierta.

—Esperad, chicos, creo que he encontrado el origen del fuego. Podría ser un problema eléctrico.

Brian transmitió la información al resto del equipo que estaba junto al camión: si se trataba de la instalación eléctrica, necesitarían los extintores de CO_2.

—Nos quedan veinte minutos —informó Taz después de comprobar el oxígeno de las botellas.

—Un momento, no son los cables. Hay un montoncito de algo ardiendo en el suelo… parecen unos trapos empapados con grasa. Veo también jeringuillas, así que andad con ojo —les advirtió Ben.

Con el extintor que le pasó Brian, Ben apagó el fuego que salía de los trapos mientras Taz y Brian controlaban la zona. Justo entonces, Ben oyó un ruido en el interior del pequeño cuarto, aún lleno de humo. Avanzó con cuidado, apartando los trapos humeantes, para intentar identificar el ruido.

Allí, acurrucado en un rincón, distinguió a un chaval tapándose la cara con una bufanda que lo observaba con una mirada aterrorizada.

–¡Hay alguien aquí dentro! –informó Ben al resto de sus compañeros por radio–. Llamad a una ambulancia. Está consciente, pero con síntomas de inhalación de humo y posibles quemaduras.

Ben alargó el brazo, ayudó al chico a incorporarse y lo sostuvo cuando perdió el equilibrio. El joven tosía, tratando de luchar por coger aire.

–Salimos ya –avisó Ben cargando al chico sobre el hombro y dejando atrás el pequeño cuarto.

Brian y Taz estaban esperándole para echarle una mano, así que salieron todos juntos del edificio justo cuando el sonido de la sirena anunciaba que habían llegado los sanitarios.

Una vez puesto a salvo el chico y extinguido el incendio sin contratiempos, recibieron la orden de retirarse. De vuelta al camión, Ben, Brian y Taz se quitaron el equipo de respiración y el resto de sus compañeros prepararon el camión para regresar al parque de bomberos.

–Buen trabajo a todos. Y en especial a ti, Ben –gritó Vick mientras se subía a la cabina y se acomodaba al volante–. Abrochaos el cinturón, que nos vamos.

Vick arrancó el camión despacio y pasaron junto a un grupo de vecinos que seguían esperando a que alguien les dijera dónde podrían dormir esa noche.

–Dale caña, Jay –bromeó Ali–. Qué ganas tengo de volver para hacer todo el papeleo.

Ben soltó una carcajada. Iba a ser una noche larga para todos, pero estaba deseando saber qué tal estaba y cómo evolucionaba el chico al que había salvado. A pesar de todo, sentía un gran alivio de que nadie más hubiese resultado herido.

Capítulo 8

—Jenni, esto está de muerte —dijo Tim metiéndose otro trozo de tarta en la boca y sacudiéndose las migas.

—Oye, para el carro, que es para todos. Te he dicho que me ayudases a llevarla, no que te la comieras entera.

—Sí, pero no estoy seguro de que Lucy se merezca ni probarla, la verdad. —Tim miró a su alrededor de forma dramática—. No sé si voy a poder perdonarla después de lo que me hizo.

—¿Qué hizo, coger tu boli favorito sin pedirte permiso? —le preguntó Jenni mientras recogía las servilletas, los platos y un cuchillo para apilarlo todo en una bandeja.

—Aún peor. —Tim levantó la tarta y siguió a Jenni, que salió de la cocina y se dirigió por el pasillo de vuelta al tercer círculo—. Me gastó todas las grapas de mi grapadora.

—Madre mía, ¿todavía sigues con esa historia? —Lucy puso ojos en blanco y se acercó al escritorio donde estaban ellos—. Ya te he pedido perdón millones de veces y hasta te compré una magdalena para compensártelo —añadió mirando a Tim con cara de «¿qué más quieres?».

—Es que me compraste una magdalena de triple chocolate, de las que me vuelven loco y a las que no puedo resistirme, justo cuando estaba haciendo la operación bikini. Eso no es más que un regalo envenenado.

Jenni decidió no mencionarle que ya iba por su segundo trozo de tarta.

—Pues a mí me parece que estaba deliciosa —respondió Will, a quien le había endosado la magdalena en cuestión para quitársela de delante, mientras ayudaba a sacar los platos de la bandeja y a repartir los trozos de tarta–. Rápido, coge un trozo antes de que vengan los demás.

Jenni se apuntó que tenía que contarle a su madre que su tarta había sido todo un éxito, ya que cada vez más compañeros se acercaban para coger un trozo, y o bien llegaban y se quedaban charlando un rato o bien volvían a sus escritorios rápidamente murmurando algo sobre plazos de entrega. Sintiéndose algo culpable, empezó a repasar la lista de cosas por hacer. La sesión de fotos era el miércoles y ya había conseguido a las modelos, preparado las muestras, contratado a un estilista y hablado con el fotógrafo, pero aún tenía que coordinar las indicaciones que debían darles a los *influencers*, organizar los desplazamientos y reservar la comida. Uf, la lista parecía no acabar nunca.

La noche anterior había llegado a su piso justo después de las diez de la noche. Bertie había conseguido subir la colina, dejando tras de sí una humareda procedente del tubo de escape, y habían llegado a la estación a tiempo. Su madre había esperado a que encontrara sitio en el tren antes de marcharse y Jenni había sentido esa punzada habitual de emociones: estaba triste por dejar ahí a su madre, pero también aliviada de volver a su propio piso.

El tren había empezado a recorrer un paisaje que pasaba del verde al gris y, al llegar de nuevo a Londres, Jenni, haciendo malabares con el bolso, intentando equilibrar la tarta, se abrió paso por el vestíbulo concurrido de los que llegaban el domingo por la noche, y aceleró el paso para igualar su velocidad al resto de viajeros antes de subirse al bus que la dejó en casa.

Jo le había mandado un mensaje para decirle que Oscar estaba bien, pero Jenni estaba ansiosa por verlo con sus propios ojos. No le gustaba que se marchara y, efectivamente, lo había dejado bien claro con el vómito que se encontró encima del felpudo.

Oscar se había acomodado encima de la encimera para observar cómo Jenni colocaba en la nevera la tarta –que, a pesar del viaje, parecía estar intacta–, limpiaba el felpudo, lo colgaba fuera a secar y deshacía el equipaje que había llevado para el fin de semana. Una vez terminó todo, se dejó caer en el sofá y se hundió entre los cojines, momento en el que Oscar decidió dignarse a unirse a ella. Una vez reestablecida la paz, vieron un par de capítulos de *Sewing Bee* antes de acostarse.

Obviamente, no la había perdonado por completo, porque aquella mañana, mientras se preparaba para irse a trabajar, se dio cuenta de que Oscar había decidido salir temprano en lugar de acompañarla mientras desayunaba.

Jenni decidió comprar unas chuches para gatos de camino a casa con el fin de sobornarlo descaradamente y volver a ganarse su cariño.

Sus pensamientos sobre Oscar se vieron interrumpidos cuando Tim le dio un codazo que casi le hizo tirar el trozo de pastel que estaba a medio camino de su boca.

—Oh, oh, aquí viene Clive. Prepárate, prepárate.

Jenni se giró y vio a Clive acercándose envuelto en una especie de tejido impermeable, a pesar de que no estaban a la intemperie. Incluso aunque hubiesen salido a la calle, el tiempo que hacía, bastante agradable, no justificaba eso que llevaba puesto hasta las rodillas y con lo que parecía una especie de tienda de campaña andante.

—Hola, buenas. ¿Qué tenemos aquí? ¿Carbohidratos refinados en mis dominios? Ya sabéis lo que opino del peligro que suponen para la microbiota intestinal y mi preferencia por las harinas integrales.

Jenni conocía de sobra las preferencias de Clive a nivel de alimentación y, de hecho, su conversación sobre la importancia de tener un intestino sano la había dejado traumatizada. Nadie tenía la necesidad de escuchar las palabras «trasplante fecal» durante la hora del almuerzo. Bueno, ni en ese momento ni nunca, en realidad.

Decidida a frenarlo antes de que volviera con el tema de las bacterias beneficiosas, le ofreció el último trozo de pastel.

–Está hecho con… eh… leche fermentada y la mermelada no está pasteurizada, así que está llena de bacterias buenas –improvisó mientras Tim contenía una carcajada.

–Ah, bueno, sí, eso está muy bien –dijo Clive mordiéndolo–. Ni siquiera un bocado le impidió seguir hablando, y, esparciendo migas, continuó haciendo preguntas–. Tenéis la sesión de fotos en la nieve esta semana, ¿verdad?

–Sí, ya está todo organizado y estamos más que listos –respondió Jenni cruzando los dedos mentalmente.

–Se me ha ocurrido una idea –soltó Clive, lo que hizo que Jenni empezara a alarmarse.

Esperaba con todas sus fuerzas que su jefe no quisiera ir también. Una hora y media en el tren con Clive y su microflora intestinal sería más de lo que podría soportar.

–Acaba de llegarnos este poncho-chubasquero. ¿Qué te parece? Se puede usar como manta de picnic y también se puede dormir debajo de él si quieres pasar la noche al aire libre, así que es reutilizable. Y es verde, claro, muy ecológico. Jenni, ven conmigo y lo hablamos –le ordenó dejando el plato vacío sobre la mesa y dirigiéndose a pasos agigantados hacia su oficina.

Jenni intercambió una mirada de terror con Lucy antes de seguir a Clive a regañadientes. Se detuvo antes de alcanzarlo, dio media vuelta y les susurró: «Si no salgo en quince minutos, que alguien venga a buscarme diciendo que necesitan algo urgente».

Después vio a Clive llamándola desde la puerta de su despacho y añadió: «Bueno, que sean diez».

–Y luego me obligó a probarme uno –dijo con una voz angustiada–. Y… el cierre del cordón del poncho se quedó atascado justo a la altura del cuello. Y… y empecé a entrar en pánico y Clive no paraba de gritarme que no tirase de la tela. P-pero no podía respirar, así que, por fin, Tanya se apiadó de mí y… y me sacó de ahí –terminó de relatar Jenni, entre jadeos, ya de vuelta en su escritorio.

Lucy y Tim asentían en señal de compasión cuando Will volvió con una taza de café.

–Ryan acaba de prepararlo, así que está bastante fuerte. Te vendrá bien para el susto que te has llevado –dijo Will dejando la taza sobre la mesa.

Jenni le dio un sorbo y se estremeció.

La palabra «fuerte» se quedaba corta para describirlo, pero la dosis de cafeína surtiría efecto, así que se atrevió a darle otro trago.

–Ay, corazón, vaya historia tan desternill… –Tim se secó los ojos y, al ver la mirada fulminante de Lucy, se corrigió rápidamente–. ¡Quiero decir, horripilante! Una historia horripilante.

–Dicen que una vez obligó a alguien del Departamento de Ventas a que se pusiera un pasamontaña de esos de la gama de Tormenta Extrema que solo tienen unas rendijas para los ojos y el pobre hombre era claustrofóbico… ¡Y se desmayó del pánico! –asintió Lucy con complicidad.

–¿Quién? ¿Tony? Porque desapareció misteriosamente sin despedirse y nadie supo por qué.

–Sí. Al parecer, le dieron una indemnización a cambio de firmar un acuerdo de confidencialidad y no presentar una demanda. Otro «apaño» de los de Recursos Humanos.

–Nuestro Departamento de Recursos Humanos podría trabajar para la mafia o alguien del estilo –añadió Will con cierto asombro en su voz.

–Son como esos mafiosos que se encargan de hacer desaparecer los problemas y de que nadie sepa dónde están los cuerpos enterrados.

–Yo que tú no compararía a los de Recursos Humanos con la mafia –le advirtió Lucy–. Si se enteran, igual eres el próximo en desaparecer.

–Sí, seguro que llego y me encuentro una cabeza de caballo en mi escritorio.

Jenni notó que Will parecía alarmantemente entusiasmado con la idea.

–Bueno, ahora ya pasó y apenas se te ven las marcas de la cuerda en el cuello –dijo Tim volviéndose hacia Jenni para intentar tranquilizarla.

–Gracias, ahora me siento mucho mejor –le respondió Jenni fulminándolo con la mirada.

Tim decidió cambiar de tema.

–Oye, ¿qué os parece si damos por terminado el día? Son casi las cinco. Vámonos a casa.

–O mejor aún, ¿por qué no vamos al otro lado de la calle hasta el Red Lion a tomar algo medicinal? –propuso Lucy mientras recogía sus cosas.

–Buena idea –dijo Jenni cerrando la tapa del portátil y apagando el monitor–. Pero nada de mencionar las palabras «cierre» ni «cordón» en mi presencia.

Y, con un escalofrío en el cuerpo, salió de la oficina.

Capítulo 9

Eran las ocho y media de la mañana y Jenni había viajado de Londres a Tamworth en el primer tren que salía de Euston con una maleta de ruedas a rastro llena de ropa extra –incluido el poncho-chubasquero causante de su ataque de pánico que Clive le había obligado a llevar–, imperdibles, pinzas y cualquier otra cosa que pudiese necesitar en la sesión.

El día de la sesión de fotos en la pista de esquí cubierta había llegado, y Jenni solo podía desear que sus planes sirvieran para que el día se desarrollase sin percances.

Las modelos y el fotógrafo iban a estar esperándola y la organizadora, Julie, le había confirmado que la ropa que había enviado estaba en perfectas condiciones. Jenni era consciente de que había comprobado todo hasta el último detalle y, por fin, empezó a relajarse. Todo iba según lo previsto, así que ¿qué podría salir mal?

Después de coger un taxi en la estación de Tamworth llegó a la pista de esquí cubierta y se presentó a la recepcionista, Julie, una chica menuda de unos veintitantos con el pelo rojo intenso, que la acompañó hasta un almacén situado junto a la pista, donde habían guardado la ropa. En una esquina había un burro para colgar la ropa y al final del pasillo estaba el baño de chicas para que las modelos pudieran cambiarse.

–Abrimos a las nueve, así que tienes todo para ti sola hasta entonces –explicó Julie.

–La pista está pasando las dobles puertas de la derecha. La nieve ahí dentro es de verdad, así que hace frío. Sé que parece obvio, pero te sorprendería la cantidad de gente que llega en vaqueros y camiseta de manga corta. Asegúrate de llevar los gorros y los guantes puestos antes de entrar. Aunque, con todo el equipo que traéis, seguro que no hay ningún problema.

–Gracias, Julie. Sí, vamos a hacer una sesión de fotos para nuestra nueva colección de esquí, así que todo es térmico e impermeable. No tendremos ningún problema –la tranquilizó Jenni mientras empezaba a desempaquetar las cajas de ropa y a ordenarlas en montones para cada modelo.

–Me gusta ese gorro naranja con el pompón –comentó Julie señalando al montón de prendas que Jenni iba apilando en una esquina.

Jenni sonrió para sus adentros al imaginar la cara que se le hubiese quedado a Clive si hubiese oído que se había referido a aquel gorro simplemente como un gorro «naranja», a pesar de haberlo encargado expresamente y haberlo pagado a precio de oro por ser de un color exclusivo al que llamaba «canela tostada».

–Cuando terminemos la sesión, te lo puedes quedar –le dijo–. Recuérdamelo antes de que nos vayamos. Seguro que te queda genial con tu pelo.

Julie se pasó una mano por sus rizos de color rojo.

–¡Uy, sí, así no pasaría desapercibida! –comentó entre risas–. Bueno, será mejor que vuelva a la recepción. En cuanto lleguen los demás, te los mando para aquí.

Media hora más tarde, Jenni, que traía puestas varias prendas de muestra, todas muy ajustadas y desparejadas, se fue a la inmensa pista de esquí, tan grande como una nave industrial. A los lados había unas vallas cubiertas con paneles azules y amarillos que delimitaban el recorrido de la pista. En uno de los laterales estaban las perchas, que llevaban a los más experimentados con los esquís y las tablas de *snowboard* hasta lo más alto de la ladera, mientras que la parte con menos pendiente, a media altura, servía de pista de iniciación para quienes aún estaban aprendiendo o no tenían demasiada confianza.

La nieve crujía bajo sus botas mientras avanzaba desde los bancos de madera hasta la pendiente blanca. Sus dos modelos, Amira e Ingrid, ya estaban vestidas, y el fotógrafo, Mickey, daba por buena la iluminación. Todo estaba listo.

Decidieron empezar con la ropa térmica, hacer luego una pausa para entrar en calor y después fotografiar el resto de ropa para rematar con los accesorios. Jenni, satisfecha con el resultado que iba quedando, se echó a un lado para dejar a Mickey trabajar.

Mientras él continuaba, Jenni hizo unas cuantas fotos en su teléfono y las mandó al equipo encargado de las redes para que las usasen para ir generando expectación antes de lanzar la campaña, ya que a todo el mundo le encantaba ver lo que ocurría entre bastidores.

Las siguientes horas pasaron entre destellos del *flash* mientras Jenni iba de un lado a otro entre las modelos repartiendo chaquetas, quitando forros polares y ayudando a Ingrid a ponerse el temido poncho-chubasquero –que, por suerte, también se consiguió quitar sin incidentes– y asegurándose de que todas las prendas hubiesen salido en las fotos mientras las iba tachando de su lista.

Al ver que a Amira le empezaban a castañeaban los dientes, Jenni animó a las dos modelos y a Mickey diciéndoles que ya casi habían terminado.

Solo faltaban los accesorios de color canela tostada y ya habrían acabado.

Ingrid y Amira, con los gorros, las bufandas y los guantes puestos, simulaban que estaban haciendo una guerra de bolas de nieve en los Alpes, y Mickey, mientras tanto, no dejaba de disparar su cámara.

–Vale, genial, giraos un poco hacia la derecha. Necesitamos un toque divertido y desenfadado. Perfecto.

Mickey hizo unas cuantas fotos más y revisó la pantalla de la cámara para comprobar el resultado.

La pista de esquí, ya abierta al público, empezaba a llenarse conforme avanzaba la mañana. Como era entre semana, estaba relativamente tranquila, pero cuatro personas con la tabla de *snowboard*, que tenían pinta de profesionales, tomaron la pista y Jenni acabó empapada por culpa de la fina lluvia de hielo y nieve que provocaban cada vez que pasaban zumbando a su lado y clavaban el canto de la tabla para frenar al llegar al final de la pista.

Más tarde, Jenni pensó con cierto grado de ironía que, si se hubiese centrado en la sesión y Julie no la hubiese distraído con chocolate caliente, no habría acabado en urgencias.

Lo que ocurrió fue que, justo cuando se giró para aceptar la taza con una sonrisa de agradecimiento, uno de los de la tabla pasó como una bala a su lado. Intentó esquivarla cuando ella, sin darse cuenta, dio un paso y se metió en su trayectoria, pero no lo consiguió y la golpeó en el hombro al pasar, lo que hizo que girase sobre sí misma de manera bastante llamativa. Al perder el equilibrio, se cayó al suelo y, para no darse de bruces contra la nieve, apoyó instintivamente el brazo derecho. La montaña de ropa que llevaba en las manos salió volando por los aires y, mientras se estampaba contra el suelo, lo último que pudo ver fueron los calentadores de color canela tostada cayendo con delicadeza a su lado.

–¡Dios mío, Jenni! ¿Estás bien? –le gritó Mickey mientras Julie corría hacia ella para intentar incorporarla.

Pero Jenni soltó un grito de dolor que le hizo darse cuenta de inmediato de que la pierna no le respondía.

–Tranquila, cielo, no te muevas. Tenemos que llevarte al hospital.

Jenni no tuvo ningún problema en obedecer. Notaba cómo el hielo se derretía y se filtraba por las capas de ropa hasta llegarle a la piel, así que empezó a temblar de frío.

Julie llamó a una ambulancia y, una hora más tarde, aún dando instrucciones a voces al equipo, Jenni acabó saliendo en una camilla de la pista cubierta.

Desde luego, así no era como había imaginado que terminaría el día.

Capítulo 10

Ben estaba sentado en un taburete frente a la barra de la cocina mientras desayunaba. Había apoyado el móvil contra la caja de cereales y, mientras comía, estaba leyendo un artículo que habían publicado sobre el incendio al que había acudido el fin de semana:

La policía y los especialistas de investigación de incendios han confirmado que el fuego se originó en un cuarto de mantenimiento. En el lugar de los hechos fueron encontradas pruebas de consumo de drogas y se sospecha que una llama abierta entró en contacto con una tela empapada en aceite. Además, fuentes confirman que se vio a un grupo de adolescentes salir corriendo del edificio. La policía solicita la colaboración de los vecinos para identificarlos. Taz Brynt, director de operaciones del parque de bomberos de Pelham declaró que «afortunadamente, llegaron al lugar antes de que el incendio se propagara y pudieron extinguir el foco». A continuación, agradeció a los responsables presentes su ayuda en la evacuación de los vecinos y subrayó la importancia de prestar apoyo a los residentes de la comunidad. «El objetivo de implicarse y trabajar directamente con los vecinos es garantizar que, en caso de que ocurra una emergencia grave, sepan evacuar el edificio con total seguridad y lo antes posible. También me gustaría hacer una mención especial a Ben Walker, el bombero jefe, que rescató a un joven de catorce años de la escena».

La madre del joven definió a Ben Walker como «un héroe» y añadió que le está eternamente agradecida por salvar la vida de su hijo. El chico, cuyo nombre no puede revelarse por razones legales, se encuentra actualmente recuperándose en el hospital. La policía considera que el incidente ha sido un presunto caso de incendio intencionado.

Ben sintió un subidón de orgullo al ver que en el artículo mencionaban su nombre y pensó en enviárselo a sus padres. Pero, en cambio, descartó la idea y pasó al siguiente artículo mientras luchaba contra otro bostezo. Acababa de terminar los turnos de noche y su cuerpo andaba algo desajustado, así que se había obligado a levantarse y desayunar, aunque estaba muy tentado a volver a echarse en la cama.

Un movimiento en la ventana llamó su atención y, al mirar arriba, vio dos ojos verdes clavándole la mirada a través del cristal.

Ben se rio al darse cuenta de que era solo un gato.

De hecho, era el mismo gato que había visto persiguiendo a una ardilla el otro día.

Tras levantarse, se acercó a la ventana y la abrió un poco con la intención de ahuyentarlo con cuidado. El pequeño gato era gris con rayas negras y, al verlo de cerca, Ben se fijó en que el pelo de color negro que tenía alrededor del ojo le hacía parecer un pirata, impresión que se acentuó cuando el gato aprovechó la ventana abierta para colarse por el estrecho hueco y pasearse con aire chulesco sobre la encimera, antes de quedarse quieto y mirarle fijamente.

–¡Oye, tú, fuera de aquí! –Ben empezó a hacer movimientos con las manos para espantar al gato–. No puedes estar aquí, ¡vuelve a tu casa!

El gato, sin embargo, lo ignoró y se puso a inspeccionar la cocina como si estuviese evaluando el estado del piso de tal manera que Ben se sintió casi en la obligación de pedir disculpas por no haber fregado aún.

Ben empezó a aplaudir para espantarlo y, esta vez, el gato sí se movió y salió disparado hacia fuera, aunque se detuvo un momento para mirarlo de reojo con gesto de reproche. Él lo observó mientras desaparecía entre los arbustos y se deslizaba por debajo de las ramas que estaban más bajas hasta que perdió de vista al gato, al que sus rayas ayudaban a camuflarse por completo.

Ben se preguntó dónde viviría, ya que supuso que tenía un hogar por lo sano y bien alimentado que parecía.

Justo en ese momento, sonó el timbre y fue a responder al telefonillo. Ben se alegró al ver que era un repartidor que venía a dejarle un paquete, así que salió y se dirigió a la puerta principal para recogerlo.

Después de darle las gracias, se llevó el paquete de vuelta a su piso. Tras sacudirlo un par de veces para ver qué era, al escuchar que se movía, intuyó que se trataba del Lego que había pedido para el cumpleaños de Evie.

Su hermana le había mandado varios mensajes recordándole la fiesta que iban a celebrar el fin de semana siguiente y él le había asegurado que asistiría.

Su madre también le había escrito para decirle que tenía ganas de verlo y Ben se alegraba de que ella fuese. No como en el caso de su padre, cuya presencia ensombrecía el evento.

Ben empezó a sentir una pesadez que ya conocía, así que se espabiló y decidió que tenía que combatir el cansancio saliendo de casa. Se puso unos pantalones cortos y una camiseta y, después de localizar sus zapatillas de correr y una vez con los auriculares puestos y la música a todo volumen, salió a correr un poco. Sabía que necesitaba mantenerse ocupado.

Capítulo 11

Jenni se tumbó en el sofá, envuelta en su edredón y lamentándose. Había pasado una semana desde «El incidente» y, aunque ya le dolía menos la pierna, todavía sentía molestias. Como le habían dado la baja hasta que pudiera sentarse sin incomodidad delante del escritorio, había pasado los últimos días viendo *Crimen en el paraíso*. Por el momento había llegado a la temporada siete y no estaba segura de cuánto más podría soportar. Miró al techo y gimió de la frustración que sentía.

La gatera hizo ruido al abrirse y cerrarse y un aterrizaje mullido sobre el edredón anunció la llegada de Oscar, que ronroneaba fuerte y amasaba los cojines para prepararse para una larga siesta.

—Me alegro de que estés cómodo con esto que tengo aquí montado —gruñó Jenni.

Oscar parecía estar encantado de tener a Jenni en casa, quizá porque pensaba que su presencia implicaba una mayor atención y un mejor cuidado, aunque no le hacía mucha gracia la lentitud con la que se movía. A pesar de ello, Jenni había decidido interpretar sus maullidos constantes mientras se dirigía lentamente a la cocina, cojeando con las muletas, como una señal de ánimo y no de orden para que se diera prisa.

Pasar más tiempo en casa le había permitido observar sus hábitos y, aunque pasase mucho tiempo con ella, se había dado cuenta de que desaparecía durante largos ratos.

«Quizá debería ponerle un Airtag o una cámara para gatos para ver dónde anda metido —pensó con desgana—. Al menos,

74

si yo no puedo salir, puedo ver lo que pasa ahí fuera a través de Oscar».

Jenni vio que el gato se acurrucaba formando una especie de bola regordeta y se dejaba vencer por el sueño.

«Verlo así, tan dormido, me reconforta –pensó Jenni–. Es como si transformase esta casa en un hogar».

Una vez decidió que no podía soportar más crímenes en paraísos, por muy soleados que fuesen, Jenni empezó a pasar los canales. ¿Cómo era posible que hubiese tantos y que no tuviese interés por ver ninguno?

Por suerte, el timbre la salvó. Pero, por desgracia, eso significaba que tenía que moverse.

Se incorporó con esfuerzo, se subió los pantalones del chándal y se sacudió las migas de la sudadera antes de dirigirse, con gran esfuerzo, hacia la puerta.

Al abrir, se encontró a Amy y a la pequeña Tilly en el rellano. Su amiga traía en la mano una caja con un pastel con muy buena pinta.

–He pensado que quizá necesitas un chute de azúcar –le dijo Amy mientras seguía a Jenni hasta su piso–. ¿Cómo te encuentras?

–¡Harta! Todo es un engorro. Ni siquiera puedo sentarme en condiciones, aunque la semana que viene me pondrán una especie de bota que espero que mejore la situación. Pero traigo un aburrimiento encima… Gracias por venir a verme.

Jenni se dejó caer de nuevo en el sofá y Amy se sentó con cuidado, procurando no despertar a Tilly.

–Siento mucho no haber venido antes. Iba de camino al parque y Tilly se ha quedado dormida en el portabebés, así que he pensado en pasarme un momento para ver cómo estabas. –Amy recolocó a su hija para estar más cómoda–. Pero ¿qué te pasó exactamente? Porque el mensaje que mandaste no tenía ni pies ni cabeza. Decías algo de que te había arrollado uno con una tabla de *snowboard* y que estabas sepultada en ropa de punto. Llevo días preocupada.

–Sí, perdón. Es que los analgésicos eran fuertes y en el hospital también me dieron morfina, así que estaba un poco ida.

Amy asentía con simpatía mientras Jenni le explicaba lo ocurrido y describía cómo la habían sacado de la pista en camilla, escoltada por las dos modelos y el fotógrafo. Volver a Londres en tren habría sido un suplicio, pero, por suerte, el seguro de Go Big había cubierto su trayecto en ambulancia privada.

–Y, para colmo, Tim me mandó un correo diciendo que la foto que más le había gustado a Clive de toda la sesión había sido la que me hizo el fotógrafo antes de caerme al suelo. Al parecer, hay una foto fantástica donde salgo yo volando por los aires y rodeada de toda la colección de punto de color canela tostada. Dice que es divertida y poco convencional y que refleja a la perfección la esencia de Go Big, así que ahora soy parte de la campaña –refunfuñó Jenni.

Amy se tapó la boca para disimular una carcajada.

–Venga ya, una pierna no es gran cosa a cambio de una nueva carrera como modelo, ¿no?

–Ja, ni de broma, pero al menos se está portando bien con la baja.

Justo en ese momento, Tilly soltó un pequeño sollozo.

–Uy, vaya, alguien se ha despertado con hambre –comentó Amy desabrochando el portabebés para sacar a Tilly–. Toma, ¿puedes sujetarla un momento mientras le preparo el biberón? De paso nos hago también un té a nosotras.

Amy le pasó la niña a Jenni, se levantó y cogió su bolso al dirigirse a la cocina.

Jenni la siguió con la mirada, envidiando la agilidad con la que se movía.

Al ver que la sacaban de su cálido nido y molesta por acabar en brazos de Jenni, Tilly empezó a llorar más fuerte.

—Un momento, Tilly, en un minuto estoy contigo –gritó Amy desde la cocina–. ¡Ya que estoy, pongo a calentar el hervidor!

Jenni intentó mecer un poco a Tilly arriba y abajo mientras buscaba algo con lo que poder distraerla.

—Mira, Tilly, saluda a Oscar.

Oscar, al que habían despertado de forma brusca de su siesta, abrió un ojo y agitó la cola en señal de desaprobación antes de lanzarle una mirada fulminante a Jenni, incorporarse y estirarse con desdén.

Por suerte, aquel movimiento bastó para captar la atención de Tilly, que dejó de llorar y se quedó mirando al gato.

—Ven aquí, Oscar, ven a saludar –dijo Jenni alargando la mano que le quedaba libre hacia él.

Oscar, haciendo caso omiso de su gesto, saltó al respaldo del sofá y se marchó, ofendido. Tilly volvió a echarse a llorar.

—Genial, gracias, Oscar. Déjame tirada justo cuando más te necesito –murmuró Jenni mientras acunaba de nuevo a Tilly, cuyos sollozos seguían subiendo de volumen.

¿Cómo alguien tan pequeñito podía hacer tanto ruido?

Por fin, Amy volvió justo en ese instante con una bandeja en la que traía dos tazas de té, el biberón de Tilly, un par de platos y un cuchillo, que dejó en la mesa de centro. Luego se inclinó hacia Jenni, le quitó la niña de los brazos y le ofreció un biberón.

Tilly lo agarró con ansia y dejó de llorar al instante.

—Mucho mejor. –Amy se acomodó en la silla con la niña acurrucada contra ella–. ¿Te importa cortar el pastel?

—Haría falta más que una pierna rota para alejarme de un pastel –respondió Jenni. Al abrir la caja, descubrió que era de café y nueces, su favorito.

—¡Qué pintaza! Aunque debería dejar de comer tanto, porque ahora no puedo hacer nada de ejercicio y, para cuando me quiten la escayola, voy a estar como una vaca.

—Venga ya, si precisamente lo que te hace falta es coger un par de kilos. Después de romper con Alex te quedaste en los huesos. Necesitas un poco de curva de la felicidad.

—¿De qué? —preguntó Jenni atragantándose con el trozo de pastel.

—Mi madre tiene la teoría de que los kilos que coges cuando estás saliendo con alguien se llama «curva de la felicidad». —Amy cogió otro trozo de pastel—. Tú has estado triste y es un hecho científico que la tristeza quema más calorías que la felicidad. Así que ya va siendo hora de que te salga un poco de curva de la felicidad.

—Ya, bueno, gracias por tu diagnóstico médico, doctora. Suena de lo más riguroso. Y no es que esté triste, es solo que…

Jenni se quedó callada. Ya no estaba nada segura de cómo se sentía. No es que estuviese destrozada, porque ya se había acostumbrado a vivir sin Alex, pero desde que había visto a su madre con Alan, tenía que reconocer que no es que es que se sintiese triste, pero…

—A veces me siento un poco sola.

El golpe de realidad le dio de lleno, así que dejó el plato sobre la mesa y miró a Amy.

—Es duro estar siempre sola, tener que intentar estar ocupada todo el rato, dudar si debería salir o quedarme en casa y acabar preocupada pensando que así nunca voy a conocer a nadie. Cada lunes tengo que decir que he pasado un buen fin de semana, fingir que he tenido planes para que no me miren con pena. Y romperme la pierna… me ha hecho darme cuenta de que, si alguna vez me pasa algo, no hay nadie en quien pueda apoyarme, literalmente.

—Oh, Jenni, ya sabes que puedes venirte con nosotros cuando quieras. No tienes por qué estar sola siempre.

—Lo sé, y te lo agradezco, pero no es lo mismo que estar en casa con alguien que también disfrute de estar aquí conmigo.

Al ver la cara de preocupación de Amy, Jenni intentó quitarle hierro al asunto.

–No te preocupes, tengo un compañero muy entregado que siempre me trae roedores muertos y restos de basura, estoy la mar de bien atendida. Y mira, me voy a coger otro trozo, que me queda mucho trabajo por delante hasta que consiga la curva de la felicidad.

Jenni cortó otro pedazo de pastel y le dio un mordisco generoso. Sonriendo, Amy alargó la mano y cogió también un trozo máz.

–Yo te apoyo en esta misión tan crucial. Si tu felicidad depende de que yo coma más tarta, entonces cuenta conmigo.

Capítulo 12

Ben no había caído en lo ruidoso que podía llegar a ser un grupo de niños de siete años. En ese momento estaba arrinconado, aferrándose a su cerveza caliente mientras varios amigos de Evie corrían en círculos blandiendo espadas de gomaespuma.

«Entras en edificios en llamas. Salvas vidas. Dondequiera que haya peligro, estás tú. ¡Una fiesta de niños no es nada en comparación!».

Intentó darse ánimos, pero lo cierto es que un grupo de críos asilvestrados y puestos hasta arriba de azúcar era aterrador.

Había llegado hacía media hora y, cuanto más se iba acercando a la casa de su hermana y de su cuñado Anthony, más crecía en él una sensación de mal presentimiento. No solo por el hecho de tener que charlar con sus padres; bueno, su padre, sino porque el ruido aumentaba a medida que iba avanzando. Y cuando se acercó al número 218, por si los chillidos de alegría que salían de la casa no eran suficiente indicio de que había llegado, los globos de helio colgados en la verja despejaron cualquier duda. Cuando por fin se armó de valor, llamó al timbre y se quedó esperando en el escalón.

—Hola, Evie. ¡Feliz cumple!

—¡Tío Ben! —Evie saltó a sus brazos para darle un abrazo, contenta de verlo—. Ven, entra y únete a mi fiesta. ¿Me has traído un regalo?

—Evie, eso está muy feo. No se le pregunta a la gente si te ha traído un regalo. —Penny, que venía del salón, había aparecido con un leve rubor cubriéndole las mejillas–. Hola, Ben. Evie, ¿por qué no vas a jugar al juego de las sillas? Papá está preparándolo ya.

Penny cerró la puerta y arrastró a Ben hasta la cocina.

–Dios mío, esto es un caos. No sé en qué momento accedí a hacer aquí la fiesta. Tendríamos que haber ido al parque y dejar que corrieran como locos o ir a algún sitio donde no me importara que vomitasen encima de las cosas.

Ben echó un vistazo a la cocina, que normalmente estaba impecable: había montones de papel de regalo arrugado junto a la pared, guirnaldas torcidas colgando de las lámparas, varios zapatos diminutos regados por los lugares más estratégicos para provocar un tropezón, huellas de gelatina en las puertas plegables de cristal y manchas marrones incrustadas en la alfombra, que esperaba que fuesen del pastel de chocolate y no de algo infinitamente peor.

Además, se oía un sollozo ahogado procedente del cuarto de al lado.

–Ay, madre, ya está Reuben llorando otra vez. Debería haber pensado en otro juego en el que no hubiese eliminados. Negociar con la Unión Europea es más fácil que hacerlo admitir que se movió en el juego de las estatuas.

–La verdad es que usar la temática de piratas y princesas en un cumpleaños me pareció demasiado arriesgado –señaló Ben sentándose con cuidado en una silla, tras despegar una galleta pegajosa del asiento.

–Bueno, yo creía que Evie quería ser una princesa Disney, pero luego decidió que quería ser un pirata y, claro, todos querían ser piratas también, aunque al principio fuesen princesas, así que hay muchos más espadachines de lo que me había imaginado. Toma, bebe algo. Te juro que a mí me vendría de perlas, pero tengo que mantenerme sobria, que soy la adulta responsable. ¡Ja, ja, ja!

Penny acompañó su risa, que presentaba un matiz histérico, con un lanzamiento de cerveza a Ben que terminó con parte de la bebida derramada.

–Gracias, Pen –dijo él tomando un trago largo para adquirir un empujoncito de valentía.

Penny se pasó la mano por el pelo despeinado y aprovechó también para quitarse una serpentina. Después, enderezó los hombros y respiró hondo.

–Vale, voy a volver. –Echó una mirada nerviosa hacia el salón, donde los niveles de ruido habían incrementado–. Ve a hablar con papá y mamá. Están escondidos en el jardín. Papá está con la barbacoa.

–La verdad es que no…

–Es eso o meterte ahí y encargarte del juego de la bomba. Tú eliges –interrumpió Penny con una mirada desquiciada.

Un golpe fuerte que venía de la otra habitación, seguido de un grito y luego del llanto de un niño, hizo que no le costase tanto tomar una decisión.

–Iré a hablar con papá y mamá –accedió Ben tomando otro trago de cerveza antes de dirigirse al jardín.

Ben empujó las puertas de cristal y avanzó por el camino pisando las losas de piedra de Yorkshire. Penny acababa de remodelar el jardín para dejar espacio a la oficina de Anthony y la cama elástica de Evie.

Las jardineras enlucidas de color blanco, que bordeaban las vallas negras de pizarra, y los olivos, que se iluminaban de una forma muy estudiada en cuanto caía la noche, se erguían de manera uniforme y tapaban los conductos de plástico que llevaban la electricidad y el Wi-Fi hasta lo que Anthony llamaba su «cabina-oficina», y Penny, su «caseta».

Nada más atravesar un arco cubierto de rosas, su madre le saludó.

–¡Hola! Nos preguntábamos dónde te habías metido.

La madre de Ben, con el pelo de color rubio ya lleno de canas recogido en un moño, se levantó para darle un abrazo. Ben sonrió y se inclinó para rodearla con los brazos.

—Anoche tenía guardia, así que hoy he empezado el día un poco más tarde.

Anthony, además de un entusiasta de las barbacoas, era un pez gordo en la City de Londres, así que no solo había usado su bonus anual para la cabina-oficina-caseta-cobertizo, sino también para amueblar la zona elevada de tarima con una cocina exterior de microcemento especialmente diseñada para su barbacoa Green Egg. Ben tuvo que admitir que estaba muy bien pensado, a pesar de estar situada bastante más cerca de la pérgola de madera de lo que el criterio profesional de Ben creía conveniente —¿Acaso no sabían cuántos incendios domésticos provocan las barbacoas que no están bien colocadas?—. Y por no hablar de las intoxicaciones por monóxido de carbono que había cada año.

—¿Cómo lo lleva papá? —le preguntó a su madre en voz baja mirando a su padre, que estaba inclinado sobre la barbacoa.

Como a Anthony le había tocado ayudar con los juegos de la fiesta, los padres de Ben se habían encargado de cocinar. Así, mientras su madre untaba mantequilla en los panecillos, su padre, encargado de las hamburguesas, murmuraba furioso mientras le echaba un vistazo al termómetro de la barbacoa.

—Bueno, bien, ya ha quitado la tapa —contestó su madre intentando ser diplomática—. ¿Por qué no vas a ver si le puedes echar una mano?

Después de dar un trago más a la cerveza para coger fuerzas, Ben se acercó a su padre.

—Hola, papá. ¿Cómo estás?

Su padre levantó la vista y le miró con el ceño fruncido.

—Pues estaría bien si no fuera por el cacharro este. De verdad, ¿qué tiene de malo usar una parrilla de toda la vida? No entiendo por qué tanta cosa con el artilugio este tan ridículo. Cuesta más y trae más dolores de cabeza.

–Ian, agradecería que te calmases –intervino la madre de Ben–. Deja que Ben le eche un vistazo, que él sabe de fuego. Tú ayúdame con los panecillos.

Ben extendió la mano hacia las pinzas, dispuesto a ayudar, pero, antes de que pudiera cogerlas, su padre se las arrebató.

–Ben sabrá mucho de apagar fuego, pero de encender uno no tiene ni idea. No va a servir de nada.

Ian se dio la vuelta otra vez hacia la parrilla con los hombros tensos.

Ben puso los ojos en blanco. Nada nuevo.

–Papá, creo que soy capaz de hacer unas hamburguesas. ¿Por qué no te sientas allí con mamá? –le insistió mientras levantaba de nuevo la tapa curvada de la barbacoa, que su padre empujó hacia abajo con fuerza.

–Puedo apañármelas, muchas gracias. Déjame hacerlo a mí.

Ben soltó un suspiro hondo y volvió a la mesa, con la mandíbula apretada, para sentarse junto a su madre.

Ella le tendió la mano para tranquilizarlo.

–No le hagas caso, ya sabes cómo se pone –le dijo con suavidad.

–Ya –respondió Ben entre dientes–. Es insoportable. No sé por qué no me deja ayudar, si está claramente agobiado.

–Lo sé, lo sé, pero él cree que pedir ayuda es señal de debilidad. No… no es capaz, ya lo conoces.

Ben miró el rostro preocupado de su madre y decidió tranquilizarse.

Había visto de primera mano lo que ocurría cuando su padre necesitaba ayuda. Pero Ben había aprendido que pedir ayuda era un acto de fortaleza, no de debilidad, así que esperaba que su padre, que había sido policía, fuese capaz de llegar a la misma conclusión.

Tras su crisis, Ben pensó que su padre sería capaz de entenderlo, pero, lejos de ser así, le dijo que tenía que espabilar. La negativa de Ian de admitir que alguna vez él hubiese pasado por algo similar había hecho que Ben se sintiese dolido y furioso. Su terapeuta le repetía una y otra vez que debía hablar del tema con su padre.

«Me sentiré preparado para tener esa conversación con él cuando las ranas críen pelo», pensó con rabia mientras observaba la espalda rígida de su padre, que golpeó la tapa de la barbacoa para cerrarla y tiró las pinzas de la frustración.

Entre tanto, Mary y Penny estaban entre la espada y la pared, intentando mediar entre los hombres de la casa. Ben sabía que, con tanta tensión, su paciencia estaba a punto de agotarse.

–¿Por qué no vuelves dentro y vas a echarle una mano a tu hermana? –le sugirió Mary al ver la cara de decepción de su hijo–. En unos diez minutos la comida estará lista, así que seguro que necesita ayuda para prepararlo todo.

Ben volvió a mirar a su padre, que rezumaba frustración y enfado mientras seguía peleándose con la barbacoa. Incluso lo oyó mascullar algo sobre lo fácil que era para otros dar todo por vencido y largarse.

A Ben se le encogió el corazón.

En ese momento se dio cuenta de que una casa llena de criaturas de siete años requería bastante menos esfuerzo, así que cogió su cerveza y se marchó.

–Menos mal que por este año ya hemos terminado.

Penny se dejó caer en el sofá de terciopelo verde oscuro y puso los pies sobre la mesa de centro. Se había puesto unas mallas, un jersey largo de cachemir y, con los hombros al fin relajados, alargó la mano hasta su copa y le dio un trago largo al vino.

Ben, que estaba sentado a su lado, le sonrió.

–Has hecho un buen trabajo. Evie se lo ha pasado bomba.

–¿Verdad que sí? –Penny parecía satisfecha–. Me encanta, la verdad. ¡Sobre todo cuando ya se ha terminado y la casa ya está limpia y libre de tarta! Gracias por ayudarnos.

–No hay de qué. Ha sido divertido.

Penny le lanzó una mirada escéptica y él se rio.

–Bueno, quizá divertido no es la palabra, pero me alegro de haberos echado una mano.

Una vez que terminaron de jugar y se comieron las hamburguesas, los padres empezaron a venir a recoger a sus hijos y, uno por uno, los amigos de Evie volvieron a sus casas, algunos con menos ganas que otros, con sus bolsas de regalo en la mano y pringados de chocolate. Anthony se encargó de bañar a su hija mientras Ben y Penny iban recolocando cojines, limpiando las superficies que estaban a la altura de los niños y guardando los juguetes en los armarios. Con la casa recogida, se desplomaron en el sofá, satisfechos, y empezaron a devorar las salchichas de cóctel que habían sobrado –ecológicas, por cierto– y el erizo hecho con pinchitos de queso y piña, que Penny adoraba porque le recordaba a su infancia, pero que, por algún motivo, los niños habían despreciado.

–¿Otra cerveza? –preguntó Penny levantándose para ir a la nevera a rellenarse la copa de vino.

–Sí, por favor, me vendría genial.

Ben sacó del pincho los cubitos de queso chédar y de piña y se los comió.

Penny volvió con las bebidas y se encogió en el sofá con las piernas dobladas.

–¿Por qué no te quedas a dormir? Todavía tienes cosas tuyas aquí. Así te ahorras el viaje de vuelta.

–Buena idea. Así mañana estoy con Evie; le he prometido que iba a montar con ella el castigo de Lego mientras veíamos *Frozen* otra vez.

–Planazo. Así puedo dormir un poco más. Gracias, tío Ben.

Los dos hermanos se quedaron un rato en silencio disfrutando de la calma tras el caos. La luz se filtraba entre las lamas de las persianas, y las velas que había sobre la repisa de la chimenea generaban un brillo que volvía la habitación más acogedora. Del piso de arriba llegaba el ruido del agua al caer y la voz de Anthony al intentar convencer a Evie de que tenía que acabar de prepararse para irse a la cama.

Penny se giró hacia Ben.

—Te he visto hablando con papá. ¿Todo bien?

Ben se encogió de hombros.

—Pues antes, mientras hacía la barbacoa, ha estado insoportable. Le pregunté qué tal el viaje y se puso a quejarse del tráfico que habían pillado. Luego cometí el error de preguntarle qué carretera habían tomado y empezó a echarme un discurso de las ventajas que tiene la circunvalación del sur frente a la M25 y la A3. ¡Para ser papá, estaba de lo más animado!

—¡Por lo menos mamá no ha vuelto a soltar lo de que no usa el GPS del móvil para que no los vigilen!

Ben reconoció que aquello era un pequeño alivio. Su madre era maravillosa en casi todo, pero cuando se trataba de las nuevas tecnologías, sentía una profunda desconfianza. De hecho, habían conseguido hacía muy poco tiempo que se comprase un móvil por si había alguna emergencia.

—Al menos tú y papá habéis pasado un rato juntos. Sé que no es fácil para ti.

Ben no contestó.

Siempre hacía bromas, pero el hecho de que su padre fuese capaz de hablar largo y tendido de cuál era la mejor ruta para ir de Wandsworth a Winchester, pero no de cómo estaba su hijo o a qué se dedicaba, le dolía.

Y se sentía un cobarde por no plantarle cara, pero no quería ponérselo difícil a su madre. Al ver el ceño fruncido de su hermano, Penny cambió de tema.

–Bueno, y no solo te vi hablando con papá –le dijo con tono burlón–. Parece que la madre de Kieran y tú os lleváis bastante bien.

–¿Sami? Sí, me estaba preguntando por mantas ignífugas para la cocina –contestó Ben sorprendido–. Quería saber dónde podía comprarlas.

–Mmm, no creo que te diese su número de teléfono solo por eso. –Penny dio otro trago de vino y se colocó un mechón de pelo detrás de la oreja–. Me preguntó varias veces si estabas soltero y no es la única de las mamis del colegio que quieren saber más de ti. ¡Y eso que muchas ni siquiera están solteras!

–Bueno, pues ¡las casadas desde luego no me interesan! –dijo Ben, escandalizado.

–Ya lo sé, solo te estaba tomando el pelo –admitió Penny–. ¿Y qué me dices de Sami? Es un encanto. ¿Por qué no la invitas a salir? –añadió con cautela.

Ben no contestó de inmediato.

–No sé. No me siento preparado para eso y, además, tampoco es que mi trabajo me lo ponga fácil. Lo he intentado y no tener tardes ni noches ni fines de semana libres no es muy atractivo. A la gente le molesta.

–Dirás que a Luisa le molestaba.

Penny, que nunca había soportado a la exnovia de su hermano, hizo una mueca.

–No solo a Luisa. A Milly tampoco le hizo mucha gracia.

–Salisteis solo una vez. Dudo mucho que eso cuente.

Penny miró a su hermano, que estaba entretenido contemplando su vaso y fingiendo que no la oía.

Penny suavizó el tono.

–Mira, sé que lo de Luisa te dejó muy tocado y si lo que te apetece es estar solo, está bien. Pero solo quiero que seas feliz y que sepas que hay un montón de mujeres interesadas en ti, si en algún momento decides que quieres buscar a alguien. Pero no puedo seguir espantando yo sola a todas las solteras de la asociación de padres y madres, ¿eh?

Ben esbozó una sonrisa.

–Gracias, Pen. Me estoy acostumbrando otra vez a estar solo. No creo que ahora mismo esté preparado para todo lo que implica salir con alguien, pero te avisaré cuando lo esté.

–Vale, pues cuando lo estés te subastaré como premio en la rifa del cole. Alto, guapo, bombero... eres un partidazo, que lo sepas. Este año me toca recaudar fondos para arreglar el tejado, así que, si tengo que vender a mi hermano al mejor postor, pues lo vendo.

Al ver la expresión tan decidida de Penny y darse cuenta de que no parecía estar bromeando, Ben se asustó.

Capítulo 13

–Hola, cielo. ¿Cómo estás?

Jenni escuchó el chasquido metálico de un mechero seguido de una calada, que le anunció que su madre acababa de encenderse un cigarrillo. Se la imaginó sentada en el taburete junto a su cocina Rayburn con el paquete de Benson & Hedges a su lado encima de la mesa, así que puso los ojos en blanco, aunque con cariño. Pero, al momento, una punzada de dolor la sacudió al imaginarse también allí a su padre, empujando un cenicero hacia Annie en silencio antes de coger el teléfono para saludarla. Quizá ese dolor nunca llegara a desaparecer.

Jenni puso a su madre al día: la pierna iba mejorando y ahora llevaba la bota, que le permitía moverse con más facilidad. Seguía trabajando desde casa, pero se sentía mucho mejor ahora que podía salir a comprar un litro de leche –o más bien, chucherías– sin tener que mandarles un mensaje a sus vecinos Jo o Nick para pedirles el favor de que se lo comprasen. No le parecía buena idea confesar que, en ese momento, su relación más consolidada era con el chocolate de Cadbury y las patatas Walkers.

En el trabajo se estaban portando fenomenal; le habían mandado una cesta llena de exquisiteces y caprichos, que iba comiéndose poco a poco, a excepción del *kimchi*, que seguía intacto, pese a la nota de Clive insistiendo en que lo probara por el bien de su salud intestinal. Tenía unas ganas enormes de volver a la oficina para ponerse al día de todos los cotilleos. Tim había intentado ponerla al corriente de todo, pero estaba convencido de que los de informática le vigilaban el correo, y Jenni había sido incapaz de descifrar sus mensajes en clave. Por suerte, Lucy era menos dada a teorías conspiranoicas y simplemente la había llamado para charlar.

Su madre también tenía noticias.

—Esto… —Hizo una pausa y dio una calada seguida de una larga bocanada de humo—. He decidido irme a Nueva Zelanda con Alan. ¿Qué te parece? —añadió luego.

—Creo que es una noticia estupenda. ¿Cuándo os vais? —dijo Jenni, antes de darse cuenta, aliviada, de que realmente se alegraba por su madre y no lo decía solo por compromiso.

Otra calada.

—Ay, cariño, me alegro mucho de que te lo hayas tomado tan bien. Tengo que reconocer que era algo que me preocupaba. Pero, ya sabes, todo lo de tu padre me ha hecho darme cuenta de que tenía que aprovechar la vida. Nunca sabes lo que puede pasar.

—¡No digas eso! ¡Tú vas a ser inmortal! —Jenni no podía imaginarse una vida donde tampoco estuviera su madre—. Pero tienes razón, tienes que disfrutar a tope.

—Pues tenemos los billetes para el mes que viene y estaremos fuera tres semanas. Es mucho tiempo, pero queremos ir por nuestra cuenta después de visitar a la hija de Alan. ¿Seguro que estarás bien? Me preocupa que estés sola tanto tiempo.

—Claro que voy a estar bien, te lo digo de verdad. Ojalá dejaras de preocuparte tanto por mí. Y siempre podemos hacer Face-Time. Durante el confinamiento te hiciste toda una experta.

—Pues sí, me lancé a usar las nuevas tecnologías y la verdad es que me sentí bastante orgullosa. Y, cuando vuelva, quizá podríamos hacer algo juntas. Y ya sé que estás bien sola —se apresuró a decir su madre—, pero solo digo que me encantaría pasar tiempo contigo cuando vuelva.

Jenni, que iba a ponerse a la defensiva, se ablandó.

—Me encantaría. Lo único que te pido es que no te entre el gusanillo de irte allí a vivir. ¡Eso sí que no lo podría soportar!

—No te preocupes, cariño. No tengo intención de mudarme al otro lado del mundo. Además, aquí hay mucho movimiento.

Annie siguió con los cotilleos del pueblo y, mientras, Jenni emitía ruidos de asentimiento y apoyaba a su madre en su opinión de que hacer enfadar a la Asociación de mujeres era un error y que la instructora de gimnasia debía haber sabido que no era ella quien tenía reservado el centro comunitario. A pesar de ello, en realidad estaba escuchando a medias porque solo podía pensar en lo que le acababa de decir su madre. No pasaba nada por estar sola, ¿no? ¿De verdad no necesitaba a nadie con quien pasar los días? Tenía suficiente con lo que entretenerse… ¿verdad?

Su madre se despidió al fin y colgó, así que Jenni se quedó en silencio. Miró el piso a su alrededor y, de repente, se sintió abatida. Hasta su madre, que vivía en un pueblecito con menos de quinientos habitantes, había conseguido empezar una relación de nuevo, pero ella seguía ahí. Sola. Otra vez.

La caja de cartón que había en el suelo, junto a la puerta, llamó su atención. Había pedido un montón de prendas blancas con la idea de ir preparándose para la feria del 1 de mayo, que ya estaba a solo unas semanas. Encantada de tener algo con que distraerse, decidió dedicar el día a teñir las prendas y preparar el material para su puesto. Desde luego, estaba muy ocupada y tenía muchas cosas que hacer.

Estaba deseando ponerse con ello, pero Oscar tenía otros planes. Mientras hablaba con su madre, él se entretenía alternando entre arañarle las piernas y mordisquearle los dedos de los pies, y ahora, viendo que se dirigía a la cocina, empezó con entusiasmo su misión para conseguir más comida.

—Para ti yo solo soy un dispensador de chuches con patas, ¿a que sí?

Jenni refunfuñó mientras cojeaba hacia la cocina. Después, se detuvo un instante a mirar por la ventana y preguntarse si haría demasiado frío como para salir a trabajar al cobertizo. Si se quedaba en casa, tendría que ir con cuidado de no dejarlo todo hecho un desastre. Antes de que pudiese decidir qué hacer, pegó un salto al sentir un mordisco en el tobillo. Oscar no estaba para muchas esperas.

–¡Ay! Oye, encima que te voy a dar comida, me muerdes –protestó Jenni mientras cogía el bote donde guardaba las chuches de Oscar.

Después de abrir la tapa, le echó al gato unas cuantas en el cuenco y él empezó a devorarlas sin dejar rastro. Jenni, consciente de que se había quedado con ganas de repetir, sacudió el bote para dejar caer unas cuantas más y volvió a colocarlo en la estantería. En ese instante, decidió que sería mejor ir al cobertizo porque pensaba usar varios cubos de tinte a la vez y no quería arriesgarse a manchar el baño, así que cogió la cúrcuma y las pieles de cebolla que había estado guardando, abrió la puerta trasera y salió al jardín.

Oscar, que ya se había terminado sus chuches, pasó al lado de Jenni con aires de grandeza y saltó al muro que separaba su casa de la de sus vecinos, donde empezó a lamerse.

En dos pasos –o más bien, saltos– Jenni llegó hasta el cobertizo y, una vez dentro, sintió el olor a madera, pintura acrílica y aguarrás. Su vecino le había regalado algunos botes de pintura viejos, que ella había aceptado encantada; ese era el motivo por el que una pared era rosa claro, otra verde oliva y las otras dos azul pastel. Y, aunque, en teoría, esos colores no combinasen, a Jenni le encantaba ese resultado tan desigual que había quedado.

Le daba a su taller un aire acogedor y creativo, muy diferente del aspecto que presentaba con las paredes blancas que tanto le gustaban a Alex. Pintar el cobertizo había sido su primer acto de rebeldía, una manera de recuperar su espacio. Alex siempre le echaba para atrás cualquier idea que quisiera poner en práctica, porque él prefería un estilo más minimalista de mediados de siglo, que, sin duda, era elegante, pero que a Jenni nunca le había hecho sentirse ella misma. Haber usado el dinero que le había dejado su padre para comprarle su parte del piso a Alex hacía que fuese aún más especial, porque se sentía más unida a su padre.

Allí, en la mezcla caótica de colores del cobertizo, podía abstraerse de todo. Jenni cogió las prendas de ropa, las empezó a enrollar y sujetó la tela con gomas elásticas y cuerdas. Luego, anudó las mangas y empezó a experimentar con distintos cordeles que le permitiesen crear distintos patrones y efectos en el tinte. Por último, sumergió la ropa en los cubos donde estaba el tinte y la colgó en un tendedero improvisado.

Horas después, una vez tenía ya tendidos en una hilera de un extremo al otro del cobertizo los pijamas para bebé, las camisetas para niños, las mallas y los calcetines de todos los tamaños, Jenni volvió a casa para hacerse una taza de té.

Oscar, que estaba dormido encima de la mesa de jardín, echó una oreja hacia abajo al oírla pasar y ella se detuvo a acariciarlo; el pelo negro del gato en forma de parche que tenía alrededor del ojo le asomaba por detrás de la cola, enrollada en torno al cuerpo.

Jenni le sonrió; no se había dado cuenta de cuánto tiempo llevaba allí metida. La luz de la tarde a finales de primavera se iba apagando y las sombras se alargaban por el jardín y trepaban por la valla. A su alrededor percibió más señales de la naturaleza, que empezaba a despertar después de un largo invierno. Jenni inspiró hondo y se sintió en paz.

«Así se está bien», pensó.

Estaba bien sola. Podía arreglárselas sola así, con Oscar.

No necesitaba a nadie más.

Capítulo 14

Ben estaba tumbado, incapaz de dormir y agotado de tanta angustia; su mente oscilaba entre la incertidumbre de no saber qué hacer si lo despedían por culpa del cambio climático y el problema con su padre, con quien no sabía si podría recuperar la complicidad que habían tenido en el pasado.

Harto de dar vueltas en la cama, acabó apartando el edredón y se levantó. Se puso una camiseta vieja de Metallica, que no pegaba ni con cola con el pantalón de pijama de cuadros que llevaba, y se apartó el pelo de la cara mientras encendía la luz del pasillo y se dirigía hasta la cocina.

Después de acostumbrarse al ruido constante de convivir con una niña pequeña durante su estancia en casa de su hermana, su piso le resultaba inquietantemente silencioso. Ni siquiera el ruido lejano de una sirena ni el motor de un coche al ralentí en la calle conseguían que se sintiese menos solo.

«¿Por qué siempre me pasa esto a mí?».

Cuando se dio cuenta de que estaba entrando en un bucle autodestructivo, como su terapeuta le había enseñado a identificar, respiró hondo. No pasaba nada, una noche sin dormir no significaba que el insomnio hubiese vuelto. Solo necesitaba sentarse un rato en la cocina, relajarse y volver a la cama.

Siguiendo sus propios consejos, se preparó una taza de chocolate de los de toda la vida, como lo solía llamar su padre cuando él y Penny eran pequeños; es decir, un chocolate que se hacía mezclando azúcar y cacao en lugar de usar el instantáneo. Luego puso la radio para tener algo de ruido de fondo, metió la taza en el microondas, esperó a que sonase el pitido que le avisaba de que el chocolate ya estaba lo suficientemente caliente y se fue a la barra de la cocina a sentarse. Estiró el brazo para coger el móvil, pero enseguida se dio cuenta de que ponerse a leer malas noticias no le iba a ayudar mucho.

Tras rebuscar entre una pila con un montón de propaganda, menús de comida a domicilio y todo tipo de recibos, encontró la revista trimestral del parque de bomberos que se había traído a casa; los artículos de nuevas regulaciones y riesgo de pensiones deberían ser lo suficientemente soporíferos para que le entrara el sueño si nada más lo lograba.

Justo cuando iba por la mitad de la columna de opinión sobre las mejores alarmas de humo nuevas, se le erizaron los pelos de la nuca: tenía la sensación de que alguien le observaba.

Ben sacudió la cabeza para intentar quitarse esa sensación de encima, resistiendo las ganas de mirar a su alrededor. Evidentemente no había nadie. Solo estaba paranoico.

Intentó seguir con el artículo que estaba leyendo mientras daba otro sorbo a su chocolate, pero la sensación no desaparecía. Puso los ojos en blanco, consciente de lo idiota que estaba siendo, levantó la cabeza y echó un vistazo por la cocina para asegurarse de que estaba solo.

«Mira, ¿ves? Déjate de tonterías, no hay nadie miránd…».

De pronto, se le cortó la respiración al ver una cara pegada al cristal de la ventana.

Eran unos ojos de un verde intenso que lo observaban fijamente, unos dientes afilados que asomaban cuando esa criatura abrió la boca y unas orejas peludas…

«Espera, ¿orejas peludas?». Poco a poco la lógica se fue imponiendo, y Ben se dio cuenta de que el terrorífico monstruo que estaba en la ventana no resultó ser la personalización de su peor pesadilla hecha realidad, sino un gato. El mismo gatito que ya le había visitado en otra ocasión.

Aún con el corazón a mil por hora y riéndose para sus adentros, algo avergonzado, Ben se acercó a la ventana.

–Hola, pequeñín. ¡Vaya susto me has dado! ¿Qué haces aquí?

Del otro lado del cristal le llegó un maullido ahogado.

–Espera, te abro la ventana.

Aunque sabía que era un gato, Ben necesitaba asegurarse de que sus ojos no le estaban jugando una mala pasada. Por la mañana, se reiría de esta anécdota con sus compañeros, pero, ahora mismo, necesitaba quedarse tranquilo. Y, siendo sincero, tampoco le vendría mal un poco de compañía.

Ben levantó el pestillo con cuidado y empujó un poco la ventana, medio convencido de que el gato saldría corriendo. Sin embargo, desafiando todas las leyes de la física, se deslizó por el hueco tan estrecho que había y se coló en la cocina.

El gato empezó a ronronear y restregarse por el brazo que Ben aún tenía estirado. Él se escogió de hombros, cerró la ventana para que no entrara el aire fresco de la noche y se rindió al gato de pelaje atigrado, al que empezó a acariciar.

–Vaya, sí que eres cariñoso, ¿verdad que sí? ¿Qué haces por ahí fuera a estas horas de la noche?

El gato, evidentemente, no contestó, sino que se dejó caer hacia un lado y levantó las patas para que Ben le acariciase la barriga.

Él se sintió halagado, aunque algo extrañado porque estaba seguro de que había leído en alguna parte que los gatos solo quieren que les rasquen la barriga cuando se sienten a gusto con alguien, así que le complacía haberse ganado la confianza de ese minino tan rápido. Con cuidado, alargó la mano para acariciarle la barriga, pero, en cuanto sus dedos tocaron el pelo, el gato le atrapó el antebrazo con las patas delanteras y empezó a darle patadas con las traseras, como si fuese su presa.

–¡Ay! –Ben apartó el brazo y se examinó la mano en busca de algún arañazo–. ¡Me has tendido una trampa!

El gato, que parecía satisfecho de haberle dejado claro a Ben quién mandaba, saltó a la encimera y se acercó con tranquilidad a la barra de desayuno. Se subió al taburete donde estaba sentado Ben y lo miró con aire expectante.

«Vaya cara tiene», pensó Ben. El gato no solo se había colado en su casa, lo había engañado para que bajara la guardia y luego le había atacado, sino que, encima, ahora también le había quitado el sitio y parecía dar por hecho que se merecía que Ben le sirviese un buen festín.

—Ven aquí —dijo Ben dando unos golpecitos en el otro taburete.

El gato se limitó a mirarlo fijamente.

Aún no se atrevía a tocar al gato de nuevo, ni con esos guantes especiales de cuero que se usan para amaestrar aves rapaces, así que se sentó en el taburete libre —menos cómodo, para ser sincero—, cogió su taza de chocolate y siguió leyendo.

El gato se acurrucó en la silla de al lado con las patas recogidas bajo el cuerpo. Parecía estar a gusto, así que Ben continuó pasando páginas de la revista mientras se terminaba su bebida. Ahora, más tranquilo, empezó a sentir algo de sueño. En cuanto acabase aquel artículo pensaba volver a la cama.

Como si supiese que se le acababa el tiempo, el gato bajó del taburete de un salto, dio otro para subirse al fregadero y se quedó esperando junto a la ventana. Luego se giró hacia Ben y soltó un maullido suave.

—Vale, chiquitín, espera, que te abro.

El gato se detuvo para restregarse la cabeza contra la mano de Ben de forma cariñosa y luego volvió a deslizarse por el hueco de la ventana. Ben oyó un golpecito cuando el gato bajó del alféizar y aterrizó en el suelo.

Después, se hizo el silencio.

Sonriendo para sus adentros, Ben cerró la ventana, apagó la luz y volvió a la cama.

Por algún motivo, ya no se sentía tan solo.

Capítulo 15

A Jenni las últimas semanas se le habían pasado volando. En el hospital le habían dicho que ya tenía mucho mejor la pierna, así que ahora, sin bota ni muletas, había ido al trabajo prácticamente saltando, encantada de dejar atrás las cuatro paredes de su piso. Aunque le gustaba trabajar desde casa, no era lo mismo hacerlo por elección que por obligación.

Incluso le dio la sensación de que Oscar estaba harto de ella. Cada vez desaparecía durante más tiempo, salía más temprano y volvía más tarde por las noches. Igual estaba entrando en la adolescencia, aunque con tres años quizá ya la había pasado.

¿Era la equivalencia de años gatunos igual que la de los perros?

Su primer día de vuelta en la oficina le había resultado un poco desconcertante. Como estaba ilusionada por regresar, había comprado café en su cafetería favorita para celebrarlo. Sin embargo, al empujar la puerta giratoria de la oficina de Go Big con una mano mientras equilibraba la bandeja de cartón con las bebidas con la otra, se encontró con la sorpresa de que Lucy y Tim estaban esperándola.

–¡Sorpresa! ¡Hola, guapa, hemos pensado en venir a saludarte! –dijo Tim prácticamente gritando mientras daba saltitos en el sitio.

–Eh, sí, hola, me hace mucha ilusión veros a los dos, pero de verdad que no hacía falta montar un comité de bienvenida –respondió Jenni, observabando cómo Lucy fulminaba a Tim con la mirada y movía los labios diciéndole «compórtate».

—Oh, no te preocupes, pensamos que te haría ilusión la sorpresa —añadió Lucy.

—Sí, sí, seguro que te ha hecho mucha ilusión, pero, eh, te ayudo —se ofreció Tim cogiendo los cafés que llevaba Jenni, que empezaba a sentir que algo no cuadraba.

¿Qué estaba pasando?

—De verdad que no hace falta. No necesito ayuda… —protestó Jenni sin poder terminar la frase.

—Vamos, te llevamos a la oficina —la interrumpió Lucy.

Lucy le pasó el brazo por encima de los hombros y la guio hacia las escaleras.

—El médico me ha dicho que no fuerce todavía, así que mejor subo en ascensor. Si queréis subir por las escaleras, os espero arriba.

—Te lo dije —susurró Tim a Lucy, que chasqueó la lengua.

Jenni se giró para mirarlos, pero, en cuanto se dio la vuelta, ambos mostraban una sonrisa de oreja a oreja.

—Claro, sin problema, vamos por el ascensor —dijo Tim dirigiéndose hacia los ascensores y pulsando el botón.

Lucy se apresuró para unirse a Tim y los dos empezaron a susurrar con mucha intensidad mientras Jenni caminaba poco a poco hacia donde estaban. En cuanto se puso a su lado, dejaron de hablar de repente y esa expresión casi maniática se volvió a instalar en sus rostros.

—Vale. ¿Qué os pasa? ¿Ha ocurrido algo? ¡Oh, no me digáis que me estáis organizando una fiesta de bienvenida! ¿He de fingir sorpr…?

—No. No te estamos organizando ninguna fiesta —la interrumpió Lucy mientras se abrían las puertas del ascensor y la guiaba hacia dentro—. Pero, bueno, hay algo y, eh… —Suspiró de forma dramática—. Tim, explícaselo tú.

Tim pulsó el botón del sexto piso del ascensor, que, igual que la sensación de preocupación de Jenni, comenzaba a subir.

Luego se giró hacia ella.

–¿Qué ha pasado? ¿Me han despedido? ¿Clive quiere deshacerse de mí? ¿Qué ocurre? Tenéis que decirme qué está pasando.

Tim se giró hacia Jenni.

–Vale, a ver, ¡tranquilízate! No es nada de eso. En realidad, es todo lo contrario. Podría decirse que es una especie de homenaje a ti… quizá.

–¡Decídmelo de una vez!

La preocupación de Jenni ya se convertía en frustración.

–Vale, vale. Es que han cambiado un poco la decoración y pensamos que quizá te… bueno, que igual no te… gustaría.

Tim se quedó en silencio.

–¿Eso es todo? ¿Por qué no me iba a gustar? No puede ser tan malo, ¿no? –dijo Jenni, desconcertada–. A ver, reconozco que últimamente tengo mis manías con el color naranja, pero seguro que no será tan terrible.

El ascensor se detuvo dando una sacudida. Lucy se giró hacia Jenni y la agarró por los hombros.

–Es peor que el naranja –admitió con firmeza.

–Sí –añadió Tim con una expresión seria–. Tienes que mentalizarte. Y que sepas que intentamos impedirlo.

Las puertas del ascensor se abrieron con una sacudida en la recepción de Go Big.

–Dios. Mío. De. Mi. Vida –exclamó Jenni, paralizada–. ¿Qué coño es esto?

–¡Tranquila! –la calmó Lucy–. Solo está aquí. Y en la cocina. Y un poco en el salón. Pero fuera de eso, casi ni se nota.

–Joder –susurró otra vez Jenni ignorando el intento de Lucy de tranquilizarla.

De repente le quedó tan claro por qué estaban tan empeñados en que subiese por las escaleras: para evitar la recepción, donde había fotos de ella a tamaño gigante. Por todas partes.

—A ver, ya sabía que las iban a usar para la campaña, pero no pensé que Clive haría esto –dijo Jenni con un hilo de voz.

Las fotos, que estaban enmarcadas, mostraban el instante en el que perdió el equilibrio, con el montón de ropa de punto de colores que llevaba en los brazos volando por los aires; y, si no sabías lo que había ocurrido después, la expresión de su cara reflejaba más una sorpresa agradable que un momento de horror. Esa imagen de ella estaba colgada por todas y cada una de las paredes, y alguna era tan grande que hasta se le veían los poros de la nariz.

Jenni se estremeció y Tim le dio una palmadita de consuelo.

—Tu pelo está espectacular, tiene mucho movimiento con, eh, la caída.

Antes de que Jenni pudiera articular una respuesta, la puerta del interior de la oficina se abrió de golpe y Clive entró dando zancadas con una sonrisa tan amplia que parecía el Joker.

—¡Jenni! ¡Nuestra estrella! ¡Has vuelto! Estupendo. Veo que estás admirando la sesión de fotos de la campaña. Aquí tus compañeros intentaron sugerirme otras fotos, pero a mí esta imagen me transmite un tono divertido y desenfadado; y es justo lo que estamos buscando, ¿no te parece? –Tomándose la incapacidad de Jenni para hablar como un «sí», continuó–: ¡Veo que estás tan emocionada como yo! ¡Maravilloso! Bueno, nos vemos en «Los lunes de logros» dentro de quince minutos –terminó y se esfumó al baño antes de que alguien pudiese decir nada.

—No te preocupes, corazón, hemos cubierto tantas fotos como hemos podido con carteles sobre salud mental. Con el paso del tiempo, ni te darás cuenta de que está ahí… –la animó Tim dejando los cafés, ya fríos, sobre el mostrador de recepción a pesar del gesto de desaprobación de Fran, que se tomaba muy en serio la política empresarial de mantener el mostrador despejado.

–Y están por todas partes. Amy, no puedo ni ir al baño sin ver la caída ridícula que tuve. Estoy por ir a Recursos Humanos. Esto, sin duda, cumple con la definición de acoso laboral.

Amy, que estaba llorando de risa, no podía articular palabra.

–¿Te gustaría que, al volver de la baja por maternidad, Clive hubiese cogido esa foto tuya enseñando la faja moldeadora en la fiesta de Navidad y la hubiese colgado en la recepción en tamaño gigante? ¿Eh? ¿Te imaginas intentar trabajar viendo eso por toda la oficina?

Imaginar esa escena hizo que Amy se calmara y se secase las lágrimas de los ojos.

–Ay, Jenni, lo siento mucho. Tiene que ser horrible, pero sabes que la campaña está funcionando muy, muy bien, y que las fotos con las modelos van a publicarse pronto, así que dentro de poco pasarás a ser una simple foto más. Y ya sabes que a Clive le encanta cambiar la «energía» de la oficina cada pocos meses. No tardará en quitarlas.

–Bueno, ahora estoy con la ropa de senderismo, así que igual unos loros tropicales pueden ser un excelente reemplazo.

–¡Así me gusta! Y, hablando de paredes, necesito que me eches una mano con una cosa –le pidió Amy–. Pero antes vamos a tomarnos otra taza de café.

Jenni se acomodó de nuevo en el sofá de color rojo brillante mientras Amy, con las mangas arremangadas de la camiseta de rayas que llevaba debajo de un peto negro, se acercaba a encender el hervidor. La casa de Amy y su familia estaba a un solo trayecto en bus de la de Jenni, así que esta, que aún se sentía maravillada de poder salir de su piso, se alegró de poder hacer ese corto trayecto para ir a visitar a su amiga. Además, Tilly, George y Simon estaban en el parque, así que ellas podían disfrutar de su conversación sin interrupciones.

La casa en la que vivían era de alquiler porque la veían como algo temporal hasta que encontrasen otro lugar que comprar, pero, entre los niños y el trabajo un tanto incierto de Simon, habían decidido quedarse un tiempo, a pesar de que una casa tan estrecha y con varios pisos no era el hogar ideal para una familia con carritos de bebé. En teoría, la cocina y el salón --donde estaban sentadas en ese momento– eran funcionales porque Amy podía cocinar y al mismo tiempo vigilar a los niños sentados en la mesa.

El problema era que estaban en la primera planta, lo que significaba subir y bajar las escaleras con los bebés y las bolsas de la compra unas diez veces al día.

Amy volvió con las tazas y, mientras bebían, Jenni le enseñaba las fotos de los productos que iba a vender en la feria dentro de un par de semanas.

–Oh, me gusta esa –dijo Amy señalando una bolsa de algodón teñida de un rosa intenso–. Es preciosa.

–Pues si me echas una mano un par de horas en el puesto, es toda tuya –le ofreció Jenni a su amiga con una mirada suplicante–. Solo para poder ir a darme una vuelta por los otros puestos y ver qué hace la competencia. Y, además, en algún momento tendré que ir al baño.

–Vale, hablaré con Simon para ver si puede encargarse de los niños.

–Gracias, contigo va a ser mucho más divertido. La verdad es que estoy un poco nerviosa –le confesó Jenni, que ahora era consciente de todo el trabajo que implicaba y el poco tiempo que quedaba para que empezase la feria.

–Tienes cosas muy chulas, no te preocupes, todo irá bien. Oye, ¿te has terminado el café?

Jenni dio un último trago apresurado y asintió.

–Vale, sígueme.

Amy se encaminó hacia las escaleras y las dos subieron hasta la última planta, donde se encontraba la habitación de matrimonio, que daba a la fachada, y junto a ella otra más pequeña, que daba a la parte trasera.

Hasta ahora, Tilly había dormido en la cuna que estaba en el dormitorio de sus padres, pero a partir de la semana siguiente, iba a pasar a la otra habitación, que compartiría con George.

—He despejado este rincón para meter su cuna y necesito que me ayudes a colgar estas lucecitas; así quedará más mono y, cuando tenga que venir a darle la toma de la noche, habrá una luz más tenue.

—Me parece una buena idea. ¿Qué necesitas que haga?

—Me voy a subir a esta silla. ¿Me puedes ir pasando las luces para que no se me enrede todo?

Mientras Amy se estiraba para poder enganchar el cable en los ganchos de la pared, Jenni le iba pasando las luces poco a poco. Un rato después, cuando terminaron de colocarlas, Amy se bajó y enchufó las luces.

—¡Tachán!

Las lucecitas, que se extendían por toda la pared del dormitorio, donde estaba la cuna, proyectaban un delicado resplandor sobre los dibujos de animalitos del bosque del edredón de Tilly, transformando la habitación en un espacio mágico.

—¡Está precioso! —exclamó Jenni—. ¡Qué suerte tiene Tilly!

—¡Espero que, con esto, Tilly duerma bien y así su mami también pueda tener suerte!

Justo entonces, oyeron el sonido de la puerta de la entrada al abrirse, seguido de unos golpes en la escalera que anunciaban que George, Simon y Tilly estaban subiendo al salón.

—Oh, vaya —lamentó Amy—. Se acabaron la tranquilidad y el silencio. Vamos, que George querrá enseñarte sus dinosaurios.

Jenni intentó mostrar entusiasmo y, después de echar un último vistazo a la habitación tan bonita que les había quedado, siguió a Amy escaleras abajo, preparada para maravillarse ante la nueva obsesión de George.

Capítulo 16

–Oye, que sepas que no tengo ninguna chuche para darte, ¿eh?

El gato se quedó mirando a Ben fijamente.

–Esto es café. Los gatos no pueden tomar café.

El gato parpadeó despacio, lo que hizo a Ben flaquear.

–Bueno, puede que tenga algo en la nevera. Aunque no sé si debería darte de comer. Se supone que tienes el desayuno esperándote en casa, ¿no?

La respuesta que recibió fue una mirada fija.

–Supongo que un poco de pollo no te hará daño.

Ben abrió la puerta de la nevera. Había pensado en aprovechar las sobras de pollo para su comida de hoy, pero, bueno, al final arrancó un pedazo de pollo y se lo puso en un platillo.

–Ahí tienes, Fred.

Desde la primera visita hacía unas semanas, Fred, como lo llamaba ahora Ben por su oficial al mando Frederick Fawcett, empezó a visitarlo con mucha más frecuencia; aquella mañana, cuando entró a casa, Ben se encontró al gato sentado en el alféizar, con las orejas pegadas a la cabeza. Al ver a aquel pobre animal esperándolo fuera, con el tiempo de perros que hacía, sintió una punzada de culpabilidad, así que lo menos que podía hacer era darle un poco de pollo.

Fred parecía estar bien cuidado y era evidente que alguien en otra casa le daba de comer, pero, aun así, no quería que el gatito pasara hambre.

–Toma, anda –dijo dejando el platito en el suelo.

Fred lo ignoró, se encaramó en el taburete de un salto y se quedó mirándolo con expectación.

–No me creo que vaya a hacer lo que voy a hacer –refunfuñó Ben mientras cogía el platito del suelo y lo ponía sobre la barra de la cocina.

Fred agachó la cabeza, empezó a olfatearlo y, luego, comenzó a mordisquear con delicadeza los trocitos de pollo.

«Esto es increíble», pensó Ben.

–Ya verás cuando se lo cuente a los del curro. Si ya les sorprende que te haya dejado entrar, van a flipar cuando les diga que he dejado que te agencies mi silla favorita, ¡y que ahora te sientas en mi mesa a comerte mi comida!

Ben les había contado a Taz y a sus otros compañeros la visita nocturna que le había hecho Fred, y, como era de esperar, se habían cachondeado de él. Taz, en particular, se lo había pasado en grande tomándole el pelo por haberse acojonado tanto al ver a un gatito peludito y adorable.

Las nuevas historias que surgían con cada visita de Fred provocaban carcajadas entre sus amigos al escuchar las exigencias del gato, incluso hasta en lo que Ben ponía en la tele: si era algo de policías y detectives, Fred se acurrucaba ronroneando en su regazo, pero como fuesen películas antiguas de guerra, empezaba a maullar y se iba si no cambiaba de canal en ese mismo instante. Y eso para Ben, que prefería ese tipo de películas, era un fastidio.

A pesar de ello, disfrutaba la compañía que le hacía el gato, especialmente cuando le visitaba por las mañanas, como aquella. Cuando volvía a casa después de un turno de noche muy intenso, le costaba relajarse, pero la presencia de Fred le ayudaba a sentirse mejor. Y, aunque no quería acostumbrarlo demasiado, la última vez que había ido al supermercado había metido en la cesta un paquete de barritas líquidas de Lick-e-Lix para gatos.

Su sentimiento de culpa por darle de comer a Fred se compensaba con la felicidad que aquel manjar líquido, de olor desagradable y sabor a hígado, provocaba en el gato, que apenas respiraba mientras lo devoraba.

Ben observaba con una sonrisa a Fred, que, una vez terminó la comida, se lamió la pata y se la pasó por la oreja antes de acurrucarse en el taburete a echarse una siesta.

Tras comprobar que la ventana estaba abierta para que el gato pudiese salir cuando quisiese, Ben decidió que era hora de hacer lo mismo y se dirigió a la cama para recuperar un poco de sueño antes de volver a la estación de bomberos en otro turno de noche.

Fred, ya profundamente dormido, ni siquiera se dio cuenta de que Ben se había marchado.

Capítulo 17

–Aj, ¿por qué no funciona? –Jenni sacudió el portátil, desesperada–. ¿Por qué buscas la impresora? Si está aquí.

Incapaz de enfrentarse a las fotos de la vergüenza y sabiendo que Tim y Lucy no iban a ir a la oficina ese día, decidió trabajar desde casa. Se había levantado a la hora de siempre; le había dado de comer a Oscar, que la esperaba en la cocina fingiendo morirse de hambre; se había hecho una taza de té; se había puesto unas mallas y un forro polar, y se había ido a dar un paseo rápido por el parque. Su fisioterapeuta le había dicho que hiciese ejercicio todos los días sin falta, así que Jenni había empezado a cogerle el gusto a su nueva rutina.

Por las mañanas empezaba a haber cada vez más claridad, parecía que las hojas de los árboles se ponían más y más verdes; las plantas un poco más altas, y los botones de las flores cada vez más abiertos.

Además de admirar los cambios que anunciaban una nueva estación, Jenni también disfrutaba viendo a los nuevos personajes que acompañaban sus paseos: padres con prisas llevando a sus hijos al colegio, paseadores de perros enredados en mil correas, ciclistas yendo de camino al trabajo y un grupo de mujeres mayores haciendo marcha alrededor del parque a las que Jenni saludaba, primero, cerca de la verja y, después, cuando ya iban por su segunda vuelta, al lado de la cafetería.

Aquello era la viva imagen de su vecindario, un panorama que normalmente se perdía cuando tenía que ir a la oficina. Ver a las mismas personas cada mañana la hacía sentirse, de alguna manera, un poco más integrada. Una sonrisa de la madre con un abrigo rojo o un gesto de asentimiento del hombre que paseaba al labrador tan travieso le alegraban el día.

Ya había vuelto a su piso vacío; Oscar había salido de nuevo y, después de desayunar, había encendido el portátil para ponerse a trabajar.

Jenni, que solo había parado una vez en toda la mañana para comer, fue tachando tareas de su lista, añadiendo más cosas que hacer y contestando correos hasta que el día llegó a su fin. Solo le quedaba una cosa más que hacer para dar por terminada la jornada: imprimir una etiqueta; pero la impresora y el ordenador habían dejado de entenderse y no tenía ni idea de cómo volver a reconciliarlos.

Volvió a sacudir el ordenador y, cuando estaba a punto de ponerse a aporrear teclas sin control, sonó el timbre. Contenta por la interrupción, Jenni cerró el portátil y se dirigió a la puerta asegurándose de que llevaba las llaves con ella para evitar quedarse atrapada en el rellano, en caso de que la puerta se cerrase tras de sí.

Una vez se aseguró rápidamente de que sus mallas no eran aquellas anchas con agujeros que tenía –los estándares de vestimenta cuando trabajaba desde casa eran muy bajos–, abrió la puerta y se encontró en la entrada a un repartidor. Refunfuñando algo sobre el tráfico y unas obras, le tendió un sobre acolchado y un paquete pequeño antes de alejarse enfurruñado hacia su furgoneta.

Jenni rasgó el sobre. Ahí estaba: justo lo que esperaba.

Últimamente había visto varios mensajes en el grupo de WhatsApp de la comunidad sobre gatos perdidos, así que, aunque sabía que a Oscar no le iba a hacer nada de gracia, le había pedido un collar muy bonito de color verde intenso para que nadie pensase que era un gato callejero. Pero, primero, tenía que conseguir ponérselo.

Como por arte de magia, el sonido de la gatera anunció la llegada de Oscar, que volvía de su paseo diario.

–¡Justo a tiempo! –exclamó Jenni–. Quédate ahí.

Jenni lo distrajo con un gran cuenco de su comida favorita y, mientras, cerró la puerta de la cocina y le puso el pestillo a la gatera.

Ahora ya no había escapatoria.

Empezó a moverse despacio para no asustarlo, abrió el collar verde y se arrodilló junto al gato. Con el collar bien abierto, se lo pasó por el cuello y lo cerró rápidamente.

Oscar la miró y sacudió la cabeza, desconcertado por un instante, al notar lo que llevaba puesto.

–Así me gusta, sigue comiendo, que no hay nada que ver –lo tranquilizó Jenni echándole más comida en otro cuenco–. Toma, más chuches.

Oscar, que la miraba con desconfianza, fue incapaz de resistirse, así que empezó a devorar la comida. Jenni metió el dedo por dentro del collar y, una vez que comprobó que no le quedaba apretado, se incorporó satisfecha. Quizá a Oscar no le hacía mucha gracia, pero, al menos, si se alejaba demasiado de casa, sabrían que tenía dueño.

Una vez solucionado el tema del collar, Jenni se centró en el otro paquete que le había llegado. Cogió un pequeño cuchillo de cocina y, cuando deslizó la hoja por el exceso de cinta que sellaba el paquete y comprobó que dentro estaban las tarjetas de visita que había encargado, se puso muy contenta. Las había diseñado ella misma y las había mandado a imprimir con tinta ecológica y papel de cartulina sin tratar.

Al principio, no se le ocurría ningún nombre para su negocio, pero, al ver a Oscar trepando hasta la cima de una montaña de camisetas cuidadosamente dobladas en un rincón del cobertizo, se le ocurrió llamarlo «La casa de Oscar». Por esa razón, junto a sus datos de contacto, la tarjeta tenía una pequeña silueta de un gato trepando de la letra «e» a la «o», un dibujo que ella misma había hecho.

«Un asunto menos del que preocuparme», pensó Jenni, si bien eso no le ayudase mucho a reducir la lista de cosas que tenía que preparar. Con la feria del próximo fin de semana a la vuelta de la esquina, aún tenía mucho que hacer y, ahora que había terminado el trabajo de hoy, debía irse al cobertizo para volver a doblar y empaquetar la mercancía.

También tenía que llamar a Amy para asegurarse de que finalmente iba a poder ayudarla el día de la feria; recoger la mesa que iba a usar, que Jo y Nick habían tenido el detalle de prestarle; imprimir la lista de precios, aunque debía dejar ese trabajo para más adelante, ya que la impresora se negaba a colaborar, y también tenía que organizar el dinero en efectivo para el cambio. Los organizadores le habían recomendado llevar muchas monedas pequeñas, pero se preguntaba si sería necesario hacerse con uno de esos datáfonos.

¿Estaba loca por asumir que iba a vender algo? Jenni trató de acallar la sensación de pánico que se le venía encima.

A principios de año se había propuesto ser más creativa. Los años que había pasado con Alex habían hecho que, con el tiempo, dejase de lado las cosas que a ella le gustaban. No era que Alex le prohibiera dibujar o hacer manualidades, sino que él prefería hacer otras cosas, como salir a pasar el día fuera o quedarse en la cama viendo la tele o quedar con otras parejas para almorzar; y ella se había dejado arrastrar.

Cuando se fue, todas esas cosas también lo hicieron, lo que dejó a Jenni desconcertada, sin saber quién era realmente. Tenía tantas preguntas: ¿qué le gustaba hacer antes?, ¿cómo quería ocupar sus ratos libres? Ahora tenía más claro qué quería hacer con su tiempo libre, pero, cuando vio el anuncio en el que buscaban puestos para la feria, se sintió ilusionada por primera vez en mucho tiempo. Le parecía buena idea pagar la señal para participar, aunque ahora estaba un poco arrepentida de la decisión de la Jenni de Año nuevo que perseguía el «Año nuevo, vida nueva».

Jenni miró el reloj del horno. Tenía un par de horas antes de que su madre la llamara –habían quedado en hablar en cuanto Annie llegase a Wellington–, así que decidió acercarse a la tienda a comprar algo para cenar antes de ir al cobertizo. Mientras se ponía las deportivas y metía una bolsa de tela en el bolso del abrigo, le asaltó el deseo de que alguien llegase a casa cargado con las bolsas de la compra que habían escogido y después hiciera la cena mientras ella se tomaba una copa de vino.

Jenni se quitó de la cabeza aquel pensamiento; no valía la pena darle más vueltas. Ella sola se bastaba y se apañaba más que de sobra, pero esa sensación de vacío la acompañó mientras recorría el supermercado. Al final, terminó echando en la cesta una patata para hacer al horno y una bolsa de chocolates Giant Buttons de tamaño familiar.

Capítulo 18

Ben no paraba de darle vueltas a aquello que Vick le había dicho. Su compañera le había contado que había llevado a su hija al colegio esa misma mañana, y que los otros padres, hartos de tener que esperar fuera, bajo la lluvia, a que abriesen las puertas, habían decidido presentar una petición a la dirección para que pusiesen un porche. Estaban cansados de empezar el día mojándose, calados hasta los huesos, mientras esperaban a Denise, la conserje malhumorada que no dejaba pasar a nadie que no fuese un profesor hasta las 8:50. Y pobre de ti como te atrevieses a tocar el timbre de la entrada.

Mientras Vick le describía cómo estaban todos apiñados bajo la lluvia, Ben no podía evitar imaginar a Fred con las orejas caídas, hecho una bolita en el alféizar de la ventana mientras esperaba a que le dejara entrar.

Sabía que se estaba ablandado –¡y más teniendo en cuenta que Fred ni siquiera era su gato!–, pero no estaría de más hacer una casita para él o para cualquier otro animalillo callejero y desvalido, como un erizo o, quizá, más bien una ardilla que necesitara resguardarse.

Ese día debía ir por el barrio revisando instalaciones de detectores de humo y comprobando la seguridad de las casas en caso de incendio; el trabajo le gustaba, pero se le encogía el corazón viendo en qué condiciones vivían algunas personas mayores. Entre visita y visita había tiempo para pensar y, cuando volvió al parque de bomberos, ya había decidido construirle a Fred un refugio donde pudiera esperarle tranquilamente.

De camino a casa, al pasar por la tienda de Barry a coger unas salchichas y unas patatas para cenar, Ben empezó a visualizar el refugio: un armazón de unos setenta por cincuenta centímetros, unas tablas de contrachapado para que los laterales no se deformaran por la humedad, e incluso podría hacer un arco en la parte delantera para que fuese más acogedor y Fred pudiese entrar y salir fácilmente cuando quisiese. Quizá también un tejado a dos aguas y un poco de tela asfáltica para impermeabilizar toda la estructura.

Absorto en sus pensamientos, el camino a casa se le pasó volando y, antes de darse cuenta, ya estaba ante la puerta buscando sus llaves. Saludó a Maisie, la vecina de al lado, que estaba en el jardín delantero sacando la basura, y entró en casa.

Dejó la bolsa de la compra en la encimera, encendió el horno y lo dejó precalentándose mientras se daba una ducha rápida.

Se asomó a la ventana, pero aún no había ni rastro de Fred.

Más tarde, ya cómodo con sus pantalones de chándal grises y su sudadera puestos, y con la tripa llena de salchichas y puré de patatas, recogió la cocina. Antes de su crisis, nunca se había preocupado demasiado por lavar los platos o mantener la casa ordenada, pero si algo había aprendido en terapia es que cada pequeño detalle contaba. Todo era un comienzo, incluso tan solo estirar las sábanas: la cama ya estaba hecha, y eso significaría que habías logrado algo ese día.

Ben se sirvió una cerveza rubia sin alcohol, se sentó en el salón con unos folios y un lápiz, no demasiado afilado, y empezó a esbozar el boceto de la casa de Fred.

Ya casi lo tenía listo y, justo cuando estaba anotando la lista de materiales que necesitaba –ese examen de Tecnología en el instituto no había sido en vano–, le empezó a sonar el teléfono, lo que le desconcentró.

Lo había dejado en la cocina, sobre la encimera, donde ahora estaba vibrando hasta casi echar a andar; un poco más y se habría estampado contra el suelo.

Pero Ben lo atrapó a tiempo y deslizó el dedo por la pantalla para contestar.

–Hola, mamá. ¿Qué tal?

–¿Cómo sabías que era yo? –le contestó su madre con un tono de sospecha.

–Ya te lo he dicho. Cuando me llamas, me sale tu nombre en la pantalla.

Ben puso los ojos en blanco. En serio. Siempre. El. Mismo. Rollo.

–¿Y qué pasa si te hackean? Van a tener mi número y me van a robar la identidad.

Ben respiró hondo. Quería mucho a su madre –cómo no iba a quererla–, pero esa desconfianza que tenía y esa especie de empeño en no querer entender las nuevas tecnologías a veces lo sacaba de quicio.

A pesar de que le facilitaría mucho la vida –a ella y a cualquiera–, Mary se negaba a comprar por internet porque no se fiaba; y ya de temas bancarios ni planteárselo. De hecho, ella prefería pagarlo todo en efectivo y, aunque no dejaba de repetirle que ir con cientos de libras en su bolso la convertía en un blanco fácil, no había forma de hacerla entrar en razón.

Ben decidió que era mejor cambiar de tema antes de que empezase con sus teorías sobre las cámaras en los timbres.

–Entonces, ¿qué tal estás, mamá? ¿Todo bien?

–Sí, cariño, todo bien. De hecho, te llamaba para ver si estabas libre el fin de semana. Penelope, Anthony y Evie van a venir a casa aprovechando el puente de mayo y me encantaría verte a ti también.

Ben puso mala cara, pero, si tenía que pasar el fin de semana en casa de sus padres, sería más llevadero ir cuando Penny también estuviese porque, de esa manera, contaba con Evie como distracción para aliviar los momentos incómodos con su padre.

–Espera, que lo miro. –Ben sacó el cuadrante de la mochila–. Sí, me viene bien, pero no puedo ir hasta el domingo porque el sábado tengo guardia. Es la feria del barrio y nos han pedido que llevemos el camión para que los críos lo vean.

Ben siempre disfrutaba de ese aspecto de su trabajo porque recordaba la emoción que había sentido cuando el camión de bomberos había ido a su colegio y había aparcado en el patio. Todavía se acordaba de cómo había trepado hasta el asiento del conductor para fingir que conducía.

–¿A qué hora va a llegar Pen a casa? –preguntó Ben para asegurarse de que llegaría más tarde que su hermana.

–Por favor, no la llames así. –Su madre se estremeció al otro lado del teléfono–. Bastante es que quieras que te llamen Ben como para que te pongas a abreviar el nombre de tu hermana también.

Ben puso los ojos en blanco de nuevo.

Por lo visto, cuando llamó a sus hijos Benjamin y Penelope, a Mary no se le había pasado por la cabeza que la gente acabaría acortando los nombres. Ben y Penny ya le parecían muy feos, pero Ben y Pen… ¡aquello era demasiado!

Su madre resopló y luego continuó:

–Viene sobre las once el sábado. ¿A qué hora llegarás tú?

Los siguientes minutos fueron para barajar las distintas opciones de transporte disponibles, aunque Ben se limitó a dejar que su madre se ocupara de organizar la logística de su viaje de Londres a Winchester. Al final, no estaba seguro de en qué habían quedado, pero, cuando su madre terminó su última frase con una leve entonación que indicaba que le estaba haciendo una pregunta, tan solo respondió con un «¡Me parece perfecto»!

Justo cuando estaba a punto de despedirse, tuvo una idea.

–Espera, mamá. ¿Puedo hablar un momento con papá?

Se hizo el silencio.

–¿Con tu padre? –preguntó su madre con un tono de sorpresa–. Eh, sí, espera, que lo llamo.

Ben, ya arrepentido de esa decisión tan impulsiva, se quedó esperando mientras escuchaba de fondo a su madre llamar a su padre, que le preguntaba: «¿Por qué quiere hablar conmigo?».

Al levantar el auricular se oyó un clic –sus padres todavía tenían un teléfono fijo, de esos de color *beige* con el típico cable largo enroscado–, y de pronto escuchó la voz de su padre.

–Ben. ¿Todo bien?

–Hola, papá, sí, todo bien. Quería pedirte un favor.

–Mmm –respondió su padre con un tono reservado.

–Hay un gato que suele venir bastante por mi casa y pensé que podría hacerle una caseta para cuando yo no esté. Así no tiene que quedarse fuera con el frío. He hecho un plano y me preguntaba si podía coger algo de madera de tu taller… –Ben se quedó en silencio esperando a que su padre dijera algo–. En fin, ¿podría echar un vistazo? –preguntó.

Tras una larga pausa, su padre respondió:

–Sí. Nos vemos cuando estés por aquí.

–Eh, genial, gracias.

Más silencio.

–Bueno, adiós, entonces.

–Adiós.

Su padre colgó el teléfono.

Ben se preguntó por qué acababa de lanzarse de esa manera. Suponía que estaba tan metido con el tema de hacerle una caseta a Fred que, mientras hablaba con su madre, le surgió la idea de usar el material que le había sobrado a su padre.

Antes de tener la crisis, su padre era un apasionado de la carpintería y no había nada que disfrutase más que pasarse el día en el garaje serrando, lijando, encolando y pintando; lo que, en parte, era la razón por la que sus padres se habían mudado a una casa independiente en las afueras de Winchester con mucho espacio y sin vecinos muy cerca a los que les pudiese molestar el ruido de la sierra.

Cuando él y Penny eran pequeños, su padre les construía todo tipo de artilugios; el favorito de Penny era su casita de muñecas, y el de Ben siempre había sido el camión repleto de ladrillos de colores. Todo aquello se había acabado cuando su padre se puso enfermo, pero no se podía hablar del tema.

Después de eso, Ben solo recordaba a su padre sentado en su sillón viendo *snooker* mientras su madre no paraba de hablar, sin escuchar lo que decía, solo para llenar el silencio que se cernía sobre la casa como una tormenta.

Pero, en fin, ya se lo había preguntado y no podía buscarle tres pies al gato: su piso era tan pequeño que no había casi espacio para moverse ni mucho menos para un banco de trabajo en el que hacer cualquier proyecto de bricolaje.

Con un poco de suerte, su padre lo dejaría a su aire y, si podía echar un par de horas encerrado en el taller, para cuando terminase el fin de semana Fred tendría su casa.

Capítulo 19

Jenni estaba dormida, envuelta en el edredón de flores que tanto odiaba Alex –porque él prefería el blanco y liso de algodón egipcio–, soñando plácidamente, cuando sonó su teléfono. El estridente timbre la despertó de golpe y, al intentar coger el teléfono a ciegas, obligó a Oscar, que por una vez no estaba por ahí fuera merodeando, sino entre sus piernas, a abandonar la posición tan cómoda en la que se encontraba. Después de arquear la espalda para estirarse, saltó con agilidad y se oyó el golpe de la gatera al cerrarse.

A Jenni le costó unos segundos procesar el nombre que brillaba en la pantalla: Amy. Deslizó el dedo por la pantalla rápidamente.

–Amy. ¿Qué ha pasado? ¿Estás bien?

Pero Amy estaba frenética, hablando sin parar. Jenni alcanzó a oír la palabra «incendio» y le dio un vuelco al corazón.

–Amy, empieza de nuevo. ¿Qué ha pasado?

Jenni la escuchó tragar saliva e intentar controlar la respiración.

–Las luces han provocado un incendio. Las que pusimos donde la cuna de Till…

–¡Dios mío! Amy, ¿le ha… estás…?

–Estamos bien, no nos ha pasado nada, pero ¿puedes venir? Estoy sola con los niños y ya están aquí los bomberos. Simon no está y…

La voz de Amy se entrecortó por el llanto y Jenni la oyó susurrar.

—Tranquila, cariño, mami está bien. Solo estoy hablando con la tía Jenni.

—Cojo un Uber y voy para allá lo más rápido posible. Te mando un mensaje cuando esté de camino.

Con las manos temblorosas, Jenni entró en la aplicación, pidió un taxi y se puso algo de ropa en el tiempo justo que le quedó mientras llegaba el coche.

Una vez dentro y en marcha, le envió un mensaje a Amy y, quince minutos después, el taxi estaba aparcando delante de su casa.

Aunque Amy le había dicho que estaban todos bien, a Jenni se le encogió el corazón cuando vio el camión de bomberos aparcado fuera, con las luces parpadeando y los agentes uniformados entrando y saliendo con paso firme por la puerta de la entrada. Para alivio de Jenni, no había indicios de humo ni de llamas y, tras darle las gracias al conductor, se bajó del taxi y cerró la puerta.

—Dios mío, Amy, ¿estás bien? —preguntó Jenni al encontrarse a su amiga tiritando encima del muro de la vecina de al lado.

Jenni la abrazó y se dio cuenta de que estaba temblando.

Amy, con las botas Ugg puestas y un abrigo sobre el pijama, asintió.

—Sí, estamos todos bien. Aunque me llevé un susto tremendo. La alarma empezó a sonar y no sabía qué hacer, si intentar apagarla o no, no sé. Simon no está, así que los dos niños estaban conmigo, y menos mal, porque no quiero ni pensar lo que habría pasado si...

La voz de Amy se quebró.

—Pero estaban contigo y todos estáis bien —la tranquilizó Jenni apretando la mano a su amiga—. ¿Ahora dónde están?

—En casa de mi vecina Abbey. Estoy esperando para hablar con algún bombero. Han sido muy majos. Están seguros de que fueron las luces. Al parecer, es muy común porque, si se tuercen los cables, pueden prender fuego, o algo así me dijeron. Hay un poco de humo, así que vamos a quedarnos en casa de la madre de Simon. Él nos esperará allí.

Amy respiró hondo y se hizo a un lado para dejar pasar a un bombero, que estaba llevando parte del equipo de vuelta al camión.

–Nos vamos ya –dijo él quitándose el casco y pasándose la mano por el pelo rizado.

«Un tono rubio muy poco común», pensó Jenni.

Estaba segura de que ese color tenía un nombre en concreto, pero no conseguía recordarlo por nada del mundo.

–¿Está usted bien? –le preguntó a Amy el bombero–. Le he oído decir que su marido viene de camino a casa.

Amy asintió.

–Sí, todo bien. Muchas gracias. Ha venido una amiga.

El bombero miró a Jenni y asintió.

–Me alegro de que esté aquí.

–No hay problema, yo también me alegro de estar aquí. Bueno, no es que me alegre, obviamente, porque podrían haber muerto por el incendio, pero no es el caso, así que, eh, bueno, sí. Aquí estoy –terminó Jenni, nerviosa.

El bombero le sonrió incómodo y centró toda su atención en Amy.

–¿Tienen algún sitio donde quedarse?

Amy le respondió. Jenni estaba desconcertada: ¿qué demonios le pasaba? Conocía a un montón de hombres de hombros anchos y con los ojos bonitos, de color azul; o, bueno, quizá de hombros anchos no, pero normalmente no le costaba nada construir una frase con sentido.

«Seguro que es porque estoy en estado de *shock* –pensó– Sí, para nada tiene que ver con ese atractivo natural suyo».

Jenni, que estaba distraída con sus pensamientos, volvió a prestar atención a lo que decía Amy.

–Voy a por los niños y nos vamos a casa de mi suegra por el momento. ¿Puedo entrar a coger algunas cosas?

–Sí, por supuesto –respondió él–. Sé que es un poco desagradable, pero ya no hay peligro dentro.

Él volvió a asentir en dirección a Jenni y después se unió al resto de sus compañeros, que estaban subiéndose al camión.

Jenni y Amy vieron cómo el vehículo arrancaba y se dirigía calle abajo con cuidado.

–George se lo está pasando muy bien –dijo Amy con una sonrisa temblorosa señalando a la casa de al lado, donde estaba George asomado a la ventana del salón de Abbey, saludando mientras pasaba el camión–. Se puso supercontento cuando llegaron. Le encantan las luces del camión. Le prometí que lo llevaría a ver un camión de bomberos, aunque esto no era lo que tenía en mente.

Jenni le ofreció una sonrisa comprensiva y Amy se giró para mirarla.

–Y no te pienses que no me he dado cuenta de esa cosa tan rara que has soltado. Te has puesto nerviosa al ver a ese bombero buenorro, ¿eh? –la provocó Amy con una mirada pícara.

–No sé de qué me estás hablando –respondió Jenni–. Debes de estar en estado de *shock*.

Amy esbozó una sonrisa llena de perspicacia.

–Mmm. Seguro que es eso.

–Venga, vamos. ¿Qué necesitas?

Jenni cambió de tema y se sintió mucho más tranquila al ver a Amy caminando hacia la casa y yendo a la cocina para meter en una bolsa vasos medidores, biberones y galletas para George y Tilly.

–¿Puedes coger algo de ropa para los niños? –le preguntó Amy–. Ya cojo yo algo para mí y para Simon del montón de la colada.

–Claro.

Jenni cogió una bolsa de la cocina y subió por las escaleras hasta el dormitorio de los niños.

El olor a humo se notaba más ahí arriba, pero, aparte de las manchas de hollín en la pared amarillo pastel, donde estaba la cuna, la habitación parecía sorprendentemente intacta.

«Menos mal que saltó la alarma –pensó Jenni estremeciéndose–. Y menos mal que los niños no estaban en su habitación».

Cuando fue consciente de lo que pudo haber ocurrido, Jenni sintió la imperiosa necesidad de salir de esa habitación tan pequeña. Abrió la puerta del armario y echó a la bolsa una pila de ropa de Tilly en la balda superior y luego hizo lo mismo con la ropa de George, que estaba en la siguiente balda. Amy tendría que lavar todo para quitar el olor a humo, pero al menos tendrían ropa suficiente para unos días.

Ya con las bolsas a cuestas –¿por qué necesitarán los niños tantas cosas?–, fueron a la casa vecina, donde estaban Tilly y George enganchados al canal de dibujos. Abbey les preparó una taza de té mientras Amy llamaba de nuevo a Simon y pedía un taxi para llevarlos a casa de su madre.

Jenni empezaba a tener dolor de cabeza por la falta de sueño. Quizá podría echarse una pequeña siesta antes de trabajar.

Mientras tomaba un sorbo de té y esperaba a que Amy terminase de hablar por teléfono, sus pensamientos volvieron a aquel bombero tan atractivo que había visto antes: rubio cobrizo, ese era el tono de su pelo.

–No me lo puedo creer. Pobre Amy –repitió Tim, metiéndose el último trozo del sándwich de pollo en la boca.

Estaban comiendo en la cocina de la oficina y Jenni estaba muy contenta de que Clive hubiese cambiado la decoración. Por suerte, todas sus fotos habían sido reemplazadas.

Jenni asintió mientras le robaba una patata de bolsa.

Lo que había ocurrido había dejado a Amy hecha polvo.

–Dice que no va a volver a casa hasta que no quede ni rastro del incendio. Está claro que la atormenta pensar en lo que podría haber ocurrido si los niños no hubiesen estado con ella. Y fue gracias a que Simon estaba fuera y les había prometido que podían dormir todos juntos...

–¿Y cuándo va a estar lista la casa?

–El casero les dijo que esta semana la iba a pintar, y Simon se ha tomado unos días libres para dejarla como estaba. Su madre va a quedarse con los niños este sábado mientras Amy me ayuda con lo de la feria, y Simon le ha prometido que estaría lista para cuando ella terminase.

–Qué bien –asintió Tim apartando la mano a Jenni cuando intentó coger otra de sus patatas.

–¡Ay!

–Cómprate tú unas. Se me había olvidado que este fin de semana tenías la feria. ¿Estás preparada?

Jenni se frotó la mano e hizo una mueca.

–Más o menos –le respondió sin mirarlo a los ojos.

Tim suspiró.

–Vamos, que no.

–Me da miedo que nadie me compre nada. Solo me faltan los últimos detalles: un mantel y puede que también quede bien un ramo de flores.

Jenni se había pasado la tarde anterior revisando toda la mercancía y doblando de nuevo cada prenda, calcetines incluidos, siguiendo escrupulosamente las instrucciones de Marie Kondo –gracias, YouTube– para meterlo con mucho cuidado en una caja y que se le hiciese más fácil llevar todo hasta la zona donde se celebraba la feria.

Después de ver el resultado de los pijamas y las camisetas que se estaban secando en el cobertizo, se sintió animada, se hizo con un par de postes, unas pinzas de madera de las de toda la vida y un trozo de cuerda para poder colgar algunas de las prendas que había hecho y conseguir que su puesto llamase más la atención. El resto de mercancía la iba a colocar sobre la mesa.

Nick y Joe, sus vecinos, iban a llevarle la mesa y ya tenía su datáfono. Estaba lista para la feria. Lo único que le faltaba era dejar de visualizarse a ella sola de pie con todos sus productos tan cuidadosamente colocados, pero intactos, sin que nadie se fijase en ellos, mientras los puestos de alrededor bullían de gente ansiosa por comprar productos más interesantes.

Jenni sacudió la cabeza para alejar esos pensamientos negativos y se recordó a sí misma que, al menos, estaba haciendo algo creativo. Si no tenía éxito, podría terminar el año satisfecha de haberlo intentado.

Se dio cuenta de que Tim había cogido carrerilla y no había parado de hablar, y de que había terminado su última frase con una entonación de pregunta. Evidentemente, esperaba una respuesta.

–Eh... ¿Síííí? –respondió con miedo, sin estar del todo segura de si era la respuesta adecuada a lo que Tim estaba diciendo.

Su miedo se transformó en susto cuando su respuesta generó que Tim soltase un alarido de felicidad.

–¡Vamos! –exclamó levantando el puño al aire–. Sé que siempre insistes con que se te dan fatal ese tipo de juegos, pero nos lo vamos a pasar genial. Es el mes que viene, así que tienes tiempo de sobra para repasar. No queremos que haya otro incidente como la última vez.

Dios mío.

Jenni se había dado cuenta demasiado tarde de que había aceptado ir a la noche de Trivial del *pub*. Tim le había hablado del juego y se lo había pintado como una actividad distendida y divertida, pero, después de haber ido una vez, sabía que eso no podía estar más alejado de la realidad.

Los compañeros de equipo de Tim – «Los cuatro *petit four*», un nombre que solo ellos entendían– eran competitivos hasta decir basta, y, cuando Jenni no supo identificar la portada de un disco de Fleetwood Mac, la cosa se puso tensa. Todavía tenía *flashbacks* al escuchar el álbum de *Rumours*.

Con la esperanza de encontrar una excusa más adelante, le preguntó a Tim por su nueva rutina de vida saludable. Puesto que él y su marido, Paul, se habían atiborrado en su luna de miel, habían decidido empezar a hacer marcha nórdica.

Jenni se sentía muy agradecida de vivir en una zona diferente de Londres, porque no estaba segura de poder soportar encontrarse con Tim y su marido mientras paseaban por el parque alardeando de sus bastones de esquí.

Tim le había explicado que era mucho más difícil de lo que parecía y que no era simplemente «caminar con unos palos», como Jenni parecía pensar de forma despectiva. Al parecer, todos los *hipsters* del East End lo hacían, pero Jenni seguía sin estar muy convencida.

Como de costumbre, cuando Tim se obsesionaba con una nueva actividad, no tardaba mucho en ir corriendo a comprarse todo el equipo, así que él y Paul se habían dejado un dineral en unos guantes especiales y en los bastones más ligeros y aerodinámicos del mercado. Incluso había convencido a Clive de que era un nicho de mercado y el Departamento de I+D estaba trabajando para sacar una línea de bastones hechos a medida.

–Normalmente salimos los sábados por la mañana, así que se me acaba de ocurrir una idea buenísima –soltó Tim emocionado–. ¿Qué te parece si te quedas a dormir en casa después de la noche de Trivial y así te vienes con nosotros? No hay nada como recorrer el Victoria Park a las 7:30 para activar la circulación. Y antes de que digas nada –añadió al ver la cara de horror de Jenni–, no, no es para gente mayor, que conste. Solo

Janice tiene la tarifa gratuita del bus, pero el resto estamos en nuestro mejor momento. Además, un poco de ejercicio después de pasar un mes pegada al sofá no te vendría mal.

—Perdona, pero tenía una pierna mal —respondió Jenni indignada—. Y dicho de esa manera parece que necesito llamar a los servicios de emergencia para que me saquen del sofá. Yo ya salgo a caminar cada mañana, gracias.

Tim la miró con curiosidad.

—¿Ah, sí?

—Bueno, no exactamente todas las mañanas. Últimamente más bien una vez por semana o así. Pero todavía sigo siendo muy ágil, que conste.

Jenni se puso de pie con energía para demostrarle lo activa que era. Recogió la basura, incluyendo la bolsa de patatas de Tim que, como de costumbre, estaba doblada en forma triangular, algo digno de un psicópata, y la tiró a la papelera. Tim también se levantó sacudiéndose las migas de su jersey de lana merina que había comprado en Uniqlo. Luego se volvió hacia Jenni.

—Cariño, solo digo que Janice tiene setenta y dos años y podría darte mil vueltas sin problema.

Antes de que ella pudiese responder, Tim salió de la cocina dando grandes zancadas. Jenni lo siguió a medio correr para alcanzarlo.

—¿Ves? —dijo ella jadeando al llegar a su lado—. Tengo razón.

Capítulo 20

Ben empujó la puerta de la cocina con los maullidos lastimeros resonando de fondo incluso antes de que pudiera ver la sombra que había junto a la ventana.

—Ya lo sé, ya lo sé. Llego tarde. Dame un segundo —dijo avanzando hacia la ventana para abrirla.

Fred le rozó el brazo con la cabeza en señal de saludo y se coló en la cocina dejando escapar otro maullido de reproche.

Ben empezó a acariciar al gato y, al pasarle la mano por el lomo sedoso, se dio cuenta de que llevaba un collar. ¿Querría su dueño mandarle una señal?

¿Habría notado que su gato estaba pasando más tiempo fuera de casa?

Alargó la mano hacia el collar para ver si había una placa que tuviese algún tipo de información, pero Fred, que tenía otros planes, se dejó caer al suelo y soltó un maullido más fuerte e insistente.

Consciente de que le estaba echando la bronca, Ben fue rápidamente a rebuscar en el armario y sacó una lata de atún.

—Oye, chaval, no debería darte nada de comer, pero aquí tienes.

Antes de dejarle el plato en el suelo, aplastó un poco el atún. Fred lo miró con desdén y luego dio un salto para subirse a su taburete. Resoplando, Ben cogió el plato y lo dejó en la barra de la cocina y, entonces, el gato empezó a dar mordisquitos al atún mientras ronroneaba satisfecho.

Hacía tiempo que no veía al gato y lo echaba de menos.

Pero quizá Fred se hubiese cansado de esperar en el alféizar mientras él estaba en el trabajo, lo que hizo que Ben tuviera aún más ganas de construir la caseta que llevaba tanto tiempo planeando.

Desde que lo había comentado con su padre, había estado haciendo bocetos más detallados y hasta tenía ilusión por ponerse manos a la obra, incluso siendo consciente de que eso, irónicamente, significara pasar un día entero con él.

El ritmo de trabajo estaba siendo bastante intenso.

La semana había empezado con un incendio en casa de una familia joven; por suerte, nadie salió herido. Tenía muchas ganas de ir a la feria de mayo, que era al día siguiente. Le encantaban ese tipo de jornadas porque podía ver cómo se les iluminaban los ojos a los niños al ver el camión de bomberos, ayudarles a subir a la cabina y dejarles que pulsaran el botón que encendía las luces. Incluso los mayores, que no suelen sorprenderse por nada, acababan acercándose a curiosear y hacerle preguntas.

Fred, que ya había vaciado el plato, saltó de la barra y se encaminó hacia la ventana.

—Oye, ¿qué te piensas? —soltó Ben—. ¿Vienes, comes y te vas? ¡¿Qué te crees, que estás en un hotel?!

Ben negó con la cabeza mientras Fred se perdió en la oscuridad.

Era consciente de que quería la compañía del gato.

Quizá Penny tenía razón y necesitaba salir más en vez de pasarse los viernes por la noche con el gato de otro. El problema era que no soportaba la idea de sentarse en bares o restaurantes intentando forzar conversaciones incómodas o buscando qué contestar a mensajes de WhatsApp que sabía de sobra que no irían a ninguna parte.

Esa sensación de malestar se vio interrumpida cuando le sonó el teléfono: era Taz, justo a tiempo.

Dos horas más tarde, Taz apareció con una bolsa de comida y su mando de la Xbox. Al poco rato ya estaban los dos sumergidos en el juego, con los envases de comida para llevar medio vacíos y tirados sobre la mesa del salón.

Aquella mañana era la feria, Ben trepó para subirse a bordo del camión y, tras cerrar la puerta, el motor rugió y salieron del parque de bomberos.

En el equipo estaban él, Taz y Vick, que iba al volante. Habían llegado a las ocho para el pase de revista y se habían pasado las horas siguientes preparando el camión. Ben se había encargado de coger todo el material promocional que solían llevar a ese tipo de actos –a quién no le va a gustar una pegatina– y, después de hacer la última revisión de seguridad, pusieron rumbo a la feria, que estaba junto a la calle principal donde se situaban las tiendas, para poder preparar todo antes de las once, cuando comenzaba la feria.

Les habían pedido que aparcasen junto a la entrada principal, así que, cuando llegaron, les resultó fácil montar el puesto. Abrieron todas las puertas y compuertas del camión y colocaron una mesa para los panfletos que explicaban cómo unirse al cuerpo. Como nunca era demasiado pronto para reclutar a gente, habían traído una caja llena de ropa en talla pequeña para que los niños pudiesen probársela: chaquetas reflectantes, pantalones impermeables con tiras fosforescentes en las perneras y cascos de color amarillo chillón.

Ben había acabado de colocar los bolígrafos y las chapas cuando Taz se le acercó.

–Aquí tienes, tío: un café con leche sin azúcar –le dijo mientras le pasaba a Ben un vaso de cartón.

La feria ya estaba muy animada: furgonetas y coches con las puertas y maleteros abiertos de par en par aparcados junto a mesas plegables para descargar la mercancía, guirnaldas colgando de las ramas de los árboles y dos mujeres peleándose con una tienda tipi que anunciaban como zona de descanso, algo que ellas mismas iban a necesitar urgentemente en cuanto consiguieran montarla.

Ben también veía cómo en uno de los extremos de la feria iban hinchando poco a poco un castillo enorme y cómo arrastraban un generador hasta una tarima baja de madera, donde estaban instalando el equipo de sonido para la banda que habían contratado más tarde.

–Gracias, tío –le agradeció Ben dando un sorbo al café–. Al final ayer se me hizo tarde.

–Ya ves. No tendríamos que haber echado esa última partida después de cenar. Y después me tocó esperar una eternidad a que pasara el bus –respondió Taz negando con la cabeza.

–No podía dejar que te fueses sin haber machacado al enemigo.

–Espero que no estéis hablando de ese dichoso juego –intervino Vick uniéndose a ellos con unos bocatas de beicon y huevo–. Me pone de los nervios oíros hablar de batallas y luchas de poder. Y, tal como está el mundo, nunca sé si habláis en serio o no.

–Perdona –dijo Taz indignado mientras cogía un bocata de la bandeja que llevaba Vick–, pero se basa en escenarios bélicos reales y exige decisiones tácticas muy avanzadas para llevar a cabo estrategias militares…

–La, la, la. Habla cucurucho que no te escucho –interrumpió Vick–. Ya tengo bastante con oír todo lo que me cuentan mis hijos del *Fortnite*. No necesito oír más de videojuegos, muchas gracias. Bueno, ¿listos? –preguntó volviéndose hacia Ben e ignorando las miradas ofendidas entre él y Taz–. Las puertas abren en una hora. Ya tenemos todo preparado, así que voy a darme una vuelta, que necesito comprar unos regalos y ese tiene buena pinta –dijo señalando el puesto más cercano–.

¿Quién no iba a querer una pastilla de jabón orgánico para su cumpleaños?

De nuevo, Vick fingió que no había visto la mirada que se intercambiaron Ben y Taz.

–Sí, está todo listo. Tú vete y date una vuelta, que nosotros nos quedamos aquí –le respondió Ben limpiándose con una servilleta el resto de huevo que se le había quedado en la comisura–. Pero vuelve antes de las doce, es cuando vienen los de la prensa.

Vick resopló.

–Mira que estoy a favor de darle más visibilidad a este trabajo, pero me fastidia que aún consideren algo extraordinario que lo haga una mujer. En fin, que volveré a tiempo para… ¿cómo se titulaba el último artículo? *Luchando contra el fuego y los estereotipos*. Ahora nos vemos.

Mientras Vick se perdía entre los puestos, Ben y Taz retomaron su charla sobre videojuegos.

–Es un juego con una estrategia muy sofisticada y te permite modificar el desarrollo de la historia –explicó Taz.

–Ya. Y tampoco hay que subestimar el *Fortnite*. Lo que pasa es que ella no lo pilla.

Taz echó un vistazo a su reloj.

–Vale, tenemos una hora antes de que vuelva. Vamos a planear las estrategias.

Capítulo 21

–Aquí tienes, espera, que te la envuelvo.

Con gran destreza, Jenni envolvió la pequeña camiseta en un fino papel de seda de color marfil y se la dio a la mujer que estaba al otro lado del puesto.

–Gracias, guapa. Que tengas suerte hoy. Tienes unas cosas preciosas.

Jenni le sonrió agradecida de ver marcharse a otra clienta satisfecha. A su lado, Amy estaba ayudando a una chica joven con un bebé a escoger unos pijamitas que estaban colgando del cordel. La chica eligió uno con un estampado sencillo en tonos rosa y violeta, hecho con pieles de cebolla morada para lograr esos colores tan cálidos. Mientras Amy se lo envolvía, Jenni le cobraba. Después de coger una de las tarjetas que Jenni tenía colocadas en el puesto, la chica se despidió muy alegre.

–¡La cosa promete!

Amy le apretó el brazo a su amiga con mucho entusiasmo y esta le sonrió.

–Menos mal que la gente me está comprando cosas. ¡Estaba muy preocupada!

–Lo estás haciendo genial. Casi no quedan bolsas de tela y solo hay unas pocas camisetas. Y mucha gente ha cogido tu tarjeta.

Jenni echó un vistazo al puesto, ya medio vacío, y volvió a sonreír. El día había empezado con mal pie. Jenni llegó temprano con Jo y Nick, pero, como no encontraba a los organizadores, se pasó los primeros quince minutos desesperada buscando a alguien que supiera decirle dónde estaba su puesto. Por fin consiguió localizar a Fiona, una mujer que parecía muy ocupada. Tras consultar el mapa, le indicó un hueco que quedaba en medio de una fila de otros puestos de artesanía.

Jenni, junto con Jo y Nick, que se habían quedado vigilando las bolsas y las cajas que traía, trasladaron el material hasta el sitio que le habían asignado. Una vez la ayudaron con la mesa, sus vecinos se marcharon a casa y Jenni empezó a sacar todo el material.

Cuando miró a su alrededor empezó a sentirse nerviosa: todos los demás ya tenían sus puestos montados y estaban tomándose algo caliente o recolocando tranquilamente algunas de sus piezas, mientras que ella estaba peleándose con las patas de la mesa. Cuando las consiguió encajar, puso un mantel de rayas para esconder las imperfecciones de la mesa a causa del desgaste y comenzó a colocar los artículos que llevaba meses preparando.

El día estaba despejado y hacía un tiempo estupendo. Cuando terminó de dar los últimos retoques a su puesto, Jenni sintió el calor del sol en la espalda. Los demás vendedores que estaban en su fila eran agradables y algunos de ellos parecían ya conocerse, quizá por haber coincidido en otras ferias. Doug, que vendía láminas de vidrio pintado, la vio peleándose con los postes para el tendedero, así que se acercó a echarle una mano y, mientras los clavaba en el suelo y los sujetaba, ella tensaba la cuerda que iba colgada a los soportes. En agradecimiento, Jenni le ayudó, de buena gana, a colgar los banderines que decoraban la carpa que cubría su puesto.

La zona ajardinada en la que se celebraba la feria cada año estaba bordeada, a un lado, por la carretera principal y, al otro, por una hilera de elegantes casas de tres plantas de arquitectura georgiana. Al fondo, había un pequeño parque infantil, que ya estaba lleno a pesar de que apenas eran las diez de la mañana, con padres de pie junto a carritos vacíos y madres empujando a sus hijos en los columpios. En el extremo opuesto había una hilera de pequeñas tiendas de barrio. Por el centro del terreno se abría un sendero en diagonal y los grandes plátanos de sombra, con sus frutos en forma de bolitas colgando como si fuesen adornos, se alzaban por el camino mientras los brotes de las ramas comenzaban a abrirse y dejaban salir las hojas nuevas. La zona estaba delimitada por una valla metálica de color negro con remates curvos, y las flores silvestres que no habían segado creaban un mosaico de colores sobre el césped.

Era un lugar muy frecuentado por paseadores de perros y escenario habitual de las meriendas que tomaban los niños después del colegio, pero aquel día todas esas actividades diarias se habían dejado de lado para darle paso a la fiesta anual del 1 de mayo.

Los puestos de comida se extendían en semicírculo en la parte del parque más cercana a las tiendas, y Jenni veía furgonetas que ofrecían desde algodón de azúcar hasta dónuts artesanos de masa madre, hamburguesas o pollo frito coreano. Otro grupo de puestos tenía una tómbola y juegos con premios, y atrás se veía un tiovivo antiguo, un castillo hinchable, un tobogán inflable y el clásico juego de tirar latas.

Cerca de la entrada principal, Jenni pudo distinguir un camión de bomberos y unos cascos amarillo fosforescente. Aquello le hizo rememorar la mañana del incendio en casa de Amy, donde había visto a todos los bomberos entrar y salir a toda prisa de su casa. Pobre Amy. Un escalofrío le recorrió el cuerpo al recordar lo afortunadas que habían sido.

Sus pensamientos se vieron interrumpidos cuando llegó su amiga. Jenni ya le había dado un último repaso al puesto, había comprobado que el datáfono funcionase y, antes de que le hubiese dado tiempo a entrar en pánico de nuevo, las puertas ya estaban abiertas y la gente había empezado a entrar.

Todo el día había sido un goteo constante de clientes, pero, ahora que se acercaba el final de la feria, los organizadores estaban cantando los números premiados de la tómbola mientras los padres intentaban sacar del castillo hinchable a sus hijos, que iban de azúcar hasta las trancas –los dónuts calientes y esponjosos habían volado hacía ya varias horas–, a cambio de comprarles un helado para el camino de vuelta a casa.

–Creo que ya podemos empezar a recoger. ¿Qué te parece? –le preguntó Jenni a Amy.

–Sí, vamos a ir quitando la cuerda del tendedero. ¿Cómo te vas a llevar la mesa a casa?

–Jo y Nick van a volver para ayudarme a llevarla.

–Vale, perfecto. Yo he quedado con Simon en casa a las cuatro, así que me iré dentro de un rato.

–¿Y cómo llevas lo de volver a casa?

–Pues la verdad es que bien. He repintado todo y he quitado las luces, así que no hay ningún recuerdo desagradable del incendio. Y, siendo sincera, después de estos días en casa de la madre de Simon, tengo unas ganas tremendas de volver a tener nuestro propio espacio. Es un encanto, pero creo que ella también tiene ganas de que nos vayamos.

–Me parece razonable. Qué bien que volváis todos a casa. Lo que me recuerda… –Jenni sacó una bolsa de debajo de la mesa–. Toma, son un par de regalos por vuestra vuelta a casa para darte las gracias por haberme ayudado hoy.

–¡Ay, gracias, qué detalle!

Amy sonrió ampliamente mientras sacaba de la bolsa una botella de vino.

–Esa puedes guardarla para cuando vaya a verte.

–Mejor te guardo esto –respondió Jenni sujetando el bote de plastilina que había elegido para Tilly.

–Hola, perdonad que os interrumpa. ¿Llego a tiempo para poder comprar algo o ya es demasiado tarde?

Jenni levantó la vista y, para su sorpresa, se dio cuenta de qué era el bombero con los ojos de un azul muy intenso que había acudido al incendio de la casa de Amy. Al recordar su encuentro, Jenni se puso roja.

—Anda, te conozco —dijo él, haciendo que su rubor se intensificara—. ¿Croft Park? ¿Las luces defectuosas? ¿Qué tal va todo? —preguntó volviéndose hacia Amy.

—Todos bien, gracias. Mi hijo quería enviarte una tarjeta, pero me temo que se me ha olvidado por completo tu nombre. ¡Ahora me dice que quiere ser bombero!

—Ben Walker —respondió con una sonrisa—. Y, de verdad, no hay de qué. Me alegro de que estéis todos bien. Estaba buscando algo para mi sobrina, que tiene siete años. ¿Tendréis algo que pueda servirle?

—Por supuesto. Seguro que Jenni puede ayudarte a encontrar algo —dijo Amy dándole un codazo a su amiga en las costillas, mientras esta rebuscaba entre las prendas que ya habían empezado a recoger.

Sabía que tenía un par de conjuntos de camiseta y mallas para niños más mayores, así que, cuando dio con ellos, los sacó para enseñárselos.

—Esto es lo que tenemos. ¿Te gusta alguno?

Ben estuvo un rato mirando las distintas opciones hasta que se decidió por el azul y verde.

—Creo que este le gustará.

—Es una elección excelente para una niña de siete años con criterio refinado—dijo Jenni—. Tienes un gusto exquisito.

—Espero que a mi sobrina le guste, porque cuando no le convence algo es un auténtico tormento.

—Si prefieres otro color, te lo puedo cambiar sin problemas. Aquí tienes mi tarjeta con todas mis redes sociales. Puedes escribirme cuando quieras. —Jenni, al ver que Ben alzó una ceja, se sonrojó—. Quiero decir… ponerte en contacto conmigo

–se corrigió rápidamente–. Todo estrictamente profesional –añadió nerviosa.

Ben, con el regalo ya envuelto, cogió una de sus tarjetas.

–Gracias –dijo esbozando una pequeña sonrisa–. Estoy seguro de que le encantará, pero está bien saber dónde poder encontrarte.

Jenni, muerta de vergüenza, lo siguió con la mirada mientras se alejaba, intentando ignorar las risitas de Amy y con una inesperada sensación de mariposas en el estómago.

Capítulo 22

Cuando Ben llegó a casa, Fred estaba esperando. Sus visitas eran cada vez más frecuentes y Ben se sentía un poco culpable porque no quería que le acusaran de querer secuestrar al gato, así que esperaba que a su dueño no le pareciese mal que Fred pasase tanto tiempo fuera de casa.

Hacía un par de noches había oído una noticia de una mujer que estaba acusada de robar un gato, pero ¿cómo iba a resistirse a esa carita que lo miraba fijamente desde fuera?

Ben abrió la ventana y Fred entró en la cocina con un maullido penetrante antes de dirigir la vista hacia el armario y mirarlo de forma expectante, pues había aprendido muy rápido que allí era donde estaban guardadas sus chuches. Ben puso los ojos en blanco y cogió un puñado.

Había sido un día largo, pero se lo había pasado bien ayudando a los niños a subirse a la cabina del camión, charlando con cualquiera que se acercase y repartiendo folletos con recomendaciones de seguridad, que esperaba que la gente hubiese leído antes de que acabasen en un contenedor de reciclaje.

Había pasado un buen rato con Vick y Taz y también disfrutó curioseando entre los puestos. Incluso había conseguido comprar una vela aromática que le daría a su madre al día siguiente y, después de que Vick le recomendara pasarse por el puesto de ropa estilo *tie-dye*, acabó cogiendo algo también para Evie.

Siempre le resultaba extraño encontrarse con alguien a quien había conocido estando de servicio, así que al principio lo pilló desprevenido, pero luego se alegró de saber que estaban bien.

Y de ver a su amiga también. Ben sonrió al pensar en aquella mujer de pelo largo, rizado y oscuro, y en la expresión de concentración que tenía envolviendo una prenda de la que, claro, estaba orgullosa, mientras él elegía el regalo para Evie.

Vick y Taz se burlaron de él cuando les contó que había cogido su tarjeta.

–Deberías mandarle un mensaje, tío –le dijo Taz–. No tienes nada que perder.

–Dijo que le escribiera si quería cambiar el conjunto por otro color. No me estaba invitando a una cita –respondió Ben.

–Pero podría acabar siendo una cita –dijo Vick poniéndose tras el volante–. Sé que la innombrable te dejó fastidiado, pero tienes que volver a salir con alguien. ¿O sigues colado por ella?

–No –dijo Ben cortante–. Es solo que estoy ocupado. De todos modos, estoy bien así, no paro de repetíroslo –añadió.

–Una cosa es estar conforme y otra cosa es estar feliz –replicó Vick arrancando el motor y comprobando los espejos antes de conducir lentamente el camión por la hierba y dirigirse hacia la salida.

–Eres tan pesada como mi hermana –protestó Ben–. Me ha dicho que me subastaría a la mejor postora si no consigo salir con alguien pronto.

Taz soltó una carcajada.

–Espero que no cuente con sacar mucho dinero.

Ben le dio un puñetazo suave en el brazo como respuesta.

–¿Y qué pasa con Kate, la chica que acaba de entrar en el cuerpo? –preguntó Vick, saludando a los organizadores mientras cruzaban la verja y salían a la carretera principal.

–Paso de salir con nadie del trabajo, ya sabemos cómo acaban esas cosas. Ay. Bueno, sin incluirte a ti –rectificó rápidamente Ben cuando Vick le dio un codazo en las costillas.

–Oye, mi marido y yo somos muy felices, que lo sepas. Muchas gracias.

–Sí, lo sois, pero sois la excepción que confirma la regla. La mayoría de las veces acaba siendo un desastre.

«Es cierto», pensó. Salir con alguien del trabajo era una mala idea, y más aún si lo acababas dejando con esa persona y tenías que seguir viéndola a diario, sobre todo en trabajos como los servicios de emergencia. A Ben no le merecía la pena correr ese riesgo. Luego se giró hacia Taz.

–¿Y tú qué? Siempre me estás metiendo prisa para que empiece a salir con alguien, pero tú sigues soltero.

–Ya, pero yo estoy feliz y soltero. Y tú no. Tú eres mejor persona cuando estás con alguien. Y, mírate, tienes a las chavalas lanzándote sus tarjetas de visita. Que sepas que los años no pasan en balde.

–Gracias Taz, menudo discursito.

Vick soltó una risa.

–Pero tiene razón. No solo en lo de hacerse mayor. Las mujeres saben que no pueden dormirse en los laureles si quieren tener hijos. Los hombres pueden esperar, pero la vida se pasa sin que te des cuenta. Nunca vas a conocer a alguien y formar una familia si no te esfuerzas por salir.

Ben estaba a punto de llevarles la contraria, pero, en el fondo, sabía que tenían razón. Él pensaba que, a estas alturas, ya tendría pareja y quizá un hijo. Se había imaginado a un niño pequeño jugando con Evie. Cuando Luisa se fue definitivamente, todo su futuro se había ido con ella y no sabía si iba a poder soportar el pasar por lo mismo. Era mucho más seguro quedarse como estaba que arriesgarse a salir herido otra vez.

Taz se ofreció a ir a un bar con él la próxima vez que tuviesen día libre y Ben aceptó, sobre todo para que dejasen de insistir.

Y, por extraño que pareciese, al pensar en el futuro se le venía a la mente aquella mujer de pelo largo de rizos oscuros dándole su tarjeta de visita, que se dio cuenta que todavía tenía.

Capítulo 23

Jenni se dejó caer en el sofá y se quitó las zapatillas de un golpe. Estaba rendida, pero contenta. De pronto, le sonó el móvil: era un mensaje de su madre. Le había respondido a las fotos del puesto que le había enviado por la mañana con un pulgar hacia arriba y un corazón seguido de otro mensaje:

> Estoy muy orgullosa de ti y tu padre también lo estaría. Enhorabuena, cariño. Muchos besos.

Las lágrimas empezaron a brotarle de los ojos. Ojalá poder llamar ahora a su padre, contarle cómo había ido el día y decirle que había vendido casi todo y que los organizadores le habían pedido que volviese a ir al próximo evento. Él había sido su mayor apoyo, siempre la animaba a hacer las cosas independientemente de lo que sucediese. Había estado a su lado cuando Alex se marchó y le había enseñado, con mucho gusto, a colgar una balda o a mover cualquier cosa que pesase demasiado para que ella pudiese hacerlo sola.

Jenni parpadeó y se puso de pie.

Eso era lo malo del duelo: piensas que ya lo tienes bajo control, que ya has saldado la deuda, pero, cuando menos te lo esperas, vuelve a aparecer para reclamar otra cuota. Algunos lo comparaban con un visitante inoportuno que va y viene cuando le apetece.

Cuando alzó la vista, se encontró la foto que tenía en la estantería donde aparecían ella y sus padres.

Su familia.

Pero ahora su madre estaba con otra persona, de viaje en la otra punta del mundo, mientras ella pasaba la noche del sábado sola en casa.

Sacudió la cabeza. Ya bastaba de compadecerse, aquello no le ayudaba en nada, solo conseguía ponerla más triste.

Fue a la cocina a prepararse un té con una tostada y se percató de que Oscar no había vuelto, como venía siendo habitual.

Cada día pasaba más tiempo fuera. Pensar que ni siquiera su propio gato quería estar con ella la hacía sentirse abandonada. Regresó al salón con su taza de té en la mano, se sentó en el sofá y empezó a zapear en busca de algo que la distrajera.

Justo en ese momento oyó el golpe de la gatera y, tras unos segundos, Oscar apareció en el salón, saltó sobre el extremo del sofá y, entre ronroneos, empezó a amasar la manta para después dar tres vueltas sobre sí mismo y acomodarse. Al verlo, Jenni tuvo la sensación de que había presentido que estaba pensando en él.

—Jovencito, ¿se puede saber qué horas son estas? —riñó Jenni al gato.

Oscar la miró fijamente y después parpadeó con lentitud.

—Y encima no quieres cenar, que eso es muy raro viniendo de ti. ¿Dónde te habías metido?

Oscar volvió a parpadear lentamente. Luego, como si se hubiese cansado de aquel interrogatorio, escondió la cabeza, se enroscó sobre sí mismo y se quedó dormido.

«Aquí hay gato encerrado —pensó Jenni—. Está claro que va a algún sitio».

Al mirarlo con más atención, se dio cuenta de que estaba más rellenito que antes. Pero, de momento, se conformaba con tenerlo en casa, acurrucado a su lado mientras se preparaba para pasar otra noche sola. Eso sí, iba a tener que averiguar a dónde iba y qué estaba tramando.

Capítulo 24

Ben dirigió la mirada hacia su familia, que estaba reunida, sentada en el comedor en torno a la mesa de caoba oscura. Aunque no se había criado en aquella casa, había muchas cosas que le recordaban a su infancia: no solo la mesa, sino también las fotos sobre el aparador, las cortinas verdes de flores que según Penny volvían a estar de moda e incluso los platos de color crema con el filo dorado, que eran parte de la vajilla que habían recibido sus padres como regalo de boda.

A Ben todo aquello le resultaba reconfortante o, según el día, asfixiante. En ese momento se inclinaba más por lo segundo puesto que cada objeto despertaba en él recuerdos de discusiones y momentos tensos del pasado. La salsera descascarillada, desde luego, no le provocaba ninguna alegría porque le recordaba al lío en el que se había metido por haberla tirado de la encimera. Supuso que, visto en retrospectiva, no había sido muy buena idea lanzarle una patata asada a su hermana, aunque, en aquel momento, se lo tenía merecido. Una lástima que se hubiese agachado en el último segundo.

Tomó aire y se obligó a dejar atrás esa sensación de malestar. Se centró en Evie, que se estaba riendo a carcajadas, y en Penny, que estaba contándole un chiste a su madre mientras Anthony se servía, con satisfacción, otro trozo de rosbif. Luego se fijó en su padre, que los observaba satisfecho desde la distancia.

El tren que había cogido llegó un poco más tarde de lo previsto por las inevitables obras de mantenimiento de todos los domingos. Anthony lo recogió en la estación y Ben disfrutó mucho del trayecto hasta casa de sus padres. Atravesaron los caminos rurales, dejando atrás la ciudad, mientras su cuñado le hablaba de su nuevo proyecto para el jardín: una bañera exterior con agua fría.

Ben, que más de una vez se había visto atrapado por los chorros de agua helada que salían de la manguera, no compartía la fe de Anthony en los beneficios que aportaba el agua fría. Por eso, se dijo para sus adentros que aquello sería otra moda pasajera y que la bañera acabaría junto a la bici estática que sabía que Penny estaba intentando vender en eBay pese a las quejas de su marido, que aseguraba que podía usarla en cualquier momento.

Cuando llegaron, su madre lo recibió con mucho entusiasmo y Evie se lanzó a sus brazos en cuanto cruzó la puerta. Penny puso el hervidor a calentar mientras charlaba con mucha gracia, pero su padre, que estaba leyendo el periódico sentado en la silla junto a la chimenea, como de costumbre, apenas levantó la vista.

Ben se dio cuenta de que aquel había sido el momento en el que su ánimo había empezado a decaer. ¿Por qué le había pedido ayuda a su padre para hacerle la casa a Fred? Podría haber disfrutado de la tarde con su madre y su hermana, pero ahora iba a tener que pasar horas encerrado en el garaje con su padre, que solo pronunciaba monosílabos.

–Bueno, ¿ya habéis terminado todos? –preguntó su madre echando la silla hacia atrás y poniéndose de pie.

Ben y Penny ayudaron a recoger la mesa y llevaron los platos sucios a la cocina, donde Mary había empezado a quitarles los restos de comida para tirarlos en el cubo de restos orgánicos y apilarlos junto al fregadero. La vajilla buena no se podía meter en el lavavajillas.

–He hecho un *crumble* y tengo la crema en el fuego. Ben, lleva esos cuencos, y Penny, ¿puedes echar la crema en la salsera?

Al ver que Penny se llevaba una cucharada de la crema, Mary le agitó el paño de cocina.

—Deja eso. Te he dicho mil veces que no te puedes comer el relleno así.

—Es culpa de Ben, que me ha obligado.

—¡Mentira! —respondió Ben indignado—. ¿Por qué siempre me echas a mí la culpa?

Penny puso los ojos en blanco.

—Porque fuiste tú el que me atacó con la patata y rompió la salsera de mamá.

—Eso fue hace quince años. ¿Y qué tiene que ver eso con que te estés comiendo el relleno ahora?

Mary, toda una experta en cortar las disputas de sus hijos, intervino.

—¡Basta ya los dos! —Señaló con una cuchara de madera a cada uno—. Los cuencos. La crema. ¡Vamos!

Una vez acataron las órdenes, Mary se puso los guantes de horno y, tras coger el *crumble*, se dirigió al comedor.

Ben pensó que, tal vez, si empezaba a pelearse con su hermana lo mandarían a su cuarto como si fuese un niño travieso; así no tendría que pasar la tarde en un garaje frío con su padre.

—Así no. Anda, dámelo. —Ian cogió las dos piezas de madera que Ben estaba sujetando y empezó a separarlas—. Pásame el cincel.

Ben se lo pasó avergonzado.

—Perdón, no sé cómo iban encajadas las piezas y lo he montado al revés.

—Mmm. Ya, pues te has lucido… —murmuró su padre abstraído mientras clavaba el filo del cincel entre lo que debía ser la base y un lateral de la caseta del gato.

—Martillo —le exigió sin levantar la vista de la madera.

Ben le pasó el primero que encontró.

–No, el de garra.

Ben rebuscó en la caja de herramientas hasta dar con el martillo que le pedía. Aquella acción le hizo revivir todos esos momentos de tensión que había experimentado como aprendiz de su padre.

Después de haber devorado el *crumble* y recogido los platos, Penny propuso salir a dar un paseo. Ian no había mencionado nada de ponerse con el proyecto de bricolaje, así que Ben se levantó para unirse al plan, pero Mary, que había dejado claro que quería pasar diez minutos tranquila escuchando la radio, lo había mandado, de una forma un tanto forzada, al cobertizo junto con su padre.

Aquel comienzo no había sido precisamente prometedor.

Cuando Ben desplegó sus bocetos, Ian se pasó diez minutos cuestionando las medidas que había puesto y resoplando con desaprobación. Pero, a medida que avanzaba la tarde, Ben tuvo que reconocer que su padre tenía razón: había sido demasiado ambicioso.

Padre e hijo acabaron encontrando un ritmo de trabajo casi armonioso para ambos.

La estructura iba tomando forma, esta vez usando los clavos adecuados, y Ben se sorprendió al descubrir que, en realidad, estaba disfrutando de pasar tiempo con su padre. El olor de la madera recién cepillada, el bote verde de plástico blanco con la cola y el sonido de la sierra lo habían devuelto a su infancia, aunque, esta vez, era una sensación agradable. También notó a su padre más relajado, en un ambiente familiar donde se movía con seguridad, que parecía aliviar la distancia y la tensión que solía haber entre ellos.

–Y, por cierto, ¿ese gato de quién es? –preguntó Ian cuando por fin terminó de separar las piezas de madera y encajarlas de forma correcta.

–La verdad es que no tengo ni idea –confesó Ben–. Debe de

ser de algún vecino. Empezó a venir a casa. La verdad es que está hecho un personaje; es muy mandón, pero hace buena compañía.

–Tienes que tener cuidado. La gente se mosquea si empiezas a darle de comer a su gato. ¿Te acuerdas de aquel minino que aparecía cerca de nuestra antigua casa?

Ben se echó a reír al recordarlo.

–¡Sí, el que llevaba «NO ME DES DE COMER» escrito en el collar!

Ian sonrió.

–Aquel gato iba calle arriba y calle abajo pidiendo comida. Su dueño acabó tan harto de que la gente le diera de comer que decidió meter una nota en todos los buzones en la que explicaba que el gato comía en casa tres veces al día y pedía que no se dejaran engañar. Hasta llegó a calcular que, en un día, el gato había cenado doce veces, ¡doce!

Ben volvió a reírse.

–Echo mucho de menos aquella casa –soltó de pronto su padre.

–¿Por qué? Pensaba que aquí estabas más a gusto –dijo Ben algo desconcertado, pues sus conversaciones nunca trataban temas del pasado.

–Sí, estoy bien y tu madre está muy contenta; quería un cambio. Pero en la otra casa pasamos muchos momentos felices. Fue la primera que nos compramos tu madre y yo. Nos costó tres mil libras.

Ben soltó un bufido, incrédulo.

–En aquellos tiempos era mucho dinero –explicó su padre–, pero cuando me ascendieron pudimos permitirnos pagar la hipoteca. Destornillador plano.

Su padre estiró la mano sin apartar la vista de lo que hacía.

–Tres mil… si son solo dos meses de lo que pago de alquiler –protestó Ben de mala gana mientras pasaba la herramienta.

Le sorprendía que su padre estuviese hablando de todo aquello con él, ya que casi nunca hablaban del pasado.

–Fueron buenos tiempos, más fáciles. Tú lo tienes más complicado en muchos aspectos –dijo su padre incorporándose.

Ben se quedó tan sorprendido con ese comentario que no supo qué contestar y, antes de que pudiera decir nada, su padre siguió hablando:

–Bueno, ya está. Listo. Vamos a dejar las abrazaderas en las uniones y mañana lo pintamos. Aún me queda algo de barniz de cuando arreglamos la valla.

Ben se quedó de piedra. Su padre nunca había reconocido que la situación de ahora pudiese ser más dura para él o para los de su generación. De hecho, siempre había sentido que su padre pensaba lo contrario, que él lo había tenido todo mucho más fácil en comparación, así que no tenía excusa para afrontar los problemas sin dificultad.

Abrió la boca para decir algo, pero Ian ya estaba saliendo del garaje.

–¿Ves? Siempre te he dicho que estabas proyectando tus propios sentimientos en él; imaginándote que pensaba que eras un fracasado solo porque tú te sentías así.

Penny sujetaba entre las manos una taza de chocolate caliente que acababa de prepararse.

La casa de sus padres era una antigua granja con vigas de roble que tenía todas las estancias en una sola planta y un enorme salón con techo a doble altura. Un pasillo unía la espaciosa sala de estar con el pequeño salón al otro extremo de la casa, y los dormitorios daban a un bonito patio interior que había en la parte trasera.

Mary se había enamorado de aquellas vigas de madera de aspecto rústico y le pareció muy práctico que todo estuviese en una sola planta para cuando fueran mayores y no pudieran subir escaleras, una razón que tanto Ben como Penny consideraban bastante deprimente a la hora de comprar una casa.

De fondo se oía el ruido que venía de la cocina, donde su madre terminaba de secar los últimos platos –había rechazado amablemente sus intentos de ayudarla– y le daba los últimos retoques a la cocina antes de dar por terminado el día.

Ian ya se había ido a la cama y Evie también se había dormido, por fin, después de la rabieta que había tenido. Estaba encantada con sus nuevas mallas y su camiseta, pero, al probárselas, resultaron ser un poco pequeñas. Evie quería irse a dormir con ello puesto a toda costa y se negó a irse a la cama con otro pijama que no fuese ese. Finalmente, tras un berrinche monumental, accedió a devolverlo después de que Ben le prometiese que se lo cambiaría por uno nuevo.

Anthony se había retirado al salón pequeño para estar en paz y recuperarse de dicho episodio, y Ben y Penny estaban sentados en los sofás, frente a la chimenea de leña.

–Ya sabes que si no se lo cambias por uno nuevo no vas a salir con vida de esta –dijo Penny, tan agotada por el berrinche como su marido.

–Tranquila, puedo ponerme en contacto con la mujer que me lo vendió. Dijo que no había problema si quería cambiarlo –respondió él dando un sorbo a su chocolate caliente–. Lo de estar con hoy papá ha sido raro.

Ante la mirada perpleja que le dedicó su hermana, Ben le comentó la conversación que habían mantenido y le contó lo que le había dicho sobre su antigua casa.

–Dijo que se mudó solo porque mamá quería.

–Es cierto –dijo Mary al entrar en la habitación, lo que provocó que ambos se sobresaltaran y se sintieran culpables–. Tranquilos –añadió al ver la cara de Ben–. Siempre he sabido que ese había sido el motivo por el que accedió a mudarse. Yo pensé que a los dos nos vendría bien un cambio porque la casa antigua guardaba demasiados recuerdos duros para él, pero, en realidad, eran duros para mí. No podía soportarlo más… Encontrármelo así fue lo peor que me ha pasado en la vida.

–Oh, mamá –dijo Penny levantándose para abrazarla–. No puedo ni imaginar lo que habrás tenido que pasar.

–Bueno, vosotros erais pequeños y no quería que supierais lo que había pasado. Y lo encontramos a tiempo, así que…

Mary se dejó caer en el sofá. Penny volvió a sentarse a su lado. El padre de Ben siempre había asegurado que no quería quitarse la vida, pero, fuera cual fuese su intención, mezclar *whisky* con analgésicos estuvo a punto de provocar un desenlace fatal. Por suerte, Mary había llegado a casa a tiempo y llamó a una ambulancia.

Era el mayor secreto de la familia; nadie hablaba de ello, pero el peso de aquello los había acompañado a todos durante mucho tiempo, y eso que Ben y Penny se habían enterado de la verdad hacía poco. De hecho, fue la crisis que había tenido Ben lo que la había animado a contarlo. Siempre había dicho que ella no era quien debía contarlo, pero el enterarse de lo que le había pasado a su padre había ayudado a Ben a entender por qué se había apartado de ellos; y eso era algo que le hubiera gustado saber antes.

–El trabajo que tenía era muy duro y, en aquel entonces, no había ningún tipo de apoyo; nadie había oído hablar nunca de la salud mental. Sé que para ti también es difícil, Ben, pero me alegro de que puedas hablar de ello –añadió apretándole la mano–. Tu padre nunca ha sido de muchas palabras. Si tiene un problema, lo soluciona con acciones. Es algo que he tenido que aceptar. No siempre es capaz de decirme cuánto me quiere, pero me lo demuestra y por eso accedió a mudarse, para hacerme feliz. Y lo soy. Me encanta vivir aquí.

Penny sonrió.

–Os merecéis ser felices ambos, mamá. –Le apretó la mano a

Mary–. No me acuerdo muy bien de la casa antigua. Solo del papel pintado de mi habitación. ¡A Evie le habría encantado! Esas flores moradas brillantes… ¡todavía me acuerdo de ellas como si las tuviese delante!

Su madre se rio.

–No sé en qué estarías pensado, ¡pero estabas empeñada en ese papel pintado! –Se volvió hacia Ben–. Me alegro de que dejes que tu padre te ayude con el proyecto. Lo ha disfrutado. No lo ha dicho, pero se le nota.

–Yo también me lo he pasado bien, la verdad. Aunque no me ha hecho mucha gracia que me echara la bronca por los listones con la unión de cola de milano, pero dejando eso aparte, me lo he pasado bien con él.

Ben no se habría imaginado que le haría ilusión disfrutar de la compañía de su padre.

–Evie quiere ayudarte a pintarla mañana. Tiene algunas ideas, pero quizá tengas que controlar sus expectativas, porque puede ser bastante… cabezota –le advirtió Penny.

–De tal palo, tal astilla –le dijo Ben, agachándose cuando ella le lanzó un cojín.

Mary, poniendo los ojos en blanco, decidió que era buen momento para irse a la cama.

Capítulo 25

–¿Y qué vas a hacer entonces? – preguntó Amy mientras daba otra vuelta al parque junto a Jenni.

George y Tilly estaban dormidos en el carrito doble y, como Amy sabía que si se paraba se iban a despertar, Jenni se adelantó un poco y fue a por café para las dos.

–Había pensado en mandar un mensaje por el grupo de WhatsApp de la comunidad.

–Mmm, sí, podría funcionar. ¿Y si le sigues?

–Tendría que estar de guardia las veinticuatro horas y en cuanto saltara la valla ya le perdería de vista. No voy a ponerme a trepar por el jardín de los vecinos.

Eran las 10:30 de un lunes festivo y, aunque Jenni no tenía planeado quedar con Amy, cuando su amiga le escribió para decirle que iba a dar un paseo, Jenni decidió que hacer con ella un poco de ejercicio le vendría bien para compensar el domingo que se había pasado tirada en el sofá comiendo chocolate.

El sol seguía brillando, para sorpresa de Jenni, que daba por hecho que en los días festivos siempre llovía. En la siguiente vuelta al parque, empezó a saborear la idea de que se acercaba el verano.

Luego volvió a centrarse en Amy, que seguía proponiéndole formas de tener vigilado a Oscar.

El gato cada vez pasaba más tiempo fuera de casa, lo que tenía a Jenni bastante intranquila y, la noche anterior, cuando vio que no volvía a casa a pesar de llevar más de una hora llamándolo desde la puerta trasera, empezó a preocuparse de verdad.

–¿Y si finges que se ha perdido y llamas a los bomberos? Igual ese tal Ben puede salir a buscarlo.

–¿Quieres dejar ya el tema de Ben? Y, además, no creo que los bomberos se dediquen a buscar gatos perdidos, solo los rescatan cuando se han subido a un árbol.

–Tienes que admitir que es muy guapo.

–Lo es, pero, a menos que se te vuelva a incendiar la casa, no voy a volver a verlo. Lo siento –añadió Jenni al ver la expresión que puso su amiga–. Perdóname, Amy. He dicho una barbaridad.

–No pasa nada, pero sí, aún no siento que pueda reírme de ello –respondió Amy.

Al ver su gesto dolido, Jenni cambió de tema.

–De todas maneras, con solo pensar en tener una cita se me ponen los pelos de punta. Ya no me creo nada de lo que la gente pone en su perfil.

–¿Tim no tiene algún amigo guapo? –preguntó Amy maniobrando con el carrito con mucha destreza para esquivar a un perrito que se le había cruzado.

–Ni de broma. A menos que me apetezca salir con Janice, una jubilada que tiene el abono de transporte gratuito, y pasarme los fines de semana dando vueltas por ahí con unos bastones de marcha.

–Bueno, la tendremos en cuenta si acabamos rozando la desesperación –bromeó Amy–. ¿Y Lucy tendrá algún amigo soltero que esté disponible?

Jenni prometió que le preguntaría a Lucy el día siguiente en el trabajo, y Amy se acordó de una cita totalmente desastrosa que había tenido antes de conocer a Simon. Cuando empezó a describir que el chico con el que había quedado se había pasado la cena usando el hilo dental entre plato y plato, Jenni se reafirmó en su decisión de no volver a tener citas nunca más.

Ambas se detuvieron frente a la barandilla.

Se pusieron a observar a las gallinulas de cabeza rojiza y a las fochas de patas blancas picotear sin descanso el agua mientras unas palomas revoloteaban en círculos con la esperanza de robar un trozo de pan.

A Jenni le llamó la atención el alboroto que había en medio del estanque y se quedó horrorizada al ver cómo unos cuantos patos machos rodeaban a una hembra y la perseguían mientras ella trataba de escapar nadando.

En ese momento, con el mal cuerpo que se le había quedado, ya no le parecía tan terrible usar el hilo dental en mitad de una cena.

Capítulo 26

Hola:
Sé que esta nota puede parecer un poco extraña, pero tu gato viene a visitarme a menudo (¡y es muy cariñoso!). Solo quería comentártelo para que no pienses que quiero quedármelo y para hacerte saber que está a salvo, así que no te preocupes si llega tarde a casa.

N.º 66

La idea se la había dado Evie.

Tal y como su madre había predicho, Evie tenía muchas ocurrencias para decorar la casa de Fred. La pintura marrón tan práctica que había sobrado de la vez que barnizaron la valla quedó descartada de inmediato, así que Evie mandó a su abuelo de vuelta al taller para que buscara otra cosa. Ni el azul claro grisáceo ni los distintos tonos de blanco roto, que eran «muy sosos», según la pequeña, habían logrado convencerla. Ben aceptó llevarla a la tienda de bricolaje del barrio para comprar unos colores que contasen con su aprobación.

Por fin habían dado con una pintura impermeable que no fuese tóxica, apta para niños y animales y vete tú a saber cuántas cosas más. Y como Ben se esperaba que Evie escogiese tonos rosa y lila, se llevó una sorpresa cuando eligió un verde lima y un morado oscuro para el tejado.

–¿Tú crees que al gato le gustarán esos colores, Evie? –le preguntó Ben un poco indeciso.

–Sí, claro –respondió Evie con determinación, dejando caer los botes en el carrito.

–¿No te parece que son demasiado… eh, llamativos?

–Los gatos no ven los colores igual que nosotros, tío Ben. Eso lo sabe todo el mundo –le explicó con decisión–. Tampoco distinguen bien las cosas de lejos, por eso he elegido estos colores, para que Fred pueda encontrar su casa nueva sin problemas.

–Ah, claro. No lo sabía, Evie. Gracias por explicármelo.

–De nada. –Ella le dio una palmadita en la mano con mucha paciencia–. Tú cuando eras pequeño no tenías internet, así que no es tu culpa. Mamá tampoco tiene ni idea de nada.

–Bueno, no es exactamente así, Evie. También sabíamos cosas, solo teníamos que ir a la biblioteca y…

Pero Evie ya había desaparecido por el pasillo de al lado.

Cuando Ben la alcanzó, estaba muy ocupada llenando el carrito porque había encontrado unos juguetes y había decidido que Fred también necesitaba un cuenco para el agua.

–Creo que así es suficiente, Evie –le dijo soltando con cuidado las manos de su sobrina del carrito para cogerlo él–. Ni siquiera es mi gato, ¿sabes?

–Ya lo sé. –Evie se había subido a la parte de delante del carrito mientras su tío se dirigía a la caja–. Pero necesita agua para cuando te esté esperando y, si se aburre, puede jugar con su ratón nuevo –se justificó.

Ben admitió que tenía sentido porque, además, sabía de sobra que discutir con Evie era una pérdida de tiempo.

Pasaron las siguientes horas pintando la casa de Fred. Ian los había dejado a su aire, así que Ben había pasado el resto de la mañana acatando las órdenes de su sobrina.

Evie tenía muy claro qué partes tenían que ir en morado y cuáles en verde; y no era precisamente una jefa benévola, porque cuando Ben emborronó los dos colores, le echó una buena reprimenda.

Cuando por fin Evie decidió que podía fiarse de él, lo dejó trabajando y se embarcó en otro proyecto. La pintura se secó en un par de horas y, cuando regresaron al taller, Evie le mostró lo que había estado haciendo: unas creaciones artísticas algo cuestionables, pero colocadas con mucho gusto en la casa nueva de Fred. Sin embargo, aún faltaba un último detalle antes de que Evie diera el trabajo por terminado: un buzón.

–¿Un buzón? No creo que los gatos reciban cartas –dijo Ben mientras se quitaba los últimos restos de pintura verde lima de las manos.

–Todas las casas tienen buzón –dijo Evie decidida.

–Vale, vamos a ponerlo, entonces. Si hago tres agujeritos uno al lado del otro y luego los uno con la sierra, podemos hacer un buzón pequeño. ¿Qué te parece?

–Bien. –Evie sonrió encantada–. ¡Así podré escribirle cartitas pequeñitas!

Aquello había sido lo que le había dado la idea.

Ben seguía dándole vueltas a la advertencia de su padre: no quería que el dueño de Fred pensase que estaba intentando quitarle el gato ni que se preocupase de que Fred estuviese por ahí a las tantas de la noche, pero tampoco sabía dónde vivía el gato. Lo había visto saltando la valla que había detrás de los jardines comunitarios, pero la mayoría de las veces el gato ya lo estaba esperando en su casa, observándolo desde el alféizar de la cocina, así que no tenía ni idea de por dónde había aparecido.

Entonces Ben pensó que podría escribirle una nota al dueño de Fred y –aquí venía la ingeniosa idea– que fuese el propio Fred el que se la llevase.

Le parecía una buena idea, y el entusiasmo por llevar a cabo su plan lo acompañó durante todo el viaje de vuelta a Londres junto con la casita del gato tambaleándose peligrosamente sobre sus rodillas.

Después de que Penny lo hubiese dejado en casa, descargó el equipaje del coche, lo dejó en el suelo de la cocina y colocó la casa de Fred junto a la puerta trasera. Luego buscó un trozo de papel y, aunque se sentía un poco ridículo, empezó a escribir la nota hasta que un maullido lo interrumpió.

–Ah, llegas justo a tiempo, Fred. ¡Tengo algo para ti!

Ben abrió un poco más la ventana para que Fred pudiera entrar. El gato le restregó el brazo con la cabeza y luego saltó al suelo y se plantó delante del armario.

–Vale, primero las chuches.

Un rato después, con el gato hecho un ovillo sobre el taburete que había junto a la encimera, Ben aprovechó la oportunidad. Cogió la nota, la enrolló con cuidado hasta formar un pequeño tubo, pasó un trozo de cuerda por el nuevo collar de Fred y empezó a atárselo.

Fred abrió un ojo y sacudió la oreja en señal de advertencia, pero Ben lo calmó rascándole suavemente bajo la barbilla y, cuando el gato volvió a cerrar los ojos, le ató la cuerda con un lazo bien apretado.

Una vez se aseguró de que la nota estaba bien atada, Ben se apartó.

Cuando Fred regresara a casa, se llevaría la nota con él.

Capítulo 27

La sala, revestida de paneles de madera, estaba llena de los susurros ansiosos de los equipos, intercambiando opiniones en voz baja.

En un rincón había un hombre sentado frente a un micrófono con una pinta de cerveza a su lado. Estaba frunciendo el ceño y mirando una hoja de papel que traía en las manos mientras esperaba unos minutos más a que todos apuntaran la respuesta a la última pregunta que había hecho.

Jenni, que asentía mientras Solomon enumeraba todos los presidentes de Estados Unidos para manifestar que la respuesta tenía que ser Teddy Roosevelt, se volvió hacia Tim y torció el gesto.

–No te preocupes, ya llegará la ronda de preguntas sobre música. ¡Seguro que eso se te dará mejor!

Lo único que podía hacer era esperar que su amigo tuviera razón, sobre todo teniendo en cuenta que historia, geografía y cultura general eran, precisamente, sus asignaturas pendientes.

Jenni miró a su alrededor y se fijó en los otros equipos, que estaban en corrillo susurrando, debatiendo y señalando, unos en desacuerdo y otros tirándose el pisto. Tim llevaba su camisa de la suerte de la que le había hablado a Jenni: una de lino azul que se había puesto el año en el que ganaron el trofeo. Jenni cruzó la mirada con un chico de la mesa de al lado; parecía tomarse las cosas con algo menos de competitividad así que se dedicaron una sonrisa cómplice.

Tim la vio y le lanzó una mirada amenazante a su amiga por hacer migas con el enemigo.

La noche de Trivial a la que iba Tim tenía lugar cada mes en The Anchor, un *pub* victoriano situado en el East End. Paul y Tim solían ir desde que se habían mudado a aquella zona. Se habían aliado con Solomon, un diseñador gráfico de unos cuarenta y tantos que llevaba gafas con una montura de pasta negra y gruesa y unos pantalones vaqueros holgados, y su novia, Tina, abogada en uno de los bancos más importantes de la ciudad. Los cuatro se habían conocido un domingo por la mañana tomando un *brunch* en el restaurante de abajo, que había sido la típica taberna frecuentada por señores mayores antes de que la sometieran, hacía unos años, a una remodelación acorde con una zona de Londres como aquella, que estaba sufriendo una rápida gentrificación.

Los que solían ir se quejaban mucho de que el antiguo local hubiese perdido su esencia, aunque, por lo bajo, reconocían que no echaban de menos encontrarse a traficantes en el baño y que, aunque el pan de masa madre con aguacate triturado estuviese ya muy visto, estaba bastante rico.

La sala de eventos en la planta superior, que además de la noche de Trivial albergaba fiestas infantiles y alguna que otra boda, conservaba algunos detalles de su encanto original: las enormes ventanas correderas de madera, que daban a la calle, enmarcadas por cortinas de terciopelo verde desteñido, y los antiguos suelos de madera, ya gastados y con arañazos, que aún conservaban su textura pegajosa. También seguía siendo un lugar con mucha corriente, donde los techos altos no ayudaban demasiado, así que Jenni se alegró de haberse puesto su grueso cárdigan verde y de haber traído una bufanda, que se ajustó más alrededor del cuello.

El presentador pasó a la última pregunta, una sobre un león marino y la Segunda Guerra Mundial, a la que Paul respondió con facilidad, dando la ronda por terminada. Las luces se encendieron y Tina y Tim se dirigieron a la barra a comprar otra botella de vino.

Paul se recostó en la silla y estiró los brazos con un suspiro.

—Bueno, esa ronda ha sido dura, pero estoy seguro de que hemos acertado, al menos, ocho de diez. Mientras les ganemos a los *Tejones cabrones* me doy por satisfecho.

Paul miró con recelo a los del otro equipo, que se estaban dando palmaditas de enhorabuena en la espalda.

—Aún tenemos que jugárnoslo todo en la ronda final —dijo Solomon—. Creo que hicimos bien usando el comodín en la ronda de geografía.

Paul asintió.

—Y no solo hay que tener en el punto de mira a los *Tejones*. Estoy seguro de que los *No tenemos ni puta idea* también están bordando todas las preguntas de la Segunda Guerra Mundial.

Estaban repasando las preguntas de la ronda cuando Tina, que posó de golpe una botella de tinto delante de ellos, los interrumpió. Tim la imitó y arrojó cinco paquetes de patatas fritas en el centro de la mesa. Mientras Tina rellenaba las copas y ponía al día a Paul y a Solomon sobre lo que había escuchado en la barra —al parecer los *Tejones* estaban preocupados por sus respuestas en la ronda de cultura general—, Tim abrió los paquetes y se volvió hacia Jenni para retomar la conversación que habían tenido antes de empezar el Trivial.

—¿Entonces qué vas a hacer? ¿Responderle? —le preguntó cogiendo un puñado de patatas fritas de vinagre y sal.

Jenni les había contado a él y a Paul la nota que había encontrado pegada al collar de Oscar a principios de semana.

Con mucha intriga, desenrolló con cuidado el papel y se sorprendió al ver que era un mensaje de la persona con la que Oscar pasaba el tiempo cuando no estaba en casa.

–No lo sé. Supongo que debería, pero es un poco raro, ¿no?

–Yo creo que es muy cuqui. Tiene algo de encanto, así como de otra época –le aseguró Tim con la boca llena de patatas–. ¿Y si Sesenta y seis es un anciano ricachón o un soltero buenorro? Podría ser cosa del destino.

–Venga, va, corta el rollo, pitonisa. –Jenni cogió otra patata–. ¿¡Y si en realidad es una Cruella de Vil de los gatos y solo quiere hacerse un abrigo con Oscar!?

–Cariño, eso es un poco siniestro –Tim arrugó la nariz.

–Y, además, si quisiera hacer eso, dudo mucho que te escribiera una nota. Creo que deberías contestar. Algo alegre y desenfadado.

–¿Estáis hablando del minino mensajero? –les interrumpió Paul.

–¿Qué es eso? –preguntó Tina–. ¿Tienes un gato que habla? Jenni se rio.

–No, es que mi gato me está engañando con otra persona y esa persona me ha escrito una nota –explicó la historia a todos los de la mesa.

–Ah, pues sin duda alguna están intentando quitarte el gato –dijo Tina–. Es un farol. Dicen que no, pero en realidad es que sí. ¿Quieres que redacte una carta de cese y desistimiento? Seguro que les mete el miedo en el cuerpo.

–De momento, no creo que sea necesario llegar a esos extremos –rio Jenni–, pero gracias. Era una nota en son de paz, pero me siento un poco incómoda con eso de que Oscar esté pasando el tiempo con un desconocido. Y está claro que le dan de comer, porque se está poniendo bastante regordete. Es un tragón.

–Bueno, si cambias de opinión, dímelo, pero yo creo que tienes que dejarle claro que es tu gato.

Tina bebió un sorbo de su vino.

–Yo pienso lo mismo. Janice tuvo un disgusto tremendo por lo que su vecina le hizo a su gato, ¿verdad, Paul? –dijo Tim.

Paul asintió.

–Con pistolas de agua de por medio. Y la policía –añadió después de hacer una pequeña pausa.

–Hablando de Janice, aún podemos ir con ella a hacer marcha nórdica. Una pena que Tina y Solomon no puedan ir.

Jenni miró a la pareja, que rápidamente puso una expresión de pena fingida.

–Pero tú no tienes excusa.

–Ah, sí, bueno, muy amable de tu parte, pero necesito recuperar a Oscar. Antes de que lo secuestren para siempre y…

Por suerte, justo en ese instante, las luces bajaron la intensidad y el presentador anunció que iba a comenzar la siguiente ronda. Tim cogió un bolígrafo y arrastró la hoja de las respuestas hacia él, con el tema del paseo del día siguiente olvidado por completo.

Jenni soltó un suspiro de alivio –no le apetecía nada caminar con los bastones– y, cuando empezó a sonar la introducción de una canción de pop famosa, se acomodó para la ronda musical.

Decidió que le escribiría a Sesenta y seis, aunque ¿no sería un poco raro después de casi una semana? Sus pensamientos se interrumpieron de golpe al recibir un codazo de Tim en las costillas.

Jenni recordó por qué odiaba esas noches de Trivial y se inclinó hacia delante fingiendo que le interesaba lo que estaba ocurriendo.

Tampoco parecía que la ronda musical fuese a ser su momento de gloria.

Capítulo 28

Ben se echó a reír cuando leyó la nota.

Había pasado casi una semana desde que había usado a Fred para enviarle la nota a su verdadero dueño y, después de sentirse ridículo y arrepentirse por haberla mandado, ya se había resignado a no recibir ninguna respuesta y a no pensar más en ello. Por ese motivo se sorprendió mucho cuando, una tarde de sábado soleado, se encontró otra nota atada al collar de Fred.

Ben había abierto la puerta trasera y se había encontrado al gato tumbado en un macizo de flores aprovechando el calor del sol. Al principio, no lo había visto porque el pelaje oscuro y atigrado de Fred se mimetizaba con la tierra recién removida que estaba al borde del macizo. Pero, cuando el gato se percató de su presencia, se estiró, se dio la vuelta y dejó su barriga blanca al descubierto.

–Hola, pequeño –le dijo, agachándose para rascar su tripa.

Fred se giró de nuevo, se incorporó, se sacudió las patas con delicadeza para quitarse los restos de tierra que se le habían pegado y se encaminó hacia la puerta trasera.

Mientras el gato se abría paso, Ben vio un destello de un color rosa intenso en su cuello y se dio cuenta de que llevaba una nota sujeta al collar.

La sacó con cuidado, esquivando los movimientos de Fred, que se estaba lavando la cara, se sentó con cautela en la silla de jardín destartalada que algún antiguo inquilino había dejado allí y desplegó el pósit fosforito.

Empezó a sentirse ansioso mientras abría el pequeño trozo de papel.

Hola, 66:
Gracias por avisarme de que mi gato está a salvo. Últimamente desaparece bastante. También he notado que se está poniendo un poco rellenito. Es muy tragón, así que, por favor, no le des de comer. ¡Gracias!
Un saludo,

38

P.D.: Es un maestro de la persuasión. No cedas y no le mires directamente a los ojos: sabe cómo lograr que acabes obedeciendo...

Fue esa última línea la que hizo reír a Ben y, justo en ese momento y como era habitual en él, Fred saltó desde el tejado de su nueva casita y empezó a restregarse contra la pierna de Ben mientras lo miraba con una expresión que parecía decir que, si no le daba algo de comer pronto, se iba a desmayar. El gato, para demostrarlo, se dejó caer de lado y emitió un maullido débil.

Ben volvió a reírse mientras se levantaba de la silla.

—Ay, no, Fred, ni lo sueñes. Ya me conozco todas tus artimañas, así que ni lo intentes.

Fred se levantó y se deslizó entre sus piernas, quizá para hacerle perder el equilibrio. Luego encabezó el camino de vuelta al interior de la casa y se quedó sentado frente al armario de las chucherías con una mirada insistente.

Aunque sabía que no debía hacerlo, no era de piedra, así que sacó unas cuantas chucherías con un suspiro y dejó caer unas pocas en el cuenco.

—Ya está, colega. Si te doy más, me voy a meter en un lío con tu verdadero dueño.

Mientras pensaba en quién podría ser aquel misterioso Treinta y ocho, sus pensamientos volvieron a la nota.

En un mundo lleno de WhatsApp y correos electrónicos, ver la letra de alguien era algo especial y nostálgico, y te hacía sentir, por alguna extraña razón, más conectado a esa persona; como si pudieras adivinar cómo era por la fuerza con la que apretaba el bolígrafo o por lo redondeadas que eran sus letras.

«Treinta y ocho hace unas curvas muy marcadas», pensó Ben. Y estaba claro que a esa persona le gustaban los artículos de papelería llamativos. Su caligrafía era redondeada y clara y, aunque no quería dejarse llevar por los estereotipos, pensó que seguramente era una mujer.

Le entraron ganas de contestar enseguida, pero no sabía muy bien qué poner. Además, acababa de acordarse de que tenía que cambiar el pijama que había comprado para Evie. ¿Dónde había metido la tarjeta de aquella mujer?

Rebuscando en el cajón donde guardaba pilas usadas, menús de comida para llevar y los tornillos que, misteriosamente, siempre sobraban después de armar algún mueble de esos que tienes que montar tú mismo, por fin la encontró. En la parte de delante, había un dibujo de un gato saltando de una letra a otra y en el reverso, tal y como le había dicho, sus redes sociales. Ben abrió su aplicación de Instagram en el móvil –se había hecho una cuenta para poder seguir a Pen, pero nunca subía nada– y le escribió un mensaje directo. Su foto de perfil era el mismo logo que aparecía en la tarjeta y, justo cuando estaba viendo sus publicaciones, le respondió.

Claro, ningún problema. Puedo cambiártelo por una talla más grande, pero solo me quedan estos colores. ¿Cuál prefieres?

Junto con el mensaje, le mandó tres fotos con las distintas combinaciones de colores que tenía. Ben las examinó un momento y contestó:

Me gusta el naranja y amarillo. ¿Cómo prefieres que te devuelva el que compré? ¿Por correo?

Ben iba a decirle que no le importaba acercarse hasta su casa para hacer el cambio, pero luego pensó que mejor no porque no quería parecer un acosador, así que se sintió aliviado cuando recibió otro mensaje de ella sugiriéndole que, si le venía bien, podían verse en el Scrambled, una cafetería cerca de la zona donde se había celebrado la feria.

Le confirmó que el día siguiente a las tres de la tarde le venía perfecto y sonrió al ver que ella le respondía con un emoticono de un pulgar hacia arriba.

Ben miró el reloj. No le quedaba mucho tiempo para incorporarse al turno de noche, así que más le valía comer algo antes de salir.

Sacó un paquete de pasta del armario y, mientras silbaba, fue reuniendo los ingredientes para hacer una salsa de tomate sencilla. Al estirar la mano para encender la radio y poner música en la cocina, se dio cuenta de que volvía a tener esa misma sensación de nerviosismo y expectación que ya conocía. Era consciente de que tenía ganas de que llegara el día siguiente y de volver a ver a la mujer del pelo largo y rizado.

«Tranquilízate», se dijo a sí mismo, pero, en lugar de eso, lo que hizo fue subir el volumen cuando empezó a sonar una de sus canciones favoritas y se puso a cantar mientras picaba cebolla al ritmo dc la música.

Fred lo observaba sin interés y con las orejas caídas en señal de protcsta.

169

Capítulo 29

—Sí, mamá. He quedado con él en un sitio público, es bombero y solo hemos hablado por Instagram, ¡así que no puede acosarme en la vida real! —Jenni puso los ojos en blanco porque sabía que era un detalle que su madre se preocupara, pero no hasta tal extremo—. A ver, sí, podría mandarle un mensaje a una amiga para decirle dónde he quedado, pero no creo que haga falta. ¡Solo le voy a cambiar ropa!

Su madre insistió.

—Ya sé que piensas que exagero, pero después de estar con la hija de Alan, se me han abierto los ojos. Todo este asunto de echar cosas en las bebidas… Que, por cierto, si te pides un café, no lo pierdas de vista si vas al baño o algo. Menos mal que no sabía todas estas cosas cuando te independizaste.

La madre de Jenni había vuelto de Nueva Zelanda tras pasar unas semanas fantásticas, aunque su estancia con la hija de Alan, que disfrutaba de una vida de extranjera trabajando mucho y saliendo aún más de fiesta, le había dejado bastante claro lo que puede llegar a hacer una hija cuando no está bajo supervisión. Annie había conseguido dejar de fumar —«allí son tan drásticos con el tema… menos mal que llevé parches de nicotina; si no, no lo habría soportado»—, y su relación con Alan no solo no había ido a peor, sino que iba viento en popa.

Cada uno había vuelto a su casa, pero ya hablaban de irse a vivir juntos. Jenni no tenía muy claro lo que significaba eso exactamente: si pensaban comprarse una casa, si Alan se mudaría con su madre o si sería al revés. Ella, desde luego, prefería la segunda opción. Aunque le resultase raro que hubiese un hombre en casa y que no fuese su padre, solo de pensar en perder la casa de su infancia se le encogía el corazón, aunque sabía que era un miedo egoísta.

Pasase lo que pasase, sabía que su habitación llena de recuerdos, con el papel pintado a rayas y sus cortinas de flores, seguía allí, y pensar que podía desaparecer era algo que no se atrevía ni a imaginar. Por el momento nadie había hablado de vender la casa, ya que su madre estaba encantada de estar de vuelta y disfrutar de su jardín, y eso que los cuidados de su amiga Jane durante su ausencia dejaban bastante que desear.

–De verdad, mamá, que no pasa nada.

–No sé, cielo, tendría que haber dejado que los plantones de guisante se aclimatasen antes de ponerlos en el jardín. Jane debería haberlo sabido.

–¿Qué? –preguntó Jenni desconcertada por un momento–. Ah, me refería a lo de mañana. Esa cafetería siempre está llena de gente y, además, conozco a la mujer que trabaja allí. Si quieres, te mando un mensaje cuando vuelva, ¿vale?

La madre de Jenni, conforme, cambió de tema y durante los siguientes diez minutos la puso al día de todos los cotilleos del pueblo hasta que, de pronto, se acordó de que había dejado el horno encendido y colgó de golpe.

Jenni puso los ojos en blanco, pero sentía ternura. Su madre era única y se sentía afortunada de tenerla. Eso le hizo recordar que, cuando su madre tenía uno de esos despistes, Alex solía chasquear la lengua e, incluso, una vez había murmurado, con un tono de desprecio, que las hijas siempre acababan pareciéndose a su madre, como si eso fuese algo malo.

Aquel recuerdo era otra excelente razón más por la que Jenni estaba mejor sin él. Y si lo mismo se podía aplicar a un padre con su hijo, entonces no había duda: estaba mucho mejor sin Alex. A Jenni nunca le había gustado la forma tan condescendiente con la que Frank, el padre de Alex, trataba a su mujer, Rebecca.

Jenni fue a la cocina y abrió la puerta trasera. Los últimos rayos del sol se deslizaron por el suelo, lo que hacía que las huellas embarradas en forma de frambuesa que iban desde la gatera hasta el cuenco del gato resaltasen más.

Ignorando las ganas de coger la fregona y ponerse a limpiar la tierra y recordando uno de los imanes motivacionales de su madre que decía «solo las mujeres sosas tienen casas impecables», Jenni se calzó las zapatillas viejas que tenía junto a la puerta y salió al jardín. Se estaba acercando esa época del año en la que todo estaba en su mejor momento: las plantas ya habían echado todas las hojas, las flores empezaban a brotar y las rosas estaban a punto de abrirse; todo parecía estar en equilibrio, justo antes de que el calor del verano provocase que los tallos se venciesen, los pétalos se marchitaran y que hasta las plantas perennes perdieran también su firmeza.

Jenni se sentía especialmente orgullosa de las caléndulas que empezaban a florecer en la maceta, pues sus pétalos anaranjados le servirían para sus tintes; y también tenía muchas ganas de experimentar con algunas de las verduras que ella misma había sembrado.

Luego se detuvo un minuto para disfrutar del canto de los pájaros, hasta que un maullido estridente anunció el regreso de Oscar, que se subió a la valla con agilidad y se dejó caer al suelo enlosado de un golpe sorprendentemente fuerte para un gato de su tamaño. Después se acercó a Jenni levantando mucho las patas al caminar para esquivar las matas de hierba más altas. Ella le acarició la barbilla y se fijó en que la nota que por fin se había atrevido a escribir ya no estaba y que el cordel con el que la había atado al collar había desaparecido.

Oscar había entregado su nota con éxito.

Ahora solo quedaba esperar a ver si Sesenta y seis respondía.

Capítulo 30

Ben abrió la taquilla y sacó la mochila.

Había sido una noche tranquila, lo que a veces se hacía más duro porque las horas no pasaban, pero, al menos, habían tenido una sesión de gimnasio –todos los bomberos deben mantener un cierto nivel de forma física, así que entrenar formaba parte de su trabajo– y también algo de tiempo para repasar. Ben estaba preparándose para sacarse el permiso C de conducción, que le permitiría ponerse al volante del camión de bomberos, así que había pasado un par de horas repasando apuntes y preparándose para el examen teórico.

Después de una hora estudiando, le apeteció un café. Vick y Taz ya estaban sentados en una de las mesas, así que se unió a ellos y se dejó caer en el asiento con un gruñido: tenía los músculos doloridos del entrenamiento.

–Solo un par de horas más y ya nos vamos –dijo Vick bostezando–. ¿Qué tal va ese examen?

Ben puso mala cara y Vick se rio.

–¿A que sí? Hay que memorizar muchas cosas.

–El problema es que para cuando tenga el examen ya me habré olvidado de todo.

–¡Tranquilo! Seguro que sale bien –lo animó Taz–. No te pegues todo el fin de semana estudiando, que solo conseguirás ponerte más nervioso. ¿Qué te parece si vamos a tomar algo esta tarde?

–Lo siento, chaval. Ya tengo planes –anunció Ben–. He quedado con la mujer de la feria para cambiar el regalo de Evie.

–¡Lo sabía! –vitoreó Vick triunfante–. ¡Te dije que tenías que invitarla a salir!

–Sí, ya era hora de que espabilases –coincidió Taz dándole un empujón juguetón a Ben, que casi hizo que se le cayera el café de la mano.

–Espera –dijo Ben–. Primero, no le he propuesto salir, es un intercambio comerci… –Interrumpió lo que estaba diciendo para fulminar con la mirada a Vick, que se reía disimuladamente–. Vale, eso ha sonado mal. –Lo intentó de nuevo–. Solo voy a quedar con ella para intercambiar la ropa.

Vick y Taz estallaron en carcajadas, y Ben, sacudiendo la cabeza, desistió de dar más explicaciones y añadió con timidez:

–Sí, bueno, lo que sea, que voy a quedar con ella más tarde.

Las bromas continuaron durante el resto del turno y solo cesaron cuando Ben los amenazó con dejar a Taz encerrado en lo alto de la torre de entrenamiento. Pero en ese momento, mientras se preparaban para irse a casa, Taz intentó volver a sacarle el tema.

–Entonces, ¿a qué hora vas a quedar con tu cita?

Ben levantó la mano para despedirse del resto de sus compañeros mientras él y Taz salían a la luz de la mañana.

–¡Ya te he dicho que no es una cita! –exclamó indignado antes de añadir, de nuevo, con cierta timidez–: A las tres.

–Bueno, lo que sea. Pásalo bien, ¿vale? –le dijo Taz levantando la ceja con un gesto de duda.

Ben asintió.

–Ya te contaré. Pero primero voy a echarme un rato.

Capítulo 31

Scrambled, una de las cafeterías más populares de la zona, estaba a rebosar de gente. Jenni se puso en la cola y pidió un café con leche de avena.

—No te suelo ver por aquí los fines de semana —le gritó Ana, intentando hacerse oír por encima del silbido del vapor mientras calentaba la leche y la hacía girar dentro de la jarra de acero inoxidable.

Por mucho jaleo que hubiese, Ana llevaba el local con una calma y una destreza envidiables.

—Ya. Es que he quedado con una persona que me compró ropa en la feria, pero se equivocó de talla, así que voy a cambiársela.

—Tu puesto tenía una pinta estupenda. Me pasé por la tarde, pero creo que te habías escapado un momento para ir a comer algo —dijo Ana limpiando la boquilla del vaporizador con un paño antes de verter la leche caliente sobre el *espresso* que había preparado en la taza.

Detrás de ella, en la cola, Jenni oyó a una madre regañar a su hijo por haber cogido una chocolatina del mostrador, pero luego se la devolvió a toda prisa, justo a tiempo para evitar una rabieta.

«Menos mal», pensó Jenni. La cafetería estaba demasiado llena como para que encima se armara un berrinche.

—Ah, gracias, Ana. No sabía muy bien qué esperar, la verdad, pero fue un día divertido, ¿no crees?

Aquel día Ana había estado atendiendo en El Scrambler, la furgoneta que tenían para la cafetería, con la que solía ir a otros

175

eventos a servir sus tés y cafés de especialidad a los asistentes, que estaban encantados.

—Estuvo genial, aunque fue una locura. Acabé destrozada. Toma, cariño.

Jenni pasó la tarjeta, conteniendo una mueca ante el precio. Pero Ana hacía un café excelente, así que valía la pena.

Luego le dejó una libra más en el bote de las propinas y se apresuró a sentarse en una mesa que acababan de dejar libre al fondo del local antes de que alguien más se le adelantara.

Satisfecha por haber conseguido aquella mesa del rincón tan codiciada, se acomodó en el asiento desde donde se veía la puerta y el gran ventanal que daba a la zona de la feria.

Las bonitas cortinas de cuadros amarillos estaban recogidas para dejar pasar la luz, y Jenni contempló las vistas mientras colocaba con cuidado el café sobre la mesa. Después se quitó el abrigo, lo dejó sobre la silla de madera que tenía enfrente para dejar claro que estaba ocupada y no se podía coger, y sacó de su bolso la ropa de una talla más.

Se apartó un mechón de pelo que se le había escapado por delante de la oreja y levantó la taza. Era una tontería, pero estaba de los nervios. Se obligó a controlarse: no tenía ningún motivo para sentir mariposas en el estómago, solo iba a cambiarle la ropa y asunto resuelto, podía volver a casa. Pero sentía que el estómago le daba un vuelco cada vez que recordaba lo serio que le había parecido curioseando entre las prendas de su puesto, con la luz del sol resaltándole el vello claro de sus antebrazos y la camiseta ajustada marcándole los abdominales…

«Aj, ¿qué me pasa?», se preguntó.

Para distraerse, cogió el móvil y se puso a mirar Instagram. Había estado subiendo más fotos de su ropa y varias personas la habían etiquetado en sus publicaciones. Incluso le habían llegado algunos mensajes directos preguntándole dónde podían comprarle las prendas.

Se estaba planteando crearse una página web y, aunque le daba miedo reconocerlo, una diminuta parte de ella soñaba con convertir *La casa de Oscar* en su trabajo a tiempo completo. Aunque quizá debería abrirse una cuenta en Etsy primero.

Justo iba a darle «me gusta» a una publicación de Tim –una foto suya paseando por el parque con Janice–, pero se percató de que alguien había entrado en la cafetería con paso decidido y, al levantar la vista, vio a un hombre alto y de pelo rizado abriéndose camino entre carritos de bebé y bolsas de algodón orgánico rebosantes de fruta y verdura igual de orgánicas.

El hombre echó un vistazo a su alrededor y, cuando la localizó, levantó la mano para saludarla, pero justo en ese momento tropezó con un perro salchicha que estaba en el suelo durmiendo plácidamente en medio del local. Jenni no pudo aguantar la risa mientras lo veía acercarse dando tumbos hasta detenerse delante de ella con poca elegancia.

–Vaya, menuda entrada triunfal.

Él sonrió con gesto resignado.

–Bueno, es que los bomberos somos profesionales altamente cualificados, entrenados para movernos con soltura incluso en los terrenos más pantanosos.

–¿Pero no para esquivar perros que caben en un bolso ni fruta ecológica? –le provocó–. No deberías subestimarlos, ¿eh? Los cachorros enanos y las manzanas asesinas son mi pesadilla.

Ben se pasó la mano por el pelo, lo que hizo que se le quedase alborotado por un lado.

–¿Puedo coger esta silla?

–Sí, claro. La estaba reservado para ti. Pásame el abrigo, que he puesto ahí todas mis cosas para que nadie la cogiera.

Ben le pasó la mochila y la chaqueta, que estaban colgando del respaldo, y se arrimó a la mesa para dejar espacio a la gente que quisiera pasar, lo que provocó que chocase con suavidad con las rodillas de Jenni.

—Perdona —dijo él mientras ella retiraba las piernas.

—No pasa nada, no te preocupes. La mesa es pequeña —respondió algo nerviosa y recolocando los pies.

Jenni, en el fondo, se preguntaba si aquella especie de descarga eléctrica que había sentido se debía al roce con él o a algún enchufe mal instalado.

Hubo un silencio incómodo mientras se miraban, sin saber muy bien quién debía hablar primero.

Ben se adelantó.

—Gracias por quedar conmigo para cambiarnos la ropa. O sea, nuestra ropa no, claro —se corrigió enseguida, notando cómo se le encendían las mejillas y preguntándose qué demonios le pasaba.

Jenni se rio.

—Siento que el morado no le quedase bien. Espero que tu sobrina no se llevase una decepción.

—Le encantó —dijo él—. Quería ponérselo en cuanto se lo di. ¡La verdad es que no sé cómo pude equivocarme tanto con la talla!

A Ben se le borró la sonrisa cuando recordó el berrinche que vino después.

—¡Vaya! Bueno, es difícil acertar, supongo. Los niños crecen a una velocidad… Mi amiga Amy, bueno, te acuerdas, ¿no?, la del incendio. Sus hijos me dejan alucinada con lo que han crecido cada vez que los veo. Me he convertido en esa clase de adulta pesada que no para de decirles lo mucho que han crecido. ¡Vamos, como si no fuera obvio!

Ben asintió en señal de acuerdo.

—Yo igual. ¡Pero Evie es mandona como ella sola, así que siempre me echa la bronca!

Luego le contó a Jenni aquella vez que su sobrina montó un numerito porque quería escuchar su canción favorita, pero él no paraba de cantarla por lo bajo.

—Tiene las ideas muy claras, desde luego —concluyó Ben.

—Parece un poco intimidante. En el buen sentido de la palabra, claro —añadió Jenni rápidamente sin querer ofender, pero Ben asintió.

—Tan encantadora como aterradora, sí. Igual que su madre, mi hermana, para serte sincero.

Volvió a surgir un pequeño silencio antes de que Jenni le diera el nuevo pijama.

—Toma. Espero que este le quede bien.

—Gracias. Seguro que le encantará. Ahora le ha dado por los colores fuertes. Y aquí tienes el otro —dijo pasándole la bolsa con las prendas cuidadosamente dobladas mientras empujaba la silla para levantarse.

Jenni sintió una punzada de decepción al darse cuenta de que se iba, pero entonces Ben le hizo una pregunta:

—Oye, esto… no te apetecerá tomar otro café, ¿no?

La sorpresa debió de reflejarse en el rostro de Jenni, porque Ben se apresuró a añadir:

—Bueno, seguro que estás ocupada, solo pensé que, bueno, yo…

—Me encantaría —lo interrumpió Jenni con una sonrisa—. No tengo prisa; otro café suena bien.

—Vale, genial. ¿Qué quieres tomar?

Ella le dijo lo que quería y lo observó mientras se dirigía a la barra. La cafetería estaba algo más despejada y ya no había obstáculos peligrosos. Ben le pidió a Ana las bebidas con una sonrisa y, mientras cogía el dinero de la cartera, ella miró a Jenni subiendo las cejas y sonriendo con complicidad.

Jenni notó cómo se le encendían las mejillas.

Ahora que habían decidido quedarse un rato más, empezó a ponerse un poco nerviosa. ¿Y si no tenían nada de qué hablar?

Pero, en cuanto Ben regresó con los cafés calientes en la mano y esa sonrisa amable en el rostro, se alegró de no tener que despedirse de él todavía.

Capítulo 32

–Se llama Ben y sí, era muy majo y sí, vamos a volver a quedar, pero no, no es una cita, es una tarde dedicada a, eh, nuestros intereses profesionales comunes.

Jenni le dio un sorbo a su café recién hecho, el segundo del día, y se apartó para dejar que Tim usara la cafetera. Ese día había llegado temprano a la oficina, así que ya estaba empezando a notar el madrugón.

–Ajá –respondió Tim con las cejas levantadas–. A mí me suena a una cita, pero… –Levantó la mano antes de que Jenni lo interrumpiese–. Lo que tú digas. Que disfrutes mucho persiguiendo tus… ¿cómo era?, «intereses profesionales» –añadió acompañando esas dos últimas palabras con un gesto de comillas con las manos.

Jenni puso los ojos en blanco. No le importaba lo que le dijera Tim. No era una cita de verdad.

Con Ben la conversación salía sola. Él había hablado sobre su trabajo, aunque pasando por alto las partes más duras, y ella le había contado la historia de la sesión de fotos en la nieve. Cuando le relató la vergüenza que sintió al descubrir que su foto formaba parte de la campaña, Ben se rio.

–Y luego va Clive y llena toda la oficina con mis fotos. Ahora, cada vez que veo un gorro naranja con un pompón, me entran sudores fríos.

–No es por echar más leña al fuego, pero, ahora que lo dices, creo que me acuerdo de ese anuncio. ¡Ya sabía yo que me sonabas de algo! Salía en los autobuses.

Jenni hizo una mueca.

–Vale, vale, ¡ya está bien! No puedo ni hablar del tema. Anda, cuéntame tú la historia más vergonzosa que hayas vivido en el trabajo.

–Bueno, pues tuve un incidente con unas máscaras de gas y… me desmayé jugando al *ping-pong* –comenzó a relatar la historia mientras Jenni se inclinó hacia delante, intrigada.

Lo que iba a ser un café acabaron siendo tres y, cuando estaban a punto de marcharse, a la hora del cierre de la cafetería, Ben se fijó en un cartel que había en el tablón de detrás de la barra. Era de una exposición en una galería que iba a tener lugar en un antiguo parque de bomberos. La artista era una mujer de la zona que Jenni seguía en Instagram porque le encantaba su trabajo. Sus *collage*, elaborados con diminutos fragmentos de papel rasgado, le resultaban delicados, pero llenos de fuerza, así que a Jenni le maravillaban sus diseños.

A Ben, por su parte, le interesó la exposición porque aquel edificio había sido la base de algunos de sus compañeros antes de que la cerrasen y los trasladaran al parque actual.

Incluso ahora, al contárselo a Tim, Jenni volvió a sentir un cosquilleo de nervios. ¿Y si, por mucho que lo negara, aquello sí que era una cita?

–Madre mía, ¿tú crees que él piensa que es una cita? –le preguntó a Tim alarmada–. A lo mejor debería haberle dejado más claro que no era una cita cuando le propuse ir juntos y…

–Jenni, relájate, por amor de Dios. ¿Qué te pasa? –preguntó Tim desconcertado, frunciendo el ceño–. A ver, por lo que me has contado, parece un tío majo y os lo pasasteis bien, así que ya está, deja que las cosas fluyan.

Al ver que Jenni estaba al borde del pánico, Tim añadió rápidamente:

–Tranquila, seguro que solo quiere ver si la barra esa por la que se tiran los bomberos aún sigue ahí o echar un vistazo a los carteles antiguos o a los cascos o a lo que sea que tengan colgado en las paredes. Eso es todo. Y tú solo vas a ver, ¿qué era? ¿Los trocitos de papel rasgado? Todo muy normal. Nada que ver con una cita. En fin, anda, vamos, que Clive va a hablar sobre mi colección de senderismo de esta mañana.

Con la taza en la mano, Jenni siguió a Tim hacia la reunión de «Los lunes de logros» con la cabeza a mil.

Todo iba a salir bien. No era una cita. No había por qué ponerse nerviosa.

Para. Nada. En. Absoluto.

Capítulo 33

El buzón se cerró de repente y Ben, desde el salón, oyó el golpe seco de un paquete al caer sobre el felpudo. Después de dejar puesto el pestillo para que la puerta hiciese tope y no se le cerrase de golpe con él fuera, salió y recogió toda la correspondencia que estaba en el suelo. Empezó a revisar las cartas, se metió bajo el brazo la única que tenía su nombre, dejó el resto en el estante del correo para sus vecinos y volvió a entrar en casa. .

Ben identificó la letra de su hermana en la parte delantera del sobre color crema y, al abrirlo, sacó una nota en la que lo invitaba a ir a comer el domingo de nuevo, junto con una carta más pequeña dirigida a Fred con un pósit pegado, que decía:

Tío Ben, dale esta carta a Fred, por favor. La he hecho muy pequeñita para que entre en su buzón. No la abras, es para él. Mamá dice que seguro que te escaqueas, así que mándanos una foto de Fred leyendo su carta. Nos vemos pronto. Besos,

Evie

Ben dejó la carta aparte con un gruñido. No le apetecía nada pasarse el día intentando sacarle una foto a Fred haciendo como que leía la carta. Por eso mismo decidió que bastaría con una foto de él echándosela al buzón, así que, a pesar de sentirse un tanto ridículo, como no quería decepcionar a su sobrina, deslizó el sobre por la ranura y le envió la foto a Penny.

Después, se quedó un instante admirando su obra. La casita había quedado muy bien, aunque aún no había visto a Fred usarla. Se preguntó si estaría húmeda, así que se agachó para tocar el interior, pero sus dedos se toparon con algo blando y peludo. Con un alarido que pasaría a la historia como el grito viril por excelencia, sacó la mano de golpe, muerto de miedo –aunque luego lo describiría como mera preocupación– por si lo que había tocado había sido un ratón o, peor aún, una rata.

Con mucho cuidado, encendió la linterna de su móvil y apuntó hacia el interior. Las paredes de color lila brillaban y, junto a los dibujos de Evie –que esperaba de todo corazón que a Fred le gustase *Frozen*– que decoraban las paredes, se encontró, esparcidos por todas partes, varios ratones de tela en distintos grados de deterioro, uno de ellos con el relleno saliéndose, una pelota de tenis pelada, una pelota de plástico con un cascabel dentro, un muñeco de Lego, varios dardos de espuma procedentes de una pistola Nerf y, curiosamente, hasta un envoltorio de KitKat.

Ben guardó el móvil y se incorporó. ¿De dónde habían salido todas esas cosas? ¿Eran de Fred? ¿Estaba usando su casita para esconder cosas que había robado?

El bar estaba tranquilo, como era costumbre entre semana. Ben lo prefería al bullicio de los viernes o sábados por la noche. A veces echaba un poco de menos aquel ambiente: el DJ pinchando en un rincón, la gente hablando a gritos y bebiendo a toda prisa, el gentío apiñado en la barra. Pero aquella noche agradecía la calma.

Había la cantidad de gente justa como para que el *pub* no estuviera vacío, pero no tanta como para tener que gritar para hacerse oír.

Después de pelearse con Fred para conseguir colocarle otra nueva nota en el collar, le alegraba poder relajarse en su *pub* de confianza con Taz, charlando de todo un poco mientras se tomaban una o dos copas.

–¿Y al final qué tal ayer? ¿Hubo «intercambio de ropa»? –le preguntó Taz apurando lo que quedaba de su pinta y haciendo un gesto a la camarera para pedir una ronda más.

Ben asintió.

–Sí. Todo fue bien. Al final nos quedamos hablando un buen rato.

Ben le contó a Taz que él y Jenni habían perdido la noción del tiempo por completo y que se habían quedado hasta que cerró la cafetería, cuando la dueña casi los echa a patadas.

–¿O sea que vas a volver a quedar con ella?

–Sí. De hecho, vamos a ir a nuestra antigua base. Al parecer, ahora es una galería de arte muy moderna y me apetece echar un vistazo. Hay una pequeña exposición sobre la historia del parque de bomberos. Podrías venirte.

–Ni de broma. ¡No pienso ir de sujetavelas, tío raro!

–No es una cita –respondió Ben muy serio.

–Pues a mí me lo parece –dijo la camarera del pelo azul mientras les dejaba dos cervezas más delante de ellos y se alejaba de nuevo hacia la barra dando zancadas.

–¡Que no es una cita! –le gritó Ben, aunque ya estaba de espaldas alejándose. Luego se volvió hacia Taz–. ¡Que no! Solo quiere ver la exposición de esa artista y a mí me apetecía echar un vistazo al antiguo parque de bomberos. Por eso vamos juntos. Vamos a quedar antes para tomar algo y… ¡Ay, madre, se va a pensar que es una cita! ¡La he invitado a salir y ni siquiera me he dado cuenta! ¿Qué he hecho?

Ben alargó el brazo hacia la cerveza y le dio un buen trago.

–¿Y qué más da que sea una cita? –le preguntó Taz, lo que hizo que Ben se atragantase . Vale, vale, que no es una cita de verdad –se corrigió–, pero, sea lo que sea, te ha dicho que sí, así que ¿cuál es el problema?

Ben abrió la boca para responderle, pero ¿por dónde empezar?

—Mira, si tanto te preocupa, dile que no puedes ir y ya, ¿no? —le sugirió Taz.

Ben se lo pensó. Sí, podría funcionar, pero… pero, si era sincero consigo mismo, le hacía ilusión volver a ver a Jenni.

Taz observó a su amigo y, por su cara, la respuesta era evidente.

—No le des tantas vueltas. Ve y punto. Empápate de la historia del parque como todo un friki o lo que veas. A lo mejor hasta te lo pasas bien —le dijo encogiéndose de hombros.

Ben asintió intentando calmar sus nervios. ¿O era emoción?

La conversación derivó al trabajo, pero los pensamientos de Ben seguían anclados en la cita-no-cita.

Se lo había pasado bien charlando con Jenni una vez superaron esa incomodidad inicial, y la conversación había fluido con naturalidad. Ella era divertida e interesante; le encantó hacerla reír, ver la pasión con la que hablaba sobre arte y aquel jueguecito de bromas en el que habían acabado metiéndose sin darse cuenta. Y notaba que a ella también le interesaba él; mostraba interés de verdad por saber cómo era su trabajo y cómo lidiaba con el estrés de salvar vidas. Le había hablado de Penny y de Evie y, aunque le dijo que algunos casos eran más duros que otros, no entró en detalles. No le habló de las escenas más desgarradoras que había visto.

Tampoco mencionó a Luisa. Aún no se sentía preparado para tener esa conversación. Y, desde luego, tampoco le había contado lo que le sucedió cuando ella lo dejó. Pero había algo en Jenni que le hacía sentir que podía confiar en ella, algo que Ben no había sentido en mucho tiempo.

Capítulo 34

Jenni estaba esperando frente a la Old Station Gallery mientras miraba el reloj con nerviosismo. En la amplia acera había unas mesas y sillas colocadas bajo unas grandes sombrillas negras. Todo el conjunto se situaba frente a las enormes puertas de color rojo, un guiño que evocaba el pasado del edificio. Las puertas estaban abiertas de par en par y la música de fondo procedente el bar, ya lleno de gente, inundaba el exterior. Unas guirnaldas de luces, cuyos filamentos ámbar brillaban a pesar de que aún no había oscurecido, colgaban de unos ganchos y las pequeñas velas de luz LED titilaban en las mesas. Era un lugar con mucho encanto; una pena que Jenni no estuviese en condiciones de disfrutarlo.

Habían quedado a las siete y media y Jenni había pasado buena parte del día escribiendo, borrando y volviendo a escribir un mensaje para disculparse y anular su encuentro. Así que, cuando recibió un mensaje de Ben diciendo que esperaba con ganas verla por la tarde, dio un brinco. Le respondió con un emoticono de un pulgar hacia arriba y se tuvo que tumbar un rato.

Por suerte, aquel día trabajaba desde casa.

Una vez se acostó en la cama, cerró los ojos y se puso a hacer respiraciones profundas, pero Oscar, que estaba especialmente mimoso, la sacó de su estado de meditación.

—Ay, Oscar, ¡no sé qué mc pasa! —le dijo acariciando al gato, que estaba ronroneando muy fuerte y restregando suavemente la cabeza contra ella.

Jenni echó el edredón hacia atrás y se metió debajo asegurándose de dejarle sitio a Oscar para que se acurrucara en la almohada que tenía a su lado. Luego, mientras oía su suave ronroneo, le pasó la mano por la cabecita y le rascó un poco detrás de la oreja. Oscar, extasiado, se giró y se puso panza arriba con las piernas traseras levantadas en el aire.

–Vale, lo pillo. Quieres que te acaricie la pancita, ¿a que sí? –le preguntó Jenni riendo.

Oscar respondió con un maullido suave y después se dio la vuelta y se puso cómodo para dormir.

Cuando Jenni movió la almohada para ponerla derecha y que estuviera más cómodo, se dio cuenta de que había un trozo de papel atado con cinta rosa a su collar.

Desplegó la nota con cuidado y alisó las arrugas para poder leer mejor lo que decía la diminuta letra. Le resultó bastante emocionante que el gato estuviese haciendo de mensajero.

Hola, 38:
He encontrado un montón de cosas en la casita de Fred. Me preocupa que sea un acumulador, un ladrón o incluso un asesino en serie y que estos sean sus trofeos. Avísame si alguna de esas cosas es tuya y te la devuelvo sin problemas.
Un saludo,

66

En esa nota Jenni tenía mucho que descifrar y ya estaba lo suficientemente agobiada como para tener que preocuparse de si su gato era un ladrón, así que le dio la vuelta al trozo de papel, cogió un lápiz y le escribió:

¿De qué casita estás hablando y quién demonios es Fred?
¿Y por qué piensas que alguna de esas cosas que ha robado son mías?

Aprovechando que Oscar estaba durmiendo, rápidamente volvió a atar la nota con la cinta rosa chicle e hizo un lazo. Después, cuando empezó a sentir una creciente oleada de pánico, decidió que le valía más prepararse para su no cita con Ben antes de que se volviera arrepentir y cancelase el plan.

Ahora, esperando de pie frente a la galería, optó por esperar otros cinco minutos y, si para entonces él no había aparecido, se iría y nunca más volvería a salir de casa.

Pero entonces lo vio venir hacia ella, cruzando la ancha acera con grandes zancadas, con unos vaqueros con dobladillo, una camisa de franela de cuadros abierta, una camiseta negra desteñida debajo y un gesto de disculpa en el rostro.

–Hola, siento muchísimo llegar tarde, es que he estado con mi hermana y mi sobrina y Evie decidió que necesitaba un cambio de imagen. He tardado una eternidad en quitarme la purpurina de encima.

Decidió no especificar que Evie le había dicho que debía ir guapo para «su cita» y que Penny había arqueado una ceja con complicidad cuando él negó que se tratase de tal cosa.

Jenni no tenía muy claro qué contestar.

–Eh, bueno, todavía te queda un poco de sombra de ojos –le indicó señalando hacia su ojo izquierdo, donde tenía una mancha azul muy visible que se extendía hacia la sien.

Ben hizo un chasquido con la lengua, sacó un pañuelo del bolsillo y empezó a frotarse el ojo.

–Ya le dije que no usase las pinturas para la cara, que cuesta un triunfo quitarla. –Continuó frotándose la sien–. ¿Así mejor?

Ben giró la cara para que Jenni pudiera verlo y ella se detuvo un momento a contemplar la forma de su nariz, la barba incipiente en el mentón, los labios –rosados por el pintalabios, que supuso que eran parte del cambio de imagen– que, de pronto, le dieron ganas de besar hasta que se percató de que estaba esperando una respuesta de su parte.

–Eh. Sí, ya está, eh… todo bien.

–Genial –sonrió Ben.

Aquella sonrisa no ayudó mucho a Jenni a calmar el calor que le recorría el cuerpo.

–Por suerte Penny intervino antes de que Evie pudiese meterle mano a mi pelo. La última vez me dejó una mecha verde que tardó en quitarse seis meses.

–Eres un santo. No cualquiera se atrevería a comprometerse a un tratamiento de belleza tan intensivo.

–¡Ni te lo imaginas! Tendrías que ver cómo tengo las uñas. Llevo una pintada de un color diferente porque no me ha dado tiempo a quitármelo. –Ben levantó las manos para enseñárselas y Jenni soltó una carcajada. Luego las bajó con una sonrisa–. Vamos, anda, que necesito una cerveza. ¿Quieres tomarte algo? –le preguntó sintiendo cómo los nervios que lo habían acompañado hasta allí empezaban a calmarse.

–Sí, me apetece un montón –respondió Jenni con una sonrisa mientras notaba cómo la tensión que llevaba acumulada en los hombros durante todo el día empezaba a desaparecer.

Sintió el leve roce de la mano de Ben en la parte baja de su espalda mientras caminaban hacia la luz tenue del bar.

Fue justo entonces que se dio cuenta de que realmente le apetecía.

Al final, la velada resultó ser mucho más divertida de lo que ella esperaba. Después de tomarse algo, subieron a la galería para echar un vistazo a la exposición y, mientras Jenni curioseaba luego la tienda del museo, Ben charlaba con Larry, el dueño.

Justo cuando terminó de pagar las dos postales que había comprado, Ben le tiró del brazo.

–He conseguido que nos dejen pasar a una zona cerrada al público. ¡Ven!

Larry los condujo escaleras abajo hasta una puerta en el rincón más alejado del bar. Tras quitar la cerradura, la empujó y la abrió de par en par para dejar que Ben y Jenni pasaran hacia una escalera estrecha.

—Solo nos dio el presupuesto para reformar el bar y la sala de exposiciones, así que el resto del edificio sigue más o menos como nos lo encontramos —les explicó—. Lo hemos puesto a punto para que no haya ningún peligro, así que podéis echar un vistazo si os apetece. El bar está donde solían aparcar los camiones y, si subís al piso de arriba, veréis dónde estaban los dormitorios. Y arriba del todo está el tejado. Durante la guerra, los bomberos hacían las guardias allí.

Larry abrió el pestillo de la puerta para que no se les cerrara, dejándolos encerrados.

—Tengo que volver al bar, pero vosotros tomaos vuestro tiempo. Cuando salgáis, venid a buscarme.

—Vale, gracias, tío, ahora nos vemos —respondió Ben, que ya estaba subiendo, muy entusiasmado, por la escalera de hierro forjado ya oxidada.

—Esto es una pasada —dijo Jenni siguiéndolo por los peldaños empinados.

Se detuvieron en la siguiente planta, una gran sala que prácticamente no conservaba ningún rastro del pasado salvo por un par de letreros de advertencia y otro que ponía «Parque de bomberos» con una tipografía antigua y los bordes oxidados, los únicos indicios que evidenciaban su antigüedad.

—¡Qué pasada! —exclamó Jenni otra vez recorriendo la estancia de techos altos mientras dejaba sus huellas en el suelo de linóleo lleno de polvo—. Me encantaría tener un sitio así para trabajar, con tanto espacio para poner todas mis cosas.

Se imaginó dónde colocaría los cubos de tinte y dónde iría la zona de envolver los paquetes en condiciones para no tener que doblar todo sobre la cama; pondría una cuerda alta entre las dos ventanas para colgar la ropa y dejarla secar mientras trabajaba. Justo cuando estaba calculando si habría sitio para una mesa de serigrafía y quizá también un rincón para la máquina de coser, Ben la llamó desde el otro lado de la sala.

—Me cuesta imaginarme cómo sería esto en sus tiempos —dijo él tratando de visualizarlo sin ninguna de las modernidades a las que ya estaba acostumbrado.

Ben casi podía oír las alarmas, el rugido de los camiones y las bromas entre compañeros.

—¿Subimos al siguiente piso? —preguntó volviéndose hacia Jenni.

Ella asintió y, al pasar por la puerta que Ben estaba sosteniendo y rozarlo ligeramente, notó el calor que desprendía su cuerpo. Después, sintiendo su presencia detrás de ella, subieron las escaleras hasta llegar a una puerta, que parecía estar cerrada, en el último rellano.

—Espera, déjame probar.

Ben se inclinó, dio un empujón a la puerta y Jenni se quedó asombrada al ver cómo todo Londres se abría ante ellos: el Walkie Talkie, el Shard, el Gherkin y la cúpula menor de la catedral de San Pablo.

—Madre mía, qué maravilla —dijo Jenni con un suspiro, asombrada ante el resplandor de las luces de esas vistas que le resultaban tan familiares.

—Sí, es una absoluta maravilla —coincidió Ben avanzando un paso y apoyando la mano en la barandilla que había frente a ellos—. Por muchos años que lleves viviendo aquí, nunca te cansas de estas vistas, ¿verdad?

Jenni negó con la cabeza.

—Se siente tanta paz… Todo ese ruido y ese ajetreo de ahí abajo, pero aquí parece que el mundo se detiene.

—Te hace sentir pequeño, como si nada importara —murmuró Ben.

Jenni lo miró de reojo. Ben había pronunciado aquello con un tono que le hacía preguntarse a qué se refería exactamente con ese «nada». Dudó un instante antes de contestarle:

–Pero también te recuerda que hay un montón de cosas buenas; que aún podemos dejarnos sorprender y que podemos ver las cosas desde otra perspectiva, como estas vistas.

Ben no respondió, pero le envolvió una sensación de calma mientras ambos permanecían en silencio. Le costó, eso sí, no dejarse llevar por las ganas de acercar la mano a la de Jenni, que estaba apoyada en la barandilla, junto a la suya.

Jenni se inclinó un poco hacia delante para asomarse, pero enseguida se arrepintió y tropezó al echarse hacia atrás.

–Uy, estamos mucho más altos de lo que pensaba.

Ben la cogió del brazo para que no perdiera el equilibrio.

–Tranquila, no pasa nada. Respira hondo y mira al horizonte.

Jenni obedeció, aunque el contacto firme pero delicado de la mano de Ben en su brazo no la ayudaba a recobrar la compostura.

–Perdona. No sé qué me ha pasado. De repente me he mareado y sentía que iba a perder el equilibrio y caerme. ¿No te ha pasado nunca?

–En mi trabajo tienes que llevarte bien con las alturas –bromeó Ben–. Tenemos que hacer entrenamientos subiendo un montón de escaleras, así que te acabas acostumbrando. Aunque la primera vez, a mitad de camino, empecé a sentir que las piernas me fallaban y Taz, mi compañero, tuvo que venir a por mí. Fue mi momento más humilde.

–Bueno, de momento, no creo que vaya a reciclarme y hacerme bombera. Subir las escaleras hasta la primera planta de mi oficina ya me parece suficiente reto.

Ben soltó una carcajada.

–Tu trabajo también tiene sus propios riesgos laborales. Yo nunca me he roto una pierna en acto de servicio.

—Ya, bueno, no es que figure en el contrato precisamente —respondió Jenni con una sonrisa resignada.

—¿Te encuentras mejor? —le preguntó Ben. Cuando se dio cuenta de que todavía estaba sujetándole el brazo, la soltó.

Jenni asintió y notó el frescor del aire rozándole la piel ahora que el calor de la mano de Ben había desaparecido. La conversación tan distendida que habían tenido le había hecho abstraerse del vértigo y ya se sentía mejor.

—Nunca me había pasado algo así. De repente sentí que iba a caerme al vacío. Menos mal que no estábamos allí arriba.

Jenni señaló hacia el Shard, que se alzaba sobre Londres como si fuese el chapitel iluminado de una catedral gigantesca.

Ambos se quedaron un rato más en silencio hasta que Ben dijo, no muy convencido:

—Será mejor que bajemos. ¿Tomamos la última?

Jenni sacó el móvil para mirar la hora: Oscar estaría esperando la cena, pero podía aguantar un poquito más; tenía pienso de sobra para entretenerse.

—Me parece genial —dijo sonriendo—. No me esperan en casa todavía, así que otra copa me parece un buen plan.

Ben le sostuvo la puerta para dejarla pasar y la cerró con cuidado antes de seguirla escaleras abajo. En ese instante se percató de que aquella sensación de felicidad que lo había acompañado apenas unos instantes se había desvanecido un poco.

¿Quién la estaría esperando en casa?

Capítulo 35

A Ben le empezó a vibrar el teléfono, que tenía a su lado. Cuando lo cogió, vio un mensaje de Penny:

P: ¿Qué tal la cita?

B: NO era una cita.

P: Vale. Solo te estoy preguntando si te lo pasaste bien. Evie quiere saber si su cambio de look funcionó. ¿¿¿Qué tal fue todo???

B: No pude quitarme la sombra de ojos, así que tuve que frotármela con un pañuelo.

P: No me hagas ir allí...

B: Fue bien.

P: Paso de ti.

B: Vale, pesada. Estuvo bien. Me lo pasé bien. Tomamos algo. ¿Contenta?

P: ¿Vas a volver a verla?

B: No lo sé.

P: ¿¿¿???

B: Creo que tiene novio.

P: ¿Cómo que «crees»?

B: Dijo que no la esperaban en casa todavía.

P: ¿Algún compañero de piso?

B: No lo sé. No mencionó que estuviese compartiendo piso con nadie.

P: Pues invítala otra vez. Si tiene novio, puede decir que no o, si en realidad es un compañero de piso, puede que te diga que sí y así podréis tener otra cita.

B: Por última vez, que no era una cita.

P: Lo que tú digas.

Como sabía que era inútil intentar tener la última palabra con Penny, Ben apagó el teléfono y lo lanzó al sofá. Luego se recostó con las manos detrás de la cabeza.

Se lo había pasado bien la noche anterior. Jenni era encantadora y, cuando estaban en la azotea, había sentido un momento de paz y tranquilidad que hacía años que no experimentaba.

Cuando volvieron al bar, se rio mucho con las historias que le había contado de su jefe. Ben pensó que incluso había disfrutado eso.

Pero su comentario en la azotea lo había desconcertado.

Si tenía novio, ¿por qué no lo había mencionado cuando se encontraron en la cafetería?

Cogió otra vez el teléfono para ver qué hora era. Tenía que darse prisa porque en media hora tenía que estar en el trabajo.

Quizá no sabía todos los detalles, pero una cosa sí tenía clara: si Jenni tenía novio, él no podía involucrarse.

Cogió la mochila y se fue a trabajar.

Capítulo 36

Jenni se quedó con la mirada puesta en la ventanilla observando cómo su rincón de Londres iba cambiando a medida que el autobús se acercaba al centro. Le gustaba ir en autobús; le daba tiempo para pensar.

Había pasado más de una semana desde que había ido a la galería con Ben y tenía que admitir que el no saber más de él desde entonces la decepcionó.

No le molestaba tanto el hecho de que no se hubiese puesto en contacto con ella, sino el darse cuenta de que le habría gustado que le hablase. Y no quería sentirse así.

Le había costado adaptarse a estar soltera después de tanto tiempo con pareja y no tenía ninguna gana de volver a pasar por el desgaste que le suponía quedar con alguien para acabar sola otra vez.

Intentó convencerse a sí misma de que no quería, en absoluto, que Ben la llamase y de que no estaba lo más mínimamente decepcionada por no saber nada de él.

Tampoco había tenido noticias de Sesenta y seis, aunque, viendo la última nota que le había mandado, quizá no fuese tan malo.

—¿Vas a hacer algo después del trabajo? —preguntó Lucy mientras Jenni intentaba ponerse al día con su buzón de entrada saturado—. Necesito una copa. En el Red Lion tienen cócteles al dos por uno.

—No tengo nada que hacer y ese plan me parece estupendo.

Aunque todavía son las once de la mañana —respondió levantando la vista de su correo electrónico.

—Sí, lo siento, un poco desesperado por mi parte, pero es que Clive me tiene al borde del colapso.

Lucy se recogió el pelo en un moño, un peinado que Jenni había notado que se hacía cada vez que estaba agobiada.

—¿Por qué? ¿Qué ha hecho ahora?

—Es por la idea de senderismo que le propuso Tim. El equipo de investigación nos ha traído un informe. —Lucy bajó los brazos, lo que hizo que se le soltase el pelo otra vez, para coger un archivador enorme con anillas—. Dicen que andar es mejor que correr, así que ahora Clive está deseando sacar una nueva colección cuanto antes. —Dejó caer el archivador de golpe sobre su mesa—. Tim se ha pirado a hacer senderismo por los Alpes para «llevar a cabo una investigación» —dijo haciendo el gesto de comillas, y Jenni captó el sarcasmo—. A gastos pagados. Es que no lo soporto. Y Clive quiere que le presente alguna idea que pegue «con el rollo» a la junta. Tim no dejó nada escrito de qué «rollo» tiene el poner un pie delante del otro y yo me he quedado sin ideas. Así que creo que la única solución que me queda es darme al alcohol.

Jenni retiró su silla de la mesa para ponerse al lado de Lucy.

—Enséñame qué tienes pensado.

Lucy soltó un suspiro y tecleó en el ordenador hasta que apareció una presentación de PowerPoint en la pantalla.

—Bueno, el título no está mal —dijo Jenni, para ser positiva.

—¡Dios mío, eso significa que está horrible! —exclamó Lucy dejándose caer boca abajo sobre el teclado, desesperada.

—Vale, cálmate. ¿Qué te dijo Tim del viaje? A lo mejor podemos sacar algo de inspiración de ahí.

—Pues no paraba de dar la brasa con el aire fresco, la simpleza… y después dejé de escucharle.

—La simpleza… me gusta. ¿Y si tiramos por algo de ese rollo?

–¿Rollo de aburrido, quieres decir? –intervino Will, que apareció con una taza de té y se sentó frente a ellas.

–Una aportación muy útil, gracias.

Jenni le lanzó una mirada asesina.

–Perdón. –Will se encogió de hombros–. Es que caminar es muy lento y demasiado básico. ¡Yo prefiero ir en bici y adelantar a todo el mundo a toda pastilla!

–Podríamos enfocar lo de caminar como algo simple, algo que, si haces al aire libre, te conecta con la naturaleza.

–Sí, me gusta, tira por ahí –dijo una voz a sus espaldas.

Jenni soltó un grito ahogado y, al girarse, se encontró con Clive acechándolas con un cárdigan de un color verde lima.

–Y eso me gusta.

Clive señaló a la sudadera que Jenni había dejado colgada del respaldo de su silla. Era uno de sus diseños, algo más informal de lo que solía ponerse para ir a la oficina, pero aquella mañana iba con prisas y fue lo primero que había encontrado a mano.

–¿De dónde es? –le preguntó.

–Lo he hecho yo –respondió Jenni algo aturdida y con miedo a que Clive pudiese considerar su pequeño negocio como una especie de traición–. Personalizo la ropa con tintes naturales.

Clive no respondió. ¿Iba a despedirla?

Jenni sintió la necesidad de romper el silencio y siguió parloteando.

–Eh… este, por ejemplo, lo teñí primero con remolacha y luego le di un segundo baño con cúrcuma.

–Interesante –dijo al fin Clive, cogiendo la sudadera del respaldo y examinando los colores de cerca–. ¿Puedes hacer de más tonos?

–Sí, claro. Los tintes naturales son más bien suaves y apagados, pero se pueden conseguir verdes, rojos, morados, naranjas o amarillos según lo que se use.

–¿Y cómo haces para que los colores no se vayan?

—Con sal y agua fría.

—¿Sin químicos?

—No, no hace falta. La sal actúa como fijador natural.

—¿Y qué tejidos utilizas?

—Algodón, por lo general. Aunque el lino, la fibra de lino o el cáñamo también van muy bien. Las fibras naturales absorben mejor el tinte.

Clive se quedó callado un instante, con la mirada perdida en sus pensamientos. Jenni sabía por experiencia que, en esos casos, cuando estaba «rumiando» algo, lo mejor era no interrumpirle, así que esperó en silencio.

—Jenni, ven mañana con unas muestras de los tintes naturales para la reunión con la junta y prepara una explicación del proceso que sigues —le ordenó al fin, antes de girarse hacia Lucy—. Se me ocurre algo como «Natural por naturaleza». Si vamos a caminar por la naturaleza, lo lógico es que nuestra ropa esté hecha con materiales naturales. Ese es el rollo que buscamos.

Dicho esto, Clive salió disparado pasillo abajo hacia su despacho, y Jenni se propuso seriamente averiguar si con la piel de la lima podría conseguir un tinte más suave que el horroroso verde fosforito de su cárdigan.

Lucy empezó a teclear como una loca para redactar la segunda diapositiva de la presentación.

—Voy a necesitar fotos y detalles de todo lo que has hecho, Jenni. ¿Podrías enviármelos?

Jenni asintió sin mucha fuerza, aliviada de seguir conservando su trabajo, mientras empezaba a revisar sus fotos del móvil para encontrar alguna que pudiera mandarle a Lucy.

Las copas iban a tener que esperar: a Jenni le esperaba una noche intensa preparando la presentación para el día siguiente.

«Oh vaya —pensó—. Si ahora a Ben le da por hablarme, estoy demasiado ocupada como para quedar con él».

Capítulo 37

Ben se quitó los auriculares, los dejó caer sobre la encimera y se inclinó, sin aliento, apoyando las manos en los muslos. Después de salir del trabajo, había vuelto a casa, pero se notaba inquieto, tanto física como mentalmente, y sabía que salir a correr era el mejor remedio para su estado de ánimo. Había dado dos vueltas al parque, rodeado de aquellos que salían a correr a última hora y los que daban un paseo antes de volver a casa, a los que había adelantado un par de veces, mientras disfrutaba de los impresionantes tonos rosados, anaranjados y rojos que teñían el cielo.

Cuando regresó a casa, se sentía mucho mejor. Estaba cansado, sí, pero el tipo de cansancio que te deja buen cuerpo, no con el que sientes agotamiento. Y se animó aún más cuando vio a Fred aparecer por la ventana, aunque eso le recordase que seguía sin haber respondido a la última nota que había recibido. Estaba claro que había asustado a Treinta y ocho con eso de los asesinos en serie, así que no tenía muy claro qué responder.

Después de dejar que Fred pasara, se fue directo a la ducha y dejó que el agua caliente arrastrase consigo el cansancio del día. Había tenido un turno duro. Lo habían llamado por un incendio en un edificio y, al llegar, se había encontrado a una mujer y a sus dos hijos atrapados en un piso de la primera planta. Antes de que los hubiesen podido rescatar, habían inhalado mucho humo, así que los tres fueron trasladados al hospital y estaban en la UCI.

La imagen que más afectó a Ben fue la reacción del marido. Había llegado a casa justo cuando estaban sacando a su mujer y sus hijos, así que en su cara se reflejaba claramente el miedo y la angustia que lo invadían. Aquella misma mañana se había despedido de ellos como cualquier otro día, pero, en ese momento, su vida había dado un vuelco.

A Ben siempre le resultaba muy duro presenciar cómo podía cambiar la vida tan rápido. Un momento estás bien y, de repente, todo se desmorona. En esta vida nada está asegurado.

Una vez giró el grifo y salió el agua fría, se metió bajo el chorro helado intentando borrar esos últimos recuerdos que le quedaban del rescate. Luego salió de la ducha y se vistió.

Diez minutos más tarde, ya mucho más despejado, entró a la cocina y soltó una carcajada al ver la cara de pocos amigos que traía Fred, que lo observaba fijamente. De haber podido, se habría puesto a dar golpecitos con los dedos sobre la encimera, pero el maullido indignado que soltó bastó para dejar claro que Ben había tardado demasiado.

Le rascó detrás de la oreja y Fred cerró los ojos, rendido al placer y habiéndole perdonado todo hasta que el sonido del teléfono los interrumpió. Ben alargó el brazo para cogerlo y contestar mientras Fred bajó de la encimera de un salto y se subió al taburete, donde se acurrucó para echarse una siesta.

La pantalla del móvil le avisó de quién lo estaba llamando.

—Hola, mamá.

Hubo una pausa. Luego oyó a su padre carraspeando.

—¿Papá? ¿Qué ha pasado? ¿Mamá está bien? —preguntó, casi a gritos, con una punzada de miedo en el estómago.

—Sí, sí, está bien, todo está en orden. Solo pensé que, eh, bueno, podía llamarte.

—¡Ah!

Ben frunció el ceño, desconcertado.

—¿Cómo estás? —continuó su padre.

–Estoy… ¿bien?

Ben no entendía nada. ¿Qué estaba pasando? Su padre nunca lo llamaba. Si llegaba a coger el teléfono cuando Ben llamaba, saludaba entre dientes y se lo pasaba a su madre. Jamás le preguntaba qué tal estaba ni se quedaba charlando con él.

–Bien, bien.

Ben se preparó para lo peor. ¿Sus padres se iban a divorciar? Igual le había pasado algo malo a Penny. O, peor aún, a Evie. Antes de entrar en pánico, su padre volvió a hablar.

–Me preguntaba si te apetecería echarme una mano con una caseta del jardín para el verano.

–¿Una caseta de jardín? –repitió Ben, aún asombrado.

–Da igual. Es que como nos quedó tan bien la casa para el gato y tu madre lleva diciendo que le gustaría tener un poco de sombra en el jardín para sentarse, se me ocurrió que tal vez te apetecería probar con algo más grande. Pero si estás liado…

–Creo que es muy buena idea, papá –lo interrumpió Ben–. Es que me ha cogido por sorpresa, eso es todo. Pensé que había pasado algo malo. Normalmente no me llamas.

Esperó que no pareciese que estaba buscando discutir.

Volvió a haber otra pausa larga antes de que su padre volviese a hablar.

–Entonces ¿qué te parece? Lo de la caseta.

–Me parece muy buena idea. ¿Qué habías pensado?

Ya sintiendo cómo el susto se le iba pasando, escuchó lo que su padre tenía pensado: una estructura de tamaño mediano que poder colocar en una esquina del jardín con una tarima donde sentarse fuera cuando hiciera sol y un armario para guardar las sillas plegables.

Ben cogió un bolígrafo y empezó a tomar notas en el dorso de un sobre. Acordaron que él haría unos planos en condiciones y que luego revisarían juntos el diseño antes de encargar los materiales.

–Perfecto, papá. Me pondré con ello cuando tenga un par de días libres.

–Vale. Gracias, Ben. Adiós.

Antes de que pudiera despedirse también, escuchó un clic y la llamada se cortó. Ben puso los ojos en blanco. Aquello no era nada nuevo. Pero enseguida recordó lo que su madre le había dicho: que su padre era más de hechos que de palabras.

Tal vez aquella fuese su manera de intentar arreglar las cosas entre ellos.

Capítulo 38

Jenni se quitó el abrigo, lo colgó en el perchero de detrás de la puerta, se descalzó y dejó el bolso en la mesa de la cocina. La cabeza todavía le seguía dando vueltas.

A los de la junta les habían encantado sus muestras. La presentación de Lucy había sido creativa y convincente, así que les dieron luz verde para pasar a la siguiente fase.

Jenni, Lucy y Tim se iban a encargar del proyecto e iban a trabajar con los diseñadores y los fabricantes. Pero lo mejor de todo era que a Jenni la habían nombrado directora creativa, así que era la responsable de desarrollar todas las gamas de colores para que el equipo pudiese elegir conjuntamente la colección que iban a hacer.

Supondría muchísimo trabajo, pero Jenni estaba deseando ponerse manos a la obra. Esperaba poder convencer a Amy de que se uniera al grupo como asesora. A Amy le quedaban un par de meses de la baja por maternidad, pero los de Recursos Humanos ya le habían confirmado que podía usar los días de reincorporación que le correspondían para colaborar en el proyecto antes de volver oficialmente.

Jenni confiaba en el instinto de Amy y sabía que la experiencia de su amiga en el mundo del *marketing* era justo lo que necesitaban. Se moría de ganas por contarle aquel emocionante giro de los acontecimientos y esperaba que le gustase la idea. Por ella, la habría llamado en ese mismo momento, pero decidió mandarle un mensaje en el ue le pedía que la llamase cuando tuviese un rato. Después se pasó rápidamente por el supermercado y metió en la cesta, a lo loco, unos cuantos platos de comida preparada que acompañaría con un par de cócteles en lata que había cogido de la zona de las neveras.

Una vez de vuelta en casa, se sirvió un cóctel y salió al jardín.

Allí, junto a la mesa destartalada, dio un largo trago y se recostó en la silla mientras la bebida de frutas –dicen que son cinco piezas al día, ¿no?– hacía su magia.

No se podía creer lo que había pasado hoy. Sabía que el que la junta de Go Big le pidiera trabajar en la nueva colección, que era enorme, era la oportunidad de su vida. Pero, al mirar su cobertizo, empezaron a entrarle las dudas.

La palabra pequeño se quedaba corta para describir su espacio de trabajo y allí no cabía un alma más.

Ni siquiera Oscar podía estar allí si no era subido encima de un montón de cajas.

Además, tendría que adoptar un enfoque mucho más estructurado para hacer la mezcla de colores. Ya no podía limitarse a echar unas cáscaras de cebolla en un cubo y cruzar los dedos. Clive y el equipo de Go Big exigían resultados uniformes, así que tendría que apuntar todos los ingredientes y las cantidades.

Jenni le dio otro trago a su bebida. Aquel cobertizo no daba para más. Necesitaba un lugar más grande. Necesitaba un estudio de verdad.

–A ver si lo he entendido bien. ¿Quieres que deje a mis hijos unas horas a la semana para ir a pasar el rato contigo y mirar trozos de tela?

–Sí, perdona, tienes razón, es muy egoísta por mi parte. No debería habértelo pedido. Pasar tiempo con tus hijos es mucho más important…

–¡Por supuesto que quiero, tonta! –la interrumpió Amy–. Pinta genial. Simon y yo hemos hablado del tema de los niños cuando yo vuelva al trabajo y su madre nos ha dicho que no le importa cuidárnoslos un día. Así que me encantaría.

—Ay, qué maravilla, gracias. Cuando acuerdes las horas con Recursos Humanos, podemos pensar en un cargo para ti dentro del proyecto.

—Sí, seguro que se me ocurre un nombre así rollo naturaleza, en sintonía con todo el concepto, vamos. Y creo que tienes razón con lo de buscar un espacio más amplio. Necesitamos un lugar más grande y espacioso para trabajar.

—Buena idea. Le preguntaré a Clive si hay algún espacio que podamos usar en la oficina.

El chillido estridente del niño enfadado de Amy interrumpió su conversación.

—Lo siento Jen, te tengo que dejar, pero ya me contarás qué dice Clive. Hablamos pronto.

Al sentir algo rozándole el tobillo, Jenni pegó un brinco y, cuando miró hacia abajo, vio a Oscar, que estaba restregándose contra su pierna y, ahora que se había fijado en él, estaba ronroneando.

—¿Quieres cenar? —preguntó Jenni antes de darse cuenta de que tenía el lazo brillante atado a su collar.

—Ah, otra nota. Vamos a ver qué nos tiene que contar Sesenta y seis esta vez.

Hola:

Perdóname. Creo que te asusté con mi última nota. Fred es como he estado llamando a tu gato porque no sabía su verdadero nombre. Estaba intentando bromear un poco, pero veo que no ha salido como quería. Lo siento. Prometo que no tengo ningún cadáver enterrado en mi jardín. ¡De hecho, trabajo salvando vidas!

He echado un vistazo dentro de la casita que le hice para que me esperase si llegaba tarde a casa y está llena de juguetes. No sé si son tuyos o si los ha cogido «prestados» de otro gato.

Si son tuyos, te los puedo devolver sin problemas. Si no, me
desharé de ellos.

Jenni se rio. Le gustaba el tono en el que estaba escrita la nota y, evidentemente, la tranquilizaba saber que Sesenta y seis
no era el vecino loco que se había imaginado.

«O al menos eso es lo que dice», pensó con cierto recelo.

Volvió a leer la nota intentando buscar pistas sobre su identidad. Le parecía interesante que se ganase la vida salvando
otras. ¿Sería un médico que trabajaba en urgencias?

Qué intriga.

Capítulo 39

Parece que la charla de hoy ha ido bien. Por lo que me dice Evie, un montón de preguntas muy buenas, ¡ja, ja, ja!

Ben leyó el mensaje de Penny y torció el gesto.

El servicio de bomberos insistía en que todo el personal participara en actividades de divulgación, algo que él normalmente disfrutaba haciendo. A menudo iban a colegios a dar charlas sobre protección contra incendios y a contar a los niños cómo era el oficio de bombero. En teoría, los colegios los invitaban para «inspirar a las nuevas generaciones», pero Ben había percibido que solían programarlas hacia el final del trimestre, así que sospechaba que la invitación tenía menos que ver con esa inspiración y más con darles a los profesores un respiro para ponerse al día con las notas mientras los críos estaban entretenidos.

Fuese esa la razón o no, era algo que le encantaba hacer, porque había sido precisamente una de esas charlas la que lo había animado a perseguir el camino hacia el cuerpo de bomberos. Aún recordaba lo asombrado que se quedó cuando los bomberos les contaron cómo se enfrentaban a incendios, conducían los camiones a toda velocidad con las sirenas a todo volumen y rescataban a la gente de las garras de la muerte. Enseguida supo que ese era el tipo de trabajo al que se quería dedicar, aunque la realidad incluyese mucho más papeleo del que le habían hecho creer.

A Ben le hacía especial ilusión visitar el St Mary's Primary, el colegio de Evie.

La charla había ido bien. La demostración, que consistía en apagar un pequeño fuego controlado con un paño de cocina húmedo, había desatado exclamaciones de sorpresa y asombro hasta el punto de que la señora Jones, la directora, salió corriendo de la sala de profesores para ver qué estaba pasando.

Cuando todos se calmaron, Ben y Vick se sentaron frente a la clase, preparados para responder a sus preguntas.

–Bueno –empezó Vick ignorando el nerviosismo de Patrick–, ¿alguien quiere preguntar algo?

Varias manos se alzaron y se movían de un lado a otro buscando llamar su atención, así que ella y Ben fueron turnándose para responder las preguntas de siempre: sí, el camión iba muy rápido; no, la verdad es que no tenían que rescatar gatos tan a menudo.

–Qué preguntas tan interesantes nos habéis hecho, chicos –dijo Vick con una sonrisa–. ¿Alguien más quiere preguntarnos algo?

Una mano se alzó de golpe.

–Yo tengo una pregunta para mi tío Ben… digo, para el jefe Walker –dijo Evie con dulzura.

–Dime, Evie, ¿qué quieres saber? –le preguntó Ben sintiendo ya el peligro.

–¿Cómo fue tu cita con Jenni? ¿Ya sois novios?

–¿La besaste? –gritó uno de los chicos del fondo, lo que provocó que la clase estallase en carcajadas.

En ese momento, la puerta se abrió y volvió a aparecer la señora Jones, esta vez con un gesto serio.

«Menos mal», pensó Ben sonriendo, agradecido, mientras ella ponía orden en el aula.

–¿Es así como los de la clase Topacio os comportáis cuando traemos invitados? –les preguntó la señora Jones con tono severo mientras contemplaba los rostros que la observaban.

–No, señorita Jones –canturrearon los niños al unísono.

Se hizo un silencio tan absoluto que, si se hubiese caído un alfiler al suelo, se habría podido escuchar.

–¿Cómo lo hace? –preguntó Vick asombrada–. Yo no consigo ni que los dos míos se estén quietos.

–Años de práctica –respondió la señora Jones con una sonrisa mientras Ben recogía el material y se despedía de la clase.

Evie corrió a abrazarlo antes de que se marchara.

–Perdón, tío Ben. Solo quería saber si te lo habías pasado bien.

–Podías habérmelo preguntado cuando fuera a casa a comer. Pero sí, me lo pasé muy bien; gracias, Evie.

Evie sonrió.

–Vale. Nos vemos el fin de semana. Tengo otra carta para Fred.

Capítulo 40

–Está claro que en esa sección no van a estar las dedaleras. Están en la «D», de *Digitalis purpurea* –dijo la madre de Jenni poniendo los ojos en blanco antes de desaparecer entre dos hileras de árboles frutales.

Jenni soltó un suspiro. Ir al vivero con su madre era una experiencia que siempre la sacaba de quicio. El olor del compost descomponiéndose, el calor insoportable de los invernaderos y las interminables filas de plantas que su madre recorría sin ninguna prisa, examinando prácticamente cada una de las hojas que había. Aquello le recordaba a los fines de semana que pasaba en su infancia, cuando la arrastraban a regañadientes por la sección de plantas perennes con la vaga promesa de que le comprarían una porción de tarta en la cafetería.

De mala gana, se dirigió hacia la sección correcta y, al cabo de un rato, encontró las dedaleras. Le mandó un mensaje a su madre y, de inmediato, el móvil le sonó al recibir la respuesta:

Iré a buscarte cuando termine con las peonías.
Busca la variedad Pam's Choice. Son muy poco comunes y quiero una para el macizo de flores del fondo del jardín.

Jenni volvió a suspirar. Le tocaría mirar la etiqueta de cada maceta hasta dar con la dichosa variedad.

Tras arremangarse, convencida de que aquel esfuerzo tendría que ir seguido de una visita a The Potting Shed para tomarse un café y un brownie de chocolate, se agachó y empezó a recorrer las filas de macetas negras de plástico. Las dedaleras eran preciosas, pero se dio cuenta de que eran venenosas para los gatos, así que estaban descartadas para su jardín. Al acordarse de Oscar, pensó en que Sesenta y seis aún no había contestado, así que esperaba no haberlo asustado después de escribirle que no había vuelto a saber nada de Ben después de su no cita.

Al estar distraída al principio Jenni no se había fijado en la pareja que estaba al otro lado de la mesa, medio oculta tras un cartel que separaba las *Digitalis* de las *Euphorbia*. Solo empezó a prestarles atención en el momento en el que la mujer, que estaba bastante alterada, empezó a alzar la voz.

–¡Pues claro que no podemos llevarnos estas! Mira, en el cartel dice que son tóxicas. ¿Quieres envenenar al bebé?

–No digas tonterías, claro que no. Solo digo que no podemos estar preocupándonos con cualquier mínimo detalle. Y, además, el bebé va a tardar una eternidad en ponerse a gatear. Si ni siquiera ha nacido todavía –respondió el hombre con un tono tranquilo y un toque de humor.

Jenni se quedó de piedra. Sabía de quién era esa voz.

«No puede ser. ¿Cómo va a ser él? Mira que hay sitios».

Levantó la vista despacio y echó un vistazo entre las hojas. Su mayor miedo se había confirmado: era Alex.

Iba con una mujer muy guapa; muy, muy guapa y muy, muy embarazada. Una mujer guapa, embarazada y con una alianza en el dedo.

Jenni se apartó el pelo de la cara con una mano manchada de tierra, se incorporó, se sacudió rápidamente la ropa y forzó una sonrisa.

Maldita sea. Esperaba que, con los años que habían pasado desde que lo dejaron, se hubiese echado a perder un poco, pero –y le fastidiaba reconocerlo– estaba estupendo. Mejor incluso que cuando estaban juntos.

–¡Alex! Vaya. ¡Hola!

–¡Jenni! ¿Qué haces tú aquí?

Jenni no estaba muy segura de qué responder. Estaban en un vivero, ¿qué pensaba que estaba haciendo allí?

–Eh, he venido con mamá. Quiere comprar flores para un macizo que tiene en una zona del jardín donde da la sombra.

¿Por qué de pronto estaba hablando como la comediante Miranda Hart?

–Le, eh, le prometí que la ayudaría mientras pasaba aquí el fin de semana.

–A tu madre siempre le ha encantado su jardín –dijo Alex con una sonrisa–. Nosotros también estamos aquí este fin de semana visitando a mis padres. –De repente hizo una pausa extraña–. Perdona, yo, eh… Esta es Jelly.

Alex le pasó un brazo por los hombros a la mujer que estaba a su lado, que le sonrió y le tendió una mano a Jenni.

–Hola. Angelina, Jelly es solo un apodo. Encantada de conocerte. He oído hablar mucho de ti.

El comentario sonó cordial, pero a Jenni le entraron unas ganas terribles de salir corriendo y gritar hasta quedarse sin voz. No quería que la novia –no, la mujer, se corrigió al mirar la alianza dorada cuando Angelina se apartó un mechón de su largo pelo castaño rojizo– de su ex le dijera que «había oído mucho hablar de ella».

Jenni le sonrío también y le estrechó la mano a Angelina.

–Encantada. Yo no he oído hablar nada de ti, pero, claro tampoco tendría por qué –intentó bromear con una risa forzada para una situación tan incómoda–. Eh, bueno, en fin… enhorabuena por el bebé –dijo echando una mirada fugaz hacia la barriga de Angelina y sintiéndose, de pronto, presa del pánico: ¿y si había oído mal y acababa de meter la pata hasta el fondo?

Tanto a Alex como a Angelina se les iluminó la cara y se sonrieron el uno al otro. A Jenni le habría resultado repugnante de no ser por el gran alivio que sintió al comprobar que no acababa de insinuar que Angelina estaba algo rellenita.

–Gracias, estamos muy ilusionados. Nacerá en diciembre, justo para Navidad. Un bebé en nuestra casa nueva. ¡No podemos pedir más! –respondió Angelina.

–¿Una casa nueva? –preguntó Jenni mirando a Alex.

–Sí, hemos decidido que no queríamos criar al bebé en la ciudad, así que nos mudamos aquí, cerca del mar y de mis padres. Firmamos los papeles dentro de un par de semanas.

Jenni sintió un vuelco en el estómago. Le pareció notar en su expresión una pizca de incomodidad. Los dos siempre habían soñado con mudarse a un lugar cercano a donde se criaron, junto al mar, entre aquellas colinas verdes que habían sido el paisaje que marcó su infancia. Y ahora él había usado ese sueño que habían imaginado juntos y le había regalado ese futuro a la mujer que sonreía a su lado.

Siempre les había gustado una casa de ladrillo y pedernal con glicinias trepando alrededor de la puerta, y habían quedado en que ese sería el lugar perfecto para criar a sus hijos. Él le había seguido el juego y le había asegurado que era la casa ideal y que, cuando llegara el momento, se irían a vivir allí. Y Jenni sabía, con gran pesar, que aquella casa ahora sería de Alex y Angelina y que serían sus hijos, no los suyos, los que jugarían en aquel precioso jardín.

Se quedó sin palabras, y el silencio, cada vez más difícil de romper, se alargó.

Por suerte, su madre apareció de pronto arrastrando un carrito lleno de plantas.

–Ah, aquí estás. ¿Cómo vas? ¿Has encontrado la variedad que te dije? ¿Qué ha pasado?

Annie, al ver la cara descompuesta de su hija, se giró hacia Alex y Angelina.

–¡Alex!

—Hola, Annie, qué alegría verte. —Alex esbozó una sonrisa encantadora—. Me temo que tenemos que irnos, pero ha sido un placer volver a verte, Jenni.

—¡Y suerte con ese macizo de flores! —añadió Angelina antes de entrelazar los dedos con los de su marido y alejarse con lentitud.

Jenni se quedó mirándolos mientras se alejaban, parpadeando con fuerza y negándose a ceder ante las lágrimas que sentía que le quemaban los ojos.

—Ay, Jenni, cielo. —Su madre le pasó el brazo por los hombros—. ¿Estás bien?

Jenni asintió. Luego negó con la cabeza.

—No. La verdad es que no, no lo estoy. ¿Sabías que se había casado?

—No lo sabía. Pero entiendo que estés así, hija. Estuvisteis juntos mucho tiempo, debe de ser duro verlo con otra persona.

Jenni volvió a sacudir la cabeza.

—No es eso, eso me da igual. Bueno, no me da igual, pero no estoy triste. Estoy enfadada. Me cabrea que haya podido pasar página, encontrar a otra y cumplir ese futuro que habíamos imaginado juntos mientras yo sigo atascada. No puedo pasar por todo eso otra vez sabiendo que puede romperse de nuevo; que puedo enamorarme y volver a quedarme sola. Me cabrea que… ¡que se haya mudado a mi casa con una mujer que se llama Jelly!

Jenni se calló de golpe y se mordió el interior de la mejilla. No iba a llorar bajo ningún concepto.

Annie la abrazó con más fuerza, sin entender del todo qué quería decir, pero estuvo abrazándola un buen rato.

—Toda va a salir bien. Tu sueño sigue ahí, esperándote. Ya lo sabes.

Jenni le devolvió el abrazo y le ofreció una sonrisa tensa. Las dos se quedaron así un rato hasta que su madre añadió:

–Anda, ven. Creo que ya va siendo hora de una taza de té, y así me cuentas por qué demonios llama Jelly a su mujer.

Pero, antes de que Jenni pudiera responder, Annie soltó un grito:

–¡Ay, mira, ahí están las dedaleras que quería! ¡Rápido, coge un par antes de que esa mujer se las lleve todas!

Jenni obedeció, contenta de poder distraerse un momento, mientras revivía el susto que se había llevado al oír la voz de Alex y al volver a verlo después de tanto tiempo.

Después de cargar las plantas en el carrito, siguió a su madre hacia la cafetería.

¿Por qué de repente se sentía tan sola?

Capítulo 41

Ben había improvisado un escritorio con una vieja puerta apoyada sobre unas pilas de bloques de hormigón que había cogido, tras pedir permiso, de una obra que había en la calle de al lado. Sobre el escritorio, tenía unas cuantas hojas de papel de tamaño A1 todas esparcidas, unos cuadernos de dibujo y unos bocetos hechos a lápiz, que competían por ganarle el terreno a un portátil donde estaba trabajando en los planos de la caseta de jardín para sus padres.

Aunque le encantaba usar papel y lápiz, estaba aprendiendo a hacer los planos con un nuevo programa que había comprado hacía poco especialmente para el proyecto. Ben había llevado los primeros bocetos a casa de Penny para enseñárselos a su padre durante una comida y ahora los había extendido sobre la mesa, sujetando los bordes con un par de libros para que no se volviesen a enrollar, mientras intentaba recrearlos en el programa de CAD.

La comida en casa de Penny había sido sorprendentemente tranquila. Cuando llegó a las once, Evie lo recibió en la puerta.

—Hola, tío Ben. Te estaba esperando —dijo poniendo su mejor voz de villana de película antes de llevarlo hasta la cocina, donde estaba el resto de la familia reunida.

Cuando entró, pilló a Penny hablando con sus padres.

—¡Y ahora la señora Jones no para de preguntarme cómo le fue la cita! Aunque creo que su interés va más allá de lo estrictamente profesiona… Ah, Ben, solo, perdona, no sabía que estabas aquí. ¿Una copa de vino? —le preguntó muy inocente.

Antes de que pudiera responder, Anthony irrumpió en la casa por la puerta trasera.

–¡Ya está listo, lo necesito ya mismo! –exigió, caminando con grandes zancadas hacia la nevera.

Abrió la puerta de golpe, arrastró un buen trozo de carne que había en una balda, lo dejó caer sobre una bandeja de horno que tenía preparada y volvió a toda prisa al jardín.

–Está con la Green Egg –explicó Penny cerrando la puerta de la nevera–. Nunca ha hecho ternera en esa barbacoa, así que se le está complicando un poco todo. Yo le dije que sería mucho más fácil usar el horno, pero, al parecer, Jeff, su compañero de trabajo, lo hizo a la barbacoa y le quedó delicioso, así que ahí lo tienes.

–Los hombres y las barbacoas –dijo su madre–... Aún recuerdo cuando tu padre le prendió fuego al cobertizo para el verano. Yo le dije que no usara líquido de encendido.

Mary le echó una mirada de reproche a su marido.

–Ya te lo he dicho. Tenía un fallo de diseño. Argos retiró ese modelo, por si no te acordabas.

–Sí, es cierto, pero, aun así, creo que usar el líquido fue un error. Especialmente cuando estábamos en una ola de calor.

Ben, que no era la primera vez que oía la historia, decidió interrumpir la conversación de hacía treinta años antes de que, inevitablemente, derivara en echarse la culpa por ver quién se había dejado la ropa tendida, que solo conseguiría avivar el fuego, y se giró hacia su padre.

–Mira, papá, échales un vistazo y dime qué te parece –le dijo desenrollando los bocetos.

Mientras se cocinaba la ternera en la Egg, trataron el tema del diseño y los materiales que iban a necesitar. Y, con las observaciones de su padre en mente, Ben empezó a sentir muchas ganas de ponerse con las correcciones y pasar a la fase de construcción del proyecto.

La conversación se vio interrumpida con la llegada de la carne a la barbacoa de Anthony, que estaba tan rica como había prometido.

Al observar a su madre y su hermana charlar, Ben se dio cuenta de que ya no sentía ese miedo que siempre tenía de quedarse a solas con su padre y, para su sorpresa, por una vez se sentía a gusto en una comida familiar.

Una vez terminado el postre, su padre anunció que era hora de marcharse.

Penny y Ben compartieron una mirada cómplice. Todos en casa bromeaban con que su padre necesitaba un mínimo de tres horas para hacer cualquier trayecto.

–Vale, papá. Conduce con cuidado. –Penny abrazó a su padre para despedirse–. Gracias por venir.

–Adiós, papá, haré esos cambios a los diseños y ya me dirás qué te parecen –dijo Ben.

–Vale, perfecto. La semana que viene iré al almacén y pediré los materiales que nos hagan falta.

Ben se quedó de piedra cuando su padre le dio una palmadita en el hombro antes de dirigirse a la puerta principal. Era el mayor contacto físico que habían tenido en años.

–¡Adiós, abuela, adiós abuelo! –gritó Evie desde la puerta mientras les despedía con la mano.

–Bueno, creo que ha ido todo bastante bien –dijo Penny volviendo a la cocina–. ¿Quieres otra copa? ¿O prefieres un... café?

Penny puso un énfasis un poco extraño en esa última palabra y le lanzó una mirada a Ben cargada de intenciones.

–Pues, eh, sí, la verdad es que me apetece mucho un café –respondió Ben.

Sabía que Anthony se moría de ganas de enseñar su nueva cafetera y le había prometido a Penny que dejaría que se luciese sin juzgarlo por ello.

–Perfecto. Permítame que se lo prepare, señor –dijo Anthony inclinándose hacia la máquina.

A Ben le gustaba más el café solo, pero no tuvo el valor de pedir algo tan sencillo en ese lugar, así que optó por un *caramel macchiato*.

Después de lo que parecieron dos horas, Anthony le dejó delante un vaso alargado y lo observó con tensión mientras Ben le daba un sorbo.

–Mmm. Delicioso, mucho mejor que el Starbucks –dijo Ben intentando no poner ninguna cara rara mientras el café le quemaba la garganta.

Anthony le dio una palmada en la espalda con entusiasmo.

–¡Ya ves! Y mira qué sencillo. No entiendo por qué nos gastamos una fortuna comprando café cuando podríamos hacerlo nosotros mismos.

Ben pensó que, con lo que habría costado una máquina así, podría comprarse unos cuantos cafés, pero se mordió la lengua, un poco chamuscada, y le sonrió.

–Bueno, le prometí a Evie que la iba a llevar al parque para que estuviese un rato con la bici. Nos vemos en un rato, cariño. –Le dio un beso a Penny y llamó a Evie mientras cogía la cartera–. Ya que estoy por ahí, igual me paso por la cafetería –murmuró mientras se dirigía a la puerta principal.

–¿He oído lo que creo que he oído? –preguntó Ben–. ¿He tenido que esperar siglos por un café que ni siquiera quería y ahora se va a la cafetería?

–Ya sabes cómo es. Le encantan los juguetitos nuevos y brillantes. Los usa un par de veces y luego se aburre. No te preocupes, la subiré a eBay el mes que viene y se olvidará de ella –dijo encogiéndose de hombros, resignada, mientras Evie volvía corriendo.

–Tío Ben, papá me ha dicho que igual cuando volvamos ya no estás aquí. ¿Puedes darle esto a Fred?

Evie le entregó un sobre pequeño a Ben, que guardó con cuidado en el bolsillo.

–Claro. Me aseguraré de que lo reciba la próxima vez que lo vea.

–Gracias. ¡Nos vemos pronto!

Su sobrina le dio un abrazo y se fue corriendo con su padre. La puerta de entrada se cerró, y padre e hija se encaminaron hacia el parque.

–Hablando del gato. Quiero que le eches un vistazo a una cosa –dijo Ben metiendo la mano en el bolsillo trasero de los vaqueros.

–Enséñamelo –exigió Penny dándole un sorbo a su café.

–Bueno, el gato este que ha estado viniendo a verme… ¿te acuerdas de que te dije que me preocupaba que su dueño pensara que estaba intentando robárselo?

Penny asintió.

–Pues la idea de Evie de escribirle a Fred me inspiró y decidí ponerme en contacto con su dueño atándole un collar al gato para decirle que no se preocupase, que no soy un secuestrador de gatos. El caso, que hemos estado intercambiando varias cartas y hace unos días me llegó esta, pero no sé muy bien cómo interpretarla.

Le pasó la nota a Penny, que empezó a leerla en voz alta:

–«Querido Sesenta y seis». –Hizo una pausa–. ¿Quién es Sesenta y seis?

–Yo. Nos llamamos por el número del piso en el que vivimos –le explicó Ben.

–Ah, vale.

Penny empezó a leerla de nuevo:

–«Querido Sesenta y seis: Gracias por tranquilizarme. ¡No era mi intención acusarte de ser un ladrón!». –Penny miró a Ben con un gesto de confusión antes de continuar–. «Para que entiendas un poco la situación: tenía mucha prisa porque había quedado con alguien y la verdad es que me superó todo. Por suerte, no era una cita porque desde entonces no se ha vuelto a poner en contacto conmigo, lo que es una lástima pues pensé que nos lo habíamos pasado bien y me habría gustado que nos volviésemos a ver. En fin, que me alegra saber que no tienes cadáveres enterrados en el jardín, pero me da un poco de vergüenza admitir que Oscar (¡ese es su verdadero nombre, no Fred!) está hecho un ladronzuelo. Tiene la costumbre de «coger prestadas» cosas ajenas y se lleva a casa cualquier basura que encuentra, así que ten cuidado. Supongo que es mejor eso a que traiga ratones».

—¿Y bien? —preguntó Ben.

Penny lo ignoró y se puso a leer de nuevo la nota antes de devolvérsela.

—¿Y bien qué?

—Bueno, aparte del hecho de que Fred, en realidad, se llama Oscar —comentó Ben, que aún le costaba acostumbrarse a ese nombre—, ¿quién crees que la ha escrito? He estado intentando buscar pistas.

Penny se quedó pensativa.

—Creo que es una mujer, que tendrá treinta y largos. Evidentemente, está soltera y puede que lo haya estado durante un tiempo —asintió.

—¿Y cómo puedes saber todo eso? —preguntó Ben con una mezcla de asombro y escepticismo.

—Bueno, es muy fácil. Solo tienes que leer entre líneas.

—¿Cómo?

—¿Las notas suelen ser así?

—No, normalmente no nos escribimos nada personal.

—Precisamente por eso.

—¿Cómo que eso?

—La cita o, más bien, la no cita la puso nerviosa, así que no es algo que haga habitualmente. —Penny volvió a estudiar la nota–. Además –añadió–, tengo la sensación de que ya ha tenido pareja antes, así que ya es adulta.

Penny se recostó en la silla, satisfecha con su análisis.

–¿Qué crees que debería hacer?

–Te sugiero que le respondas, pero, mientras tanto, también deberías buscarte una novia; si no, esto podría convertirse en tu relación más relevante.

Ben fulminó a su hermana con la mirada.

En parte porque se lo merecía, pero, sobre todo, para no pensar que, en cuanto le dijo «deberías buscarte una novia», lo primero que se le había venido a la mente había sido Jenni.

Capítulo 42

–Deberían llamar a este sitio «Los borrachuzos» –dijo Tim riéndose mientras arrancaba un trozo de pan del plato compartido y miraba a su alrededor con aire crítico.

Una vez regresó de lo que él consideraba un viaje de «investigación», les había sugerido ir a tomar algo después del trabajo a Magpie's, su refugio habitual cerca de la oficina. Pero como Jenni no tenía ganas de ir a un sitio tan ruidoso, les propuso ir a un nuevo bar que habían abierto en lo que antiguamente era un baño público, un lugar mucho más agradable de lo que Tim decía.

A Jenni le encantaban los antiguos azulejos victorianos esmaltados, con alguna que otra grieta; la estructura de madera de pino que delimitaba los antiguos cubículos del baño, ahora equipados con mesas y bancos; y la iluminación tan acogedora, pues, aunque ahora usasen electricidad, aún conservaban las antiguas lámparas de gas.

El rincón donde antes estaban los lavabos a Jenni le parecía especialmente acogedor.

–Bueno, cuéntame qué pasó –dijo Tim mordiendo otro trozo de pan mientras Jenni le relataba cómo se había encontrado a su ex y a su mujer en el vivero.

–Y entonces me presentó a Jelly…

–Espera, ¿a quién? –interrumpió Tim casi escupiendo una aceituna–. ¿Jelly?

–Su mujer.

–¿Su mujer se llama así? ¿Como las gominolas?

–No, en realidad se llama Angelina. Jelly es un apodo, al parecer.

Tim simuló un gesto de arcada.

–Qué infantil. Incluso preocupante, si me preguntas.

–La verdad es que era bastante maja. Dijo que había oído hablar mucho de mí –comentó Jenni.

–Eso no es ser maja, corazón. Es para hacerte saber quién manda –dijo Tim agitando un grisín–. Te está diciendo que te mantengas a raya porque sabe lo suficiente sobre ti como para hundirte si la situación lo requiere.

–Mmm, supongo que dio un poco de mal rollo, ahora que lo pienso. Pero… –Jenni le dio un golpe en la mano a Tim para evitar que se acabase toda la tabla de quesos–. Eso no fue lo peor. Alex me dijo que se iban a mudar para estar más cerca de sus padres y sé que van a ir a vivir en mi casa.

Viendo la cara de confusión que puso Tim, Jenni le describió cómo era la casa con la que siempre había soñado para ella y Alex.

–Menudo cabrón –susurró Tim bastante indignado–. Te está robando la casa de tus sueños en tus propias narices.

–¿Verdad? –asintió Jenni echándose hacia atrás para esquivar el palillo del cóctel que Tim apuntaba con agresividad ella.

–Espera, se me ha ocurrido algo –dijo Tim secándose las manos con una servilleta para coger el móvil–. Bueno, para ser un experto en informática, la privacidad de sus redes sociales es pésima –murmuró mientras miraba su Instagram.

–¿Qué has encontrado? –preguntó Jenni antes de dar un trago largo a su *gin-tonic*, agradecida de que Tim estuviese cotilleándole el perfil por ella.

–Pruebas –dijo en tono de voz muy alto para después reclinarse, triunfante, en su silla.

Jenni estudió la foto: ahí estaba Alex, con su pelo lacio cayéndole sobre los ojos, y, a su lado Angelina –se negaba siquiera a pensar en el nombre que empezaba por J–. Al fondo aparecía lo que se suponía que era su nueva casa, teniendo en cuenta el cartel de la inmobiliaria que decía «vendida».

Cuando lo vio, dejó escapar un gritito de alegría. No era su preciosa casa antigua cubierta de glicinias con el idílico jardín de sus sueños. Era una casa mucho más moderna, de ladrillo rojo. Delante, había un cuadrado de césped pelado con rebordes de tierra vacíos junto a un camino pavimentado, lo que explicaba que estuviesen en el vivero buscando plantas que no fuesen tóxicas por el bebé.

Jenni sintió que se le había quitado un peso de encima. No sabía muy bien por qué le había afectado tanto, pero saber que Alex no le había usurpado el futuro que ella había imaginado y que, en cambio, estaba construyendo sus propios sueños con otra persona, la hacía sentirse mejor. Le intentó explicar a Tim cómo se sentía.

–Pero tú no ibas a querer mudarte a esa zona alejada de la ciudad, ¿no? –le preguntó, todavía desconcertado.

–No. Y si Alex y yo hubiésemos seguido juntos, quizá tampoco habríamos querido mudarnos, pero era algo de lo que habíamos hablado y por eso me molestó cuando parecía que se había apropiado del futuro que habíamos planeado juntos para vivirlo con otra persona.

Tim tenía cara de no entender nada, así que Jenni se lo intentó explicar de nuevo.

–Supongo que cuando rompes con alguien, también rompes con el futuro que os habíais imaginado juntos. Así que no solo pierdes a esa persona, sino también todo aquello que creías que ibais a hacer juntos. Y de repente me dio un golpe de realidad viendo que Alex todavía tiene ese futuro que planeamos mientras que yo he pasado todo este tiempo simplemente… no sé… existiendo en el presente, sin tener una visión clara del futuro que me anime a seguir hacia delante. ¿Tiene sentido?

227

Jenni frunció el ceño y esperó que Tim la entendiese.

–No. Bueno, quizá un poco –rectificó al ver la decepción de Jenni–. Ahora Paul y yo estamos casados y espero envejecer a su lado. No sé dónde o qué haremos, pero, si de repente cambiara todo y no estuviéramos juntos, tendría que despedirme de todo, no solo de él. Y tendría que volver a diseñar el futuro que quiero.

Jenni asintió.

–¡Eso es! Ver a Alex me hizo sentir triste y sola, pero también un poco molesta porque no había estado pensando en cómo quiero que sea mi nuevo futuro sin él.

Tim la miró por encima del borde de su copa con el Martini y titubeó un instante:

–Sé que te he estado tomando el pelo con el tema, pero ¿por qué no vuelves a hablarle al bombero ese?

–¿Quién? ¿El que me ha dejado de hablar? ¡No voy a mandarle un mensaje así de repente y preguntarle si quiere que hagamos algo juntos!

Tim levantó la mano.

–¿Por qué no? Quizá solo está esperando a que seas tú la que dé el paso.

–Porque… –empezó Jenni justo cuando la camarera avisó a los clientes de que podían pedir solo una ronda más porque iban a cerrar.

Tim pidió un par de copas más antes de que Jenni pudiera quejarse.

–Esto no pinta bien, mañana voy a estar hecha un desastre –se quejó y dio un trago a lo último que quedaba de su *gin-tonic* antes de que llegara el siguiente.

–Mañana estarás en casa poniendo en remojo la ropa para tu negocio, ¿no? –preguntó Tim intentando contener el hipo.

–No es «poner a remojo», es un proceso muy complejo –replicó Jenni indignada.

–*Sorry*, cariño –dijo Tim cogiendo, con una sonrisa, las dos últimas copas que traía la camarera–. ¿Has pensado dónde vas a hacer ese «proceso muy complejo» ahora que, naturalmente, eres la «directora creativa» de «Natural por naturaleza»? –le preguntó haciendo el gesto de las comillas cuando pronunció su nuevo puesto en el proyecto de Go Big.

Tras un intercambio de correos muy frustrante con el encargado de las instalaciones, la sede de Go Big no había logrado poner a disposición ninguna sala que Jenni pudiera usar para hacer las pruebas de color que necesitaba para la nueva línea de zapatos, así que, al fin y al cabo, todo indicaba que su cobertizo iba a tener que hacer las veces de laboratorio de investigación. A no ser que…

El haber hablado de Ben le había hecho recordar su visita a la galería de arte y, de repente, se le vino a la mente la gran sala sin usar que habían encontrado explorando juntos el edificio. Se acordó de que, en ese momento, pensó que sería el estudio perfecto para ampliar La casa de Oscar. Jenni se lo contó a Tim, emocionada.

–¡Buenísima idea! Tenemos que ir a verla, así que… –Hizo una pausa con una chispa de satisfacción en la mirada–. Es la excusa perfecta para volver a hablarle al bombero. Pídele que te presente al propietario.

Ella sintió mariposas en el estómago de la emoción. Se intentó autoconvencer de que era por haber encontrado el espacio perfecto para hacer crecer su negocio y no tenía nada que ver con Ben.

–Vale, ahora mismo le escribo. Necesito empezar a planear mi nuevo futuro, abrazar nuevas posibilidades y… bueno, lo que tú has dicho –dijo rebuscando en su bolso para coger el móvil.

–Eh, señorita, un momento. Creo que después de cuatro *gin-tonics* no es el mejor momento para enviarle un mensaje –le avisó Tim arrebatándole el móvil de las manos–. Pero ten por seguro que me aseguraré de que se lo mandes mañana cuando estés sobria y con la mente fría –continuó.

–Uf, creo que tienes razón.

–Mientras tanto, cuéntame otra vez lo que pasó cuando te encontraste cara a cara con Alex en el vivero. Me encanta esa parte. Me muero por contárselo a Paul.

–Oye, no tiene gracia. Tenía la cara llena de barro, por amor de Dios –respondió Jenni, cruzada de brazos, y lanzándole la última aceituna a Tim, que empezó a reírse.

Cuando Jenni llegó a casa era noche cerrada. Había tenido que coger el autobús nocturno y el viaje la pareció una eternidad porque tuvieron que esperar un buen rato en Elephant and Castle para hacer el cambio de conductor; pero, por fin, había llegado sana y salva a su piso. Su primer impulso fue ir directamente a la cama, pero, presa de la imperiosa necesidad de comer algo (ya podía oír a su madre regañándola por beber con el estómago vacío), se dirigió a la cocina y metió un par de rebanadas de pan en la tostadora.

Estaba disfrutando de una taza de té y su tostada con una cantidad abundante de mantequilla y pasta de Marmite cuando oyó el ruido de unas patas rascando la puerta trasera, que anunciaba la llegada de Oscar. Una vez se terminó el último bocado de su tostada, Jenni soltó el plato y se levantó para abrirle la puerta. Estaba demasiado cansada para hacer el paripé de intentar convencerle para que usara la gatera.

–De verdad, Oscar, ¿qué harías si yo no estuviera aquí para dejarte entrar?

Oscar recompensó a Jenni con un sonoro ronroneo y se frotó contra sus piernas, contento de verla. Ella se agachó para acariciarle, pero se arrepintió al instante, pues aún estaba algo mareada y casi pierde el equilibrio.

Tras maldecir a Tim y a su debilidad por no poder haberse

resistido a ese último *gin-tonic*, se levantó con cuidado y, justo en ese momento, sintió el roce de un papel contra su mano. Jenni cogió de un tirón la nota colgada en el collar de Oscar y se dejó caer de manera muy poco elegante en la silla.

¡Sesenta y seis había respondido por fin! Con cuidado, desenrolló el pósit y entrecerró los ojos para leer la nota:

Hola, 38:

Es de mi agrado informarte de que no han aparecido más juguetes robados.

Sé que, cuando te han decepcionado en el pasado, es difícil reunir fuerzas para pasar otra vez por lo mismo. No suelo hablar mucho del tema, pero cuando terminó mi última relación estaba pasando por un momento muy malo. Tenía muchas cosas en la cabeza, pero descubrir que mi ex me había engañado terminó de hundirme. ¡Perdón si ha sonado un poco intenso! Si sirve de algo, creo que deberías darle otra oportunidad a la persona con la que quedaste. De hecho, quizá yo también debería seguir mi propio consejo...

¡No tengas miedo y buena suerte!

66

A Jenni le impresionó la sinceridad de Sesenta y seis, y lo que decía la última parte sobre no tener miedo la removió por dentro: era justo lo que Tim le había dicho. Así que acercó el cuaderno que había dejado sobre la mesa, cogió un bolígrafo y empezó a escribir. Pensó que no había mejor momento que ese para hacerle saber a Sesenta y seis que pensaba seguir su consejo.

Jenni se colocó la almohada que tenía de sobra encima de los ojos y se quedó tumbada, disfrutando de la sensación del tejido fresco sobre la cabeza, que le palpitaba.

Todo eso era culpa de Tim.

Pero, resaca aparte, aquella sensación de vacío en el estómago que la había acompañado desde su encuentro con Alex había desaparecido.

Se sentía… en paz.

Jenni empezó a repasar toda la noche con Tim: las risas a costa de Jelly, el alivio que había sentido al enterarse de que Alex no estaba viviendo en su casa, la decisión de volver a escribir a Ben. Entonces frenó sus pensamientos: ¿por qué había accedido a hacer eso?

Le vibró el móvil y, cuando levantó un poco la almohada por una esquina, abrió un ojo y entornó la mirada, vio los cuatro mensajes de WhatsApp de Tim que le habían llegado uno casi detrás del otro:

> No es mala idea.
> Hazlo.
> Pero tómate un paracetamol antes.
> ¡Te quiero!

Jenni se incorporó de la cama con cuidado y caminó despacio por el pasillo hasta llegar al baño para lavar los excesos de la salida de la noche anterior. Al sentir el potente chorro de agua caliente masajeándole la cabeza y los hombros, empezó a sentirse mejor.

Después de ponerse con lentitud unas mallas y una sudadera a juego teñidas por ella, se dirigió a la cocina, puso el hervidor a calentar y revisó el cuenco de comida de Oscar, que estaba vacío. De hecho, ahora que lo pensaba, cuando llegó a casa anoche había aparecido en la puerta trasera, y de pronto recordó que llevaba una nota atacada al collar.

¡Oh, no! Muy a su pesar, se acababa de acordar de que, aun sin poder concentrarse apenas, se había sentido en la necesidad de responder inmediatamente a Sesenta y seis y contarle todo sobre Alex y el futuro, y mencionar –que Dios la perdone– algo relacionado con manifestar lo que deseaba.

Jenni se sintió presa del pánico y solo pedía que, por favor, no hubiese metido la nota dentro del collar de Oscar.

Con la cabeza agachada entre las manos se recordó que nada podía ser tan humillante como aquella vez que quiso enviarle un correo solo a Amy para explicarle el tipo de ropa que consideraba apropiada para ir al trabajo, pero, por error, acabó mandándoselo a toda la empresa. Por suerte, Clive se había tomado su comentario sobre lo ajustados que eran sus pantalones de ciclismo como un cumplido.

Un maullido apagado que venía de la puerta trasera la alertó de la presencia de Oscar, y corrió a abrirle la puerta para dejarlo entrar.

Al ver que llevaba una nota atada al collar, le dio un vuelco al estómago. Solo esperaba que fuese la misma nota de anoche que había escrito borracha. Se inclinó con las manos temblorosas, soltó el cordel que sujetaba el papel y lo abrió.

Preparándose para lo que viniera, leyó la nota con la caligrafía angulosa que ya conocía:

Oscar ha venido esta mañana temprano con un trozo de cuerda atado al collar, pero no había nada. ¿Se le habrá caído? Pensé que era mejor preguntar por si era algo urgente. Por cierto, aquí tienes mi número.

Jenni sintió un alivio inmenso. ¡Gracias a Dios!

¡Quizá sea más fácil hablar por aquí que usarlo de cartero!

¡Menos mal! Lo que le había escrito a Sesenta y seis no le había llegado. Jenni se dejó caer, agradecida, en la silla con las rodillas temblorosas.

Unos instantes más tarde, se recompuso y se puso de pie. Se apoyó en la encimera y miró por la ventana mientras tomaba un sorbo del té que le quedaba. Allí, en medio del césped había un fajo de papel tamaño A4 enrollado. No era de extrañar que Oscar no le hubiese podido entregar su nota a Sesenta y seis: ¡apenas habría podido levantar la cabeza por el peso de todo ese papel!

Jenni oyó el móvil, que le avisaba de que le había llegado un mensaje: para sorpresa de nadie, era Tim, que quería comprobar si había hablado con Ben.

Volvió a pensar en la anterior nota que le había mandado Sesenta y seis. ¿Cómo era? Ah, sí: ¡No tengas miedo y buena suerte!

Antes de poder acobardarse, Jenni dejó la taza, cogió el móvil, abrió Instagram, escribió el mensaje y pulsó «Enviar».

Lo había hecho, le había mandado un mensaje a Ben.

Capítulo 43

–A Ben le ha escrito la chica a la que le compró la ropa –dijo Taz con la boca llena de sándwich de queso y pepinillos.

Varios compañeros alzaron la vista de su plato y soltaron un «uuuh» mientras Ben fulminaba con la mirada a Taz.

–Te dije que no contaras nada. Además, no va a ser una cita.

–Ay, por Dios bendito, ya estamos otra vez –dijo Vick poniendo los ojos en blanco e inclinándose para coger la sal–. Estoy teniendo un *déjà vu*.

–De verdad que no es una cita. Me ha escrito para ver si puedo presentarle al dueño de la galería.

–Sí, como aquella vez que salisteis y tampoco era una cita, ¿no? –se burló Taz.

–Y luego no volviste a escribirle un mensaje –dijo Vick más en tono de reproche que de burla.

–Ya te he dicho que tiene novio.

Ben empezaba a estar bastante harto de tener que repetirlo todo otra vez.

–Ni siquiera sabes si es su novio –señaló Dean, para sorpresa de Ben, que normalmente confiaba en que él lo apoyase y no se metiese en estas cosas.

–¡Dijo que ese alguien no la esperaba en casa hasta más tarde!

–Podría ser cualquiera, tío –dijo Taz–. Y encima nos contaste que ni siquiera estás seguro de haberlo oído bien.

–Y luego no volviste a escribirle para decirle que te lo habías pasado bien. Podrías haberle preguntado directamente si tenía novio. Pero no, decidiste ignorarla. ¡Eres un borde! –Vick ya estaba lanzada–. Y ahora va y te escribe, a pesar de haber pasado de ella, y te propone una excusa razonable para veros sin que te suponga un agobio. Es evidente.

Ben abrió la boca para decir que no tenía nada de evidente, pero, antes de poder defenderse, Taz ya había intervenido.

–Te ha escrito esta mañana. ¿Le has respondido?

Ben se mostró avergonzado.

–Madre mía, tío… ¡Ella ha tenido el valor de escribirte y tú ni te molestas en responder! No me extraña que sigas soltero.

Taz negó con la cabeza, decepcionado.

–Tienes diez minutos antes de que tengamos que volver para el pase de revista. Respóndele ahora mismo –dijo Vick con un tono más suave.

Resignado, Ben se dio cuenta de que Vick y Taz estaban sacando demasiado partido a la técnica del bombero bueno y el bombero malo. Pero tenían razón. ¿O no?

–¿Y si…? –dudó.

Pero Vick lo miró fijamente.

–Vamos. Ya. Sé valiente.

Esas palabras le hicieron reaccionar. Era justo lo que le había escrito en su última nota a Treinta y ocho.

Y también le había dicho que debía aplicarse el cuento.

Se levantó entre aplausos y fue hacia las taquillas a buscar su móvil. Cinco minutos más tarde, volvió a la mesa.

–¿Y bien? –preguntó Vick.

–Hecho. –Ben sonrió–. El viernes a las 20:30 en el mismo sitio de la otra vez.

Taz le dio una palmada en la espalda.

–¿Ves qué fácil era? Venga, vamos. Pase de revista y luego al gimnasio. ¡Una carrera en la cinta de correr!

–Ay, qué ternura me dais. Veros a los dos compitiendo por el segundo puesto. –Vick les dirigió una sonrisa irónica mientras se iba del comedor–. Vamos, Dean, tú me sujetas la toalla.

Capítulo 44

–Recuérdame otra vez qué hago aquí –protestó Tim debajo de los grandes parasoles negros, mientras echaba hacia atrás una silla de metal y se dejaba caer con desgana.

–Amy no podía venir –dijo Jenni dejando las bebidas sobre la mesa antes de sentarse.

–Ah, estupendo. Ni siquiera soy tu primera opción.

Tim puso mala cara y le dio un sorbo a su vaso.

–¿Qué tal estoy? –preguntó Jenni alisándose la parte de arriba de su top con nerviosismo.

Tim se volvió para mirarla de arriba abajo.

–Mmm… tus vaqueros favoritos, pero esos que te sientan bien, no los anchos; un top con escote en forma de uve, pero sin ser demasiado exagerado; el pelo limpio y peinado; y el tipo de maquillaje con el que parece que no vas maquillada. Vas arreglada, pero sin dar la sensación de que te lo has currado demasiado.

Jenni suspiró aliviada.

–¡Perfecto, eso era justo lo que buscaba, Tim! Gracias por fijarte. –Sonrió agradecida–. Te agradezco de corazón que hayas venido. Ya sé que te estás perdiendo la noche de Trivial por ayudarme.

Tim resopló algo más tranquilo.

–Bueno, no podía dejarte tirada, aunque eso implique cruzar el río e ir a la zona sur. Además, tengo curiosidad por conocer a ese tal Ben y también quiero ver la posible futura sede de *La casa de Oscar*, por supuesto.

–Creo que te va a encantar. De verdad. ¿Y sabes qué? He estado pensando que, si la línea de ropa se vende, podríamos tener la oportunidad de hacer más colaboraciones juntos.

Mientras ellos hacían planes futuros que, en cuestión de minutos, habían derivado rápidamente en imaginarse dejando su trabajo en Go Big para hacerse socios y trabajar en *La casa de Oscar*, el bar empezó a llenarse y el ruido fue en aumento. El DJ subió el volumen y la gente empezó a salirse a la acera y a apoyarse en los grandes maceteros mientras apuraban su copa, desesperados por buscar un sitio donde sentarse.

Tim y Jenni no fueron conscientes de lo lleno que estaba el lugar hasta que una mujer enfundada en un ajustado mono plateado y con tacones de vértigo se les acercó para preguntarles si podía llevarse la silla que tenían vacía delante de ellos.

–¿Qué hora es? –preguntó Jenni.

Tim miró el móvil.

–Las nueve pasadas. ¿A qué hora habías quedado con él?

–Creo que dijimos a las ocho y media –respondió Jenni intentando sonar despreocupada, como si el hecho de que él llegase media hora tarde no tuviese la menor importancia.

No es que creyese que habían quedado a las ocho y media: lo sabía. Por Dios, si había revisado su mensaje un millón de veces. Cogió el móvil para enseñárselo a Tim.

–Mmm, no tiene buena pinta –dijo Tim–. Pero seguro que tiene una razón completamente válida para llegar tarde –añadió rápidamente al ver cómo a Jenni se le descomponía la cara.

–Tendría que haberme dado cuenta de que no estaba interesado cuando no me contestó después de haber quedado aquella vez, ¿no? –preguntó Jenni.

–Podríamos fingir un accidente y llamar al 112, a ver si así aparece –bromeó Tim.

Jenni le lanzó una mirada fulminante.

–Que sepas que es culpa tuya.

–¿Mía? ¿Cómo va a ser mi culpa? –respondió Tim sorprendido.

–Tú me obligaste a escribirle. Yo estaba tan tranquila…

–Anda ya, no estabas nada tranquila. Acababas de encontrarte con tu ex de la mano con la Jelly esa mientras tú estabas llena de barro. ¡Así que de tranquila nada, cariño!

Jenni estaba a punto de decirle que sí, que estaba más que tranquila, cuando le vibró el móvil.

–Tengo miedo. Mejor míralo tú –dijo con el pánico reflejado en la mirada.

Tim cogió el móvil. Se hizo un silencio tenso.

–Ay, Dios mío. Dímelo ya, acaba con mi sufrimiento. ¿Qué ha dicho? –suplicó.

–Pues la verdad es que nada. –Hizo una pausa dramática antes de alzar la vista–. Es tu madre. Los plantones de guisantes no han sobrevivido a la helada. Pensó que querrías saberlo.

–Joder. –Jenni miró a Tim, desesperanzada–. ¿Debería mandarle un mensaje? –preguntó justo cuando el móvil volvió a vibrar.

Tim leyó el mensaje.

–No me digas. Mi madre otra vez. ¿Han muerto también las dalias? ¿Alguien le ha saboteado las dedaleras?

Jenni dio un trago largo a su copa.

–Ben no va a venir.

Capítulo 45

Ben echó a correr por el andén y entró de un salto al tren, justo cuando estaban cerrándose las puertas. Se agarró a la barra para no perder el equilibrio mientras el tren dejaba atrás la estación. Luego, aliviado, se dejó caer en el asiento más cercano a la mampara de cristal. Dejó la mochila entre los pies y se recostó con la cabeza apoyada en la ventanilla, agotado.

No fallaba. De todos los días, tenía que ser justo hoy; tenía que aparecer una urgencia en el último minuto, cuando ya estaban a punto de terminar el turno.

Esas cosas podían pasar en cualquier momento, pero no había tenido tiempo de avisar a Jenni hasta las 9, treinta minutos más tarde de la hora a la que habían quedado, cuando por fin les habían dado el relevo. Habían recibido un aviso sobre un paquete sospechoso y todos los cuerpos de seguridad de la zona habían sido movilizados. Una vez se les pasó el subidón inicial de adrenalina, permanecieron horas esperando frente al *pub* donde se había dado la alarma, preparados para lo peor y esperando que no fuese nada malo. Al final, les llegó la confirmación por radio: todo despejado, podrían regresar al parque de bomberos. Ben se duchó a toda prisa y salió corriendo hacia el tren como un loco.

El conductor anunció la siguiente estación y Ben se dio cuenta de que estaba más cerca de la Old Station Gallery que de su piso. En un principio pensaba ir a su casa a cambiarse, pero ¿y si se bajaba allí e intentaba buscarla? Quizá Jenni todavía estuviese por ahí hablando con Larry.

Era consciente de las pintas que llevaba: un chándal gris básico que estaba bastante desgastado y unas zapatillas viejas destrozadas, pero ¿qué más daba?

Se quedó inmóvil un instante mientras el tren se detenía en la estación sin saber qué hacer: ¿Seguir en el tren para ir a casa a cambiarse y rezar para que ella siguiese ahí o bajarse ya?

La voz de megafonía anunció a los pasajeros que se apartasen de las puertas, pero Ben agarró la mochila, se levantó de un salto y salió disparado del vagón justo antes de que las puertas se cerraran en seco.

Echó a correr por el andén y subió las escaleras de dos en dos hasta llegar a la calle. Si corría, igual llegaba antes de que ella se fuese.

El no dejar plantada a Jenni se convirtió de pronto en una urgencia, en algo necesario. Si la decepcionaba, sospechaba que no iba a darle otra oportunidad.

Agradecido de que la galería estuviese a poca distancia de la estación, Ben se abrió paso entre los repartidores en bici y los idiotas que iban a toda pastilla en patinete. La acera se ensanchó y, al ver los parasoles negros, bajó el ritmo para buscar entre la multitud que se agolpaba frente al bar.

Ben se acordó de que la primera vez que habían quedado allí, cuando llegó, estaba esperándole; recordó la imagen de ella mirando la pantalla del móvil antes de levantar la vista y verle; recordó aquella sonrisa suya que le había hecho sentir mariposas en el estómago.

Se pasó la mano por el pelo despeinado en un intento desesperado por aplacar el flequillo rebelde que se le había quedado después de la ducha y respiró hondo para serenarse.

Y entonces la vio: estaba sentada de espaldas, pero enseguida reconoció su larga melena rizada que le llegaba hasta la cintura, casi rozando el respaldo del asiento. Cuando giró un poco la cabeza, los labios de Jenni se curvaron en una sonrisa.

Y después Ben se quedó de piedra.

Estaba claro que Jenni estaba sonriendo a una persona que se había acercado a su mesa: un hombre rubio con el flequillo peinado cuidadosamente hacia arriba y vestido con una camisa de lino azul que resaltaba su bronceado.

Ben observó cómo aquel hombre se dejaba caer en la silla que estaba a su lado, le pasaba un brazo por los hombros y la atraía hacia él para abrazarla. Estuvieron un rato así, inclinados el uno contra el otro, así que la complicidad que había entre ellos se notaba a leguas.

Cuando oyó a aquel hombre decirle: «Una última ronda y volvemos a casa, cariño», Ben dio un paso hacia atrás.

Mientras caminaba, Ben se sintió aliviado al comprobar que en las silenciosas calles residenciales no había nadie. Cada paso que le acercaba a su piso le hacía recordar la noche en la que descubrió que Luisa lo estaba engañando con otra persona.

A ella nunca le había gustado que trabajase a turnos, pero, cuando dejó de quejarse de que nunca estaba en casa y de que siempre tenía que estar sola, él pensó que por fin había aceptado aquellos horarios tan caóticos que formaban parte del trabajo que tanto le apasionaba.

Pero estaba equivocado.

Lo que pasó fue que ella había encontrado a alguien que la acompañara a esas cenas románticas o estar con ella cuando se despertaba de madrugada buscando un poco de cariño. Lo había descubierto sin querer, aunque muchas veces se preguntaba si, en el fondo, ella quería que la pillase, pues, o bien le daba vergüenza o bien era demasiado cobarde como para confesarle a la cara la aventura que estaba teniendo.

Aquel día se había producido un gran incendio en un polígono industrial a las afueras, así que tuvieron que llamar a las dotaciones de parques de bomberos más cercanos para reforzar el operativo. Estuvieron unos cuantos días luchando contra las llamas a contrarreloj hasta que consiguieron controlar el incendio. Fue uno de esos casos que, por muchos años que lleves en el servicio, se te quedan grabados. La desesperación y la culpa de no haber podido salvar a todas las personas calan hondo y te acompañan siempre, como una herida imposible de cerrar por mucho apoyo o terapia que te ofrezcan.

Ben nunca había sido capaz de olvidar las voces desesperadas de aquellos que se habían quedado atrapados en uno de los edificios. Esos gritos que pedían ayuda y atravesaban el humo y las llamas hasta que, al final, una explosión que voló el techo de la fábrica los había silenciado para siempre.

Fue el peor caso que había vivido en el trabajo y cuando, días después, lograron por fin apagar el incendio, volvió a casa totalmente hundido y vacío, con el peso de lo que había ocurrido grabado a fuego en su mente.

Agotado, en el metro de vuelta imaginó que Luisa estaría en casa cuando llegase. No había tenido la oportunidad de mandarle un mensaje para avisarla de que iba de camino. Al pasar por la tienda de licores que había junto a la estación, se compró una botella de vino con la esperanza de que el alcohol le ayudara a adormecer el dolor y la tristeza que le recorrían el cuerpo. Le sonrió débilmente a la chica de la caja, le dio las gracias y se dio la vuelta para salir del local.

Y ahí fue cuando la vio.

Luisa estaba tras un enorme ventanal del *pub* que había enfrente con un hombre al que Ben no conocía, pero que, al instante, se dio cuenta de que no era ni un compañero de trabajo ni un amigo. Había percibido que había algo más por la forma en la que estaban sentados, demasiado juntos, ajenos al resto del mundo que les rodeaba.

Luego el hombre se inclinó hacia ella y Ben vio cómo aquel desconocido la besaba con ternura.

Incluso después de todo el tiempo que había pasado, Ben podía recordar con detalle todo lo que había sucedido: Luisa llegando por fin a casa, los gritos, las acusaciones, los reproches y el sonido de su llanto tras la puerta de la habitación mientras tiraba toda su ropa dentro de una maleta. Podía recordar cómo la oscuridad se cernió sobre él cuando Luisa se fue dando un portazo.

Penny lo encontró tres días más tarde en la cama, con las cortinas cerradas y el móvil apagado.

Ni siquiera protestó cuando ella le preparó la maleta y le dijo que se iba a casa con ella.

El ver a Jenni con otro hombre aquella noche no hizo más que confirmar que no era capaz de volver a pasar por algo así. Estaba mejor solo.

Sacó la llave del bolsillo y entró a su piso. Al llegar a la cocina, encendió la luz pensando que vería a Fred esperándolo en la ventana, pero no había ni rastro de él. La frustración y la decepción le recorrieron el cuerpo, pero sabía que la vida continuaría. Sabía que estaría bien.

Al día siguiente volvería al trabajo y se daría el gusto, aunque fuese agridulce, de decirles a Taz y Vick que él tenía razón, que Jenni tenía novio y que deberían olvidarse del tema de una vez por todas.

Capítulo 46

Tras pensarlo, Jenni se dio cuenta de que, al final, la noche no había sido del todo un desastre. Aunque Ben no hubiese aparecido, habían encontrado a Larry, que les dejó echarle otro vistazo al segundo piso y se mostró dispuesto a alquilarles el espacio. Quedaron en que ella se pondría en contacto para organizar otra reunión con Clive.

Tras leer el mensaje de Ben diciendo que no iba a poder ir, se sintió decepcionada, pero Tim la convenció, después de unos cuantos *gin-tonics* más, para que le respondiese algo con un tono desenfadado, como «No te preocupes, para la próxima». Pero pasaron los minutos, que se convirtieron en horas, y la decepción que sentía dio paso a la rabia al ver que no le respondía.

Menudo cabrón.

–¿Sigues dándole vueltas?

Tim, resplandeciente, con una camiseta de color amarillo y morado que había hecho Jenni con unos pantalones cortos a juego, entró en la cocina. La noche anterior había perdido el último tren y se había quedado en casa de Jenni. Se negaba a volver a ponerse la ropa de ayer porque, según él, la camisa de lino estaba demasiado arrugada. De hecho, sus palabras exactas fueron «parezco el trasero de un rinoceronte», así que Jenni había tenido que rebuscar entre las muestras de ropa que había hecho algo que pudiera ponerse.

–Simplemente me parece que es de ser un auténtico maleducado que ni siquiera se haya dignado en contestar, eso es todo.

–Jenni posó con fuerza dos tazas sobre la encimera y encendió el hervidor–. Y ni siquiera me ha mandado un mensaje esta mañana pidiéndome disculpas por lo de ayer –añadió–. Eso es no tener educación alguna. Madre mía, Tim, ya parezco mi madre.

–Toma, cómete un cruasán. Los hidratos lo arreglan todo –dijo Tim intentando animarla.

Jenni arrancó un trozo del bollo, se lo llevó a la boca y masticó con irritación.

–Tienes razón. Funciona. Aunque ahora me siento un poco triste –añadió desanimada.

–Quizá no sea el indicado. Pero eso no significa que el indicado no esté ahí fuera esperándote.

Jenni suspiró.

–Supongo. Pero creo que, de ahora en adelante, voy a dedicar mi tiempo al único hombre que tengo en mi vida: Oscar. Aunque, hablando del rey de Roma, aún no lo he visto hoy.

–Puede que esté con el misterioso Sesenta y seis –dijo Tim, untando más mantequilla y mermelada en su cruasán–. Por la última nota que recibiste, me dio la sensación de que era más joven de lo que pensaba –murmuró–. Creo que deberías enterarte de quién es y llamarlo ahora que tienes su número.

–No pienso llamar a un completo desconocido. Y, además, ya te he dicho que no pienso salir con nadie nunca más.

–Qué dramática eres, pero cómo me encanta.

Jenni puso los ojos en blanco.

–¿A qué hora te vas a ir a casa? Igual podríamos ver si Amy está por aquí cerca y tomamos un café en el parque antes de que te vayas.

–Paul no está, así que perfecto. Así, mientras me puedes enseñar el estudio donde pones la ropa a remojo.

–Ya te he dicho que no es solo poner a remojo. Que es un proceso extremadamente científico. Pero vale, deja que busque primero a Oscar. Normalmente está aquí cuando me levanto. Nunca se pierde el desayuno…

Jenni volvió a agitar de nuevo el paquete de Dreamies y llamó a Oscar aún más fuerte. Llevaba media hora en el jardín haciendo ruido con la bolsa de chucherías y gritando su nombre, pero no había habido suerte. No había vuelto a casa antes de que ella y Tim quedasen con Amy tras el desayuno, y tampoco había señales de él cuando volvió del parque ni cuando se fue a dormir. Y, aunque estaba convencida de que esa noche aparecería, a la mañana siguiente, cuando se levantó, no estaba en la cocina.

Recordó que la última vez que lo había visto había sido el viernes por la mañana porque, aunque apenas fuesen las ocho, los trabajadores de la obra de la casa que estaba en la calle de al lado ya estaban haciendo ruido. Oscar estaba como siempre: pidiéndole más comida, aunque ya le hubiese llenado el cuenco y enroscándose alrededor de sus tobillos hasta que cedía y le echaba más. Después, de mala gana, se había dejado acariciar en la barriga diez minutos antes de dirigirse al sofá y echarse una siesta. Jenni le había dado una última caricia detrás de las orejas y luego se fue a trabajar.

Eso significaba que llevaba sin verlo más de cuarenta y ocho horas, así que ahora estaba preocupada por si le había pasado algo de verdad.

Jenni cogió el móvil y llamó a su madre. Dejó que sonara unos segundos y, justo cuando estaba a punto de colgar, oyó que la persona que le había contestado era un hombre. En un principio se sorprendió, pero luego se dio cuenta de que era Alan.

–Hola… soy Jenni. ¿Está mi madre?

–Está en el jardín, ya vuelve. ¿Estás bien? Pareces nerviosa.

Que Alan hubiese contestado su llamada la había desconcertado. Su padre siempre era el que cogía el teléfono fijo y, aun después de que hubiese pasado tanto tiempo, todavía esperaba que su voz fuese la primera que escuchase al llamar a casa. El recuerdo de su voz tan tranquilizadora, junto con la preocupación por Oscar, hizo que se le llenasen los ojos de lágrimas.

–Jenni, ¿sigues ahí?

La voz preocupada de Alan rompió el silencio.

–Sí, lo siento. Estoy preocupada por Oscar, mi gato. Lleva dos días desaparecido y no sé muy bien qué hacer.

Cuando Jenni pronunció la palabra «desaparecido», se le quebró la voz, lo que le hizo darse cuenta de lo asustada que estaba por si le había pasado algo terrible.

–Seguro que está bien. Puede que ande por ahí escondido en algún sitio, pero entiendo que estés preocupada –dijo Alan para calmarla–. ¿Lleva una placa en el collar o algo parecido?

–No, tenía pensado ponérsela, pero no me dio tiempo.

–Mira, te paso con tu madre. Seguro que pronto aparece.

–Hola, cariño. ¿Cuándo lo viste por última vez? –preguntó su madre, directa al grano.

–El viernes por la mañana. Ya han pasado casi cuarenta y ocho horas, mamá. Esto no es propio de él.

Jenni se mordió el labio.

–¿Has probado llamarlo?

–¡Pues claro! Llevo horas fuera agitando una maldita caja llena de chuches. ¡Los vecinos de arriba deben de pensar que me he vuelto loca!

–Bueno, ¿le has preguntado a tus vecinos si lo han visto? –dijo su madre–. ¿Te acuerdas cuando Helly, nuestra gata vieja, se perdió? ¡Se había quedado encerrada en el cobertizo de herramientas de Jon!

Jenni lo recordaba. Era un domingo lluvioso por la tarde, pero estaba tan nerviosa que su padre accedió a ir llamando a todas las casas del pueblo puerta por puerta y enseñando una foto de Helly para ver si alguien la había visto.

Recordó el alivio que sintió cuando finalmente recibieron

una llamada diciendo que habían encontrado a Helly sana y salva, acurrucada bajo la mesa de cultivo en una bolsa abierta de compost sin turba, roncando más pancha que ancha.

—No, pero es una buena idea.

Jenni pensó en mandar una foto de Oscar por el grupo de WhatsApp de la comunidad para preguntar si podían comprobar que no estuviese en su cobertizo.

—¿Y hay algún otro sitio en el que pueda estar? —preguntó su madre—. ¿Ha estado haciendo de las suyas en el jardín de algún vecino o algo así?

Jenni se quedó pensando. ¿Cómo no se le había ocurrido antes? Seguramente estaba en casa de Sesenta y seis.

—Ahora que lo dices, lleva un tiempo yendo a un sitio. Incluso le han hecho su propia casita en el jardín. Nos hemos estado enviando notas atadas al collar de Oscar, pero ahora tengo su número. Podría mandarle un mensaje para ver si está allí.

—Creo que es un buen comienzo, cariño. Seguro que está bien.

—Gracias, mamá. Eso espero, de verdad.

—Cuéntame cómo te va. Te llamo más tarde. Adiós, cielo.

Jenni colgó y la preocupación que tenía se transformó en enfado. ¡Si Sesenta y seis se pensaba que iba a quedarse con Oscar, lo llevaba claro!

Estaba segura de que había guardado la nota con su número de teléfono, pero no la encontró en el cajón donde metía todas las cosas sueltas, como gomas o trozos de cuerda, ni tampoco entre la pila de cartas y los menús de comida para llevar.

Entonces se acordó: lo había colgado en el corcho junto a la nevera. Cogió el móvil y, rápidamente, le escribió:

Hola, soy 38. No encuentro a Oscar. ¿Está contigo?

Luego marcó el número de Sesenta y seis y le dio a «Enviar».

Capítulo 47

Jenni estaba segura de que Sesenta y seis contestaría que estaba en su casa, pero, al no recibir una respuesta de inmediato, volvió a sentirse completamente abatida.

Los vecinos del grupo de WhatsApp de la comunidad eran encantadores y le habían respondido que estarían atentos, pero nadie recordaba haber visto a Oscar en las últimas semanas y mucho menos en los últimos días, lo que hacía que la preocupación de Jenni no parase de aumentar.

Jenni no podía controlar su imaginación y no hacía más que ponerse en las peores de las situaciones: que lo hubiesen atropellado y que estuviese herido y escondido en algún lugar. O aún peor, y si…

Por suerte, justo en ese momento, Amy la llamó por teléfono.

—¿Alguna noticia? —preguntó su amiga en respuesta al mensaje frenético que Jenni le había enviado.

—No, nada. Estoy empezando a preocuparme de verdad.

—¿Y esa persona que vivía en el número sesenta y seis?

—Le he mandado un mensaje, pero aún no me ha contestado —respondió Jenni con los nervios a flor de piel y con la voz un poco quebrada.

—¿Has comprobado que le haya llegado el mensaje? —preguntó Amy.

—No, pero…

—Bueno, pues compruébalo ya. Igual has puesto el número mal o ni siquiera lo ha recibido —la apuró Amy.

Jenni lo comprobó.

–El número está bien, pero me pone que aún no lo ha leído.

–A ver, también podrías ir al número sesenta y seis y ver si hay alguien en casa. Está justo en tu calle.

–Ah, pues sí. Es una buena idea. Voy ahora a mirar –dijo Jenni animada–. No sé por qué no lo he pensado antes.

–Estás nerviosa y no eres capaz de pensar con calma –dijo Amy–. Ve ya. Seguro que Oscar lleva ahí todo el tiempo.

Después de decirle a Amy que hablarían más tarde, Jenni colgó y revisó las notificaciones otra vez por si había recibido algún mensaje mientras estaba con la llamada. Aún no tenía respuesta. Como no podía seguir esperando, decidió que iría directamente al número sesenta y seis de Copestone Road. Al menos estaría haciendo algo útil en vez de quedarse ahí hecha un flan.

Se fue rápidamente de su piso, giró a la derecha nada más salir por la puerta y, mirando los números mientras caminaba a paso rápido, llegó al sesenta y seis con el corazón en un puño y con la esperanza de que Oscar estuviese allí.

El número sesenta y seis de Copestone Road era una casa adosada muy elegante, con un pequeño camino de baldosas de cuadrados negros y blancos que daba a la puerta de entrada de color rosa. Jenni se plantó frente a la puerta y tocó el timbre, alentada por las voces que oía procedentes del interior. Pero, cuando finalmente se abrió la puerta, la mujer que le respondió se le quedó mirando sin entender nada. Era evidente que no sabía de qué estaba hablando y, definitivamente, no había visto un gato atigrado ni mucho menos había estado alimentándolo o atándole notas a su collar.

–Lo siento, cariño, no lo hemos visto por aquí. ¡Si lo encontramos, te avisamos!

La puerta se cerró delante de sus narices y Jenni, que estaba tan segura de que encontraría allí a Oscar, se sintió aún más desanimada de lo que estaba antes.

Pero al menos le sirvió para confirmar que, si Sesenta y seis no vivía en su misma calle, Oscar había estado vagando por una zona más lejana. Mientras caminaba de vuelta a su piso, le envió otro mensaje a Sesenta y seis.

Hola, perdona, soy 38 otra vez. ¿Podrías decirme tu dirección? Pensaba que vivirías en la misma calle que yo (Copestone), ¡pero acabo de ir y no eras tú!

Ben se recostó en la silla y se estiró. Había recuperado las horas de sueño, había disfrutado de un desayuno tranquilo y había pasado el resto del día sumergido en los planos para la caseta de jardín. Le había enviado la versión revisada a su padre y se había quedado encantado con la respuesta: Ian le había pedido que hiciese unos pequeños ajustes, pero, de otra manera, parecía muy contento y con muchas ganas de ponerse manos a la obra con el proyecto, así que Ben se había pasado el día haciendo los cambios que su padre (y su madre) le habían solicitado. Mantener el contacto con ellos era mucho más fácil ahora que las llamadas telefónicas ya no eran tan incómodas como antes, y el proyecto que tenían en marcha hacía que Ben se sintiese más unido a su padre de lo que había estado en años.

Tras quedar satisfecho con los cambios que había implementado, le envió los planos a su padre por correo electrónico y se levantó. Era hora de un descanso.

Una vez en la cocina, con una bebida en la mano, cogió el teléfono, que había dejado sobre la mesa. Cuando encendió la pantalla, se dio cuenta de que se le había olvidado quitar el modo silencio al salir del trabajo y empezó a ver todas las notificaciones acumuladas. Penny estaba cabreada porque no le había contestado, pero ya lidiaría con ella más tarde. Siguió revisando los mensajes y se fijó en uno de un número desconocido:

Hola, soy 38. No encuentro a Oscar. ¿Está contigo?

En el siguiente mensaje que le había mandado le pedía su dirección. Ben, sobresaltado, se dio cuenta de que no había visto a Fred o, más bien Oscar, desde hacía unos días y que era raro que hubiese pasado tanto tiempo sin verlo. Pobre Treinta y ocho, debía de estar de los nervios. Rápidamente, escribió un mensaje con su dirección y añadió que estaba en casa por si se quería pasar por allí. Cuando envió el mensaje, se dio cuenta de lo extraño que iba a ser conocer por fin al dueño de Oscar.

Al ver el número sesenta y seis grabado en el cristal, Jenni avanzó por el camino hasta la puerta de entrada de la comunidad. Nada más recibir la respuesta de Sesenta y seis con su dirección, se fue corriendo a Henfast Road, que estaba justo detrás de su calle. Pasó la casa de la esquina, donde casi se tropieza con la enorme pila de arena que los obreros habían dejado en la acera, y, con la cabeza a mil, se dio cuenta de que el único aspecto positivo de toda aquella horrible situación era que había estado tan preocupada con el tema de Oscar que no se había acordado de Ben ni una sola vez.

Ahora se encontraba frente al edificio que tenía el número sesenta y seis escrito, pero había tantos timbres que no estaba segura de cuál debía pulsar. Después de hacer un par de respiraciones profundas, intentó pensar con lógica. Si Oscar normalmente esperaba a Sesenta y seis en la puerta, eso significaba que su piso tenía acceso directo al jardín. Se detuvo un momento y luego pulsó el timbre en el que ponía «Planta baja». Escuchó unos pasos acercándose y, unos segundos más tarde, la puerta se abrió.

–¿Jenni?

–¿Ben?

Los dos se quedaron mirándose, desconcertados.

–¿Qué haces aquí? O sea… es que… ¿Cómo has conseguido mi dirección?

Ben se quedó sin palabras.

–Es que… he perdido a mi gato y… Ah.

Jenni se quedó callada y, entonces, se dio cuenta.

Ben se quedó mirándola.

–No serás tú Treinta y ocho, ¿no? –preguntó Ben con una voz tan baja que Jenni apenas pudo oírle.

–Sí –susurró ella–. ¿Y tú eres Sesenta y seis? –dijo con el corazón en un puño–. ¿Has visto a mi gato?

Capítulo 48

Jenni echó un vistazo a la casa de Ben: ordenada, con las paredes blancas y los muebles de Ikea. Se sintió un poco triste al ver que vivía en un lugar tan soso, sin el color y el desorden del que a ella le encantaba rodearse. Vio el escritorio improvisado que había montado en una esquina, con papeles desperdigados por encima.

Se preguntó si allí le habría escrito las notas y se lo imaginó encorvado pensando cada palabra que ponía.

Por su reacción, era evidente que no tenía ni idea de que ella era la mismísima Treinta y ocho con la que había estado intercambiando notas a través de Oscar, pero eso no le impediría mirar con ojo crítico y desde una nueva perspectiva las notas más recientes, que habían empezado a ser más personales. Y, sin duda, tenía un par de cosas que decirle sobre haberle dado plantón y haber desaparecido de nuevo. Pero, por ahora, su atención estaba centrada en Oscar.

Después del *shock* de haber descubierto quién era cada uno, Ben la había invitado a pasar para poder buscar a Oscar juntos.

—¿Lo has visto entonces? —preguntó ella en cuanto Ben cerró la puerta.

—No. No creo haberlo visto desde el jueves. —Ben vio cómo la esperanza desapareció de los ojos de Jenni, así que rápidamente siguió hablando—: Pero igual está en la casita que le hice. Todavía no he mirado allí.

—¿La usa? —le preguntó mientras Ben abría la puerta trasera y salían juntos al jardín comunitario.

–Nunca lo he visto entrar –confesó Ben–. Pero sí que se sube encima. Y dentro es donde escondía todos esos juguetes de los que te hablé.

Jenni se agachó para mirar en el interior.

–Vacío. –Levantó la vista hacia Ben–. Y, si no está aquí, ¿dónde puede estar?

–Lo encontraremos –dijo él con dulzura–. Vamos a entrar y pensamos en un plan.

Jenni parpadeó para contener las lágrimas.

–Vamos –le repitió rozándole el brazo por un instante–. Todo saldrá bien. Lo encontraremos.

Jenni solo pudo asentir en silencio y rezar para que tuviera razón.

Capítulo 49

Jenni se detuvo de golpe frente a su piso y se giró hacia Ben.

–Aquí vivo yo –dijo empujando la verja de metal–. Muchas gracias. Por ayudarme y por todo. Te lo agradezco de corazón.

–No te preocupes –dijo Ben–. Intenta dormir un poco. Mañana por la mañana me acerco y empapelamos todo el barrio con los carteles.

Jenni asintió.

–Llamaré a mi jefe y me cogeré un día libre. Me deben un montón.

Era mucho más tarde de lo que Jenni pensaba.

Después de haber buscado en la caseta del gato, detrás de los contenedores y al fondo del jardín de Ben, él preparó una taza de té para cada uno y hablaron del extraño cúmulo de circunstancias en las que habían acabado. Y, sí, ambos coincidían en que era extraño.

Ben le explicó que aquella noche había aparecido en la galería, pero que se marchó rápidamente al verla con otro hombre y Jenni le había asegurado que Tim no solo era su compañero de trabajo, sino un hombre felizmente casado. Si no fuese todo tan absurdo hasta habría tenido gracia.

Pero, con Oscar desaparecido, a Jenni nada le parecía gracioso y, aunque debía admitir que se sentía aliviada de que Ben no le hubiese dado plantón otra vez, no podía imaginar cómo iban a superar tantos malentendidos y casualidades.

Jenni vio alejarse a Ben, luchando contra las ganas de llamarlo y pedirle que entrara para no quedarse sola o, más bien, siendo sincera, porque no quería despedirse de él. Todavía les quedaban muchas cosas por hablar.

En lugar de llamarlo, Jenni abrió la puerta de su piso con una chispa de esperanza de que Oscar estuviera esperándola. Pero el piso estaba vacío y Oscar aún no había vuelto.

Jenni se puso el pijama y se sentó en el sofá, desanimada. Pensaba que Oscar podría estar escondido en algún sitio, herido y asustado, solo y dolorido. Se le rompía el corazón de imaginárselo tan vulnerable y desorientado, sin saber cómo volver a casa y preguntándose por qué ella tardaba tanto en ir a buscarlo.

El pitido de su móvil la sobresaltó. Lo cogió y vio un mensaje de Ben:

> Sé que estás preocupada, pero lo vamos a encontrar, te lo prometo.

Y, por alguna razón que no supo explicar, le creyó.

Derrotada, Jenni se sentó y dejó caer el cuerpo sobre la mesa de la cocina, con las manos cubriéndole la cara. Habían salido a las diez de la mañana y, nueve horas después, había carteles de Oscar pegados en cada farola, verja, árbol, señal y muro del barrio. También habían ido preguntando puerta por puerta, pero nadie lo había visto.

Ben se sentó frente a ella, tomó sus manos y se las apartó de la cara. La desesperación empañaba sus ojos marrones y su piel adquirió un tono pálido, casi fantasmal.

—Escucha, por ahora hemos hecho todo lo que hemos podido —le dijo—. La foto de Oscar está circulando por todos los grupos de WhatsApp de las comunidades de vecinos en un radio de ocho kilómetros. Hemos puesto carteles y hemos dejado folletos en todas las casas de cada calle. Todos lo están buscando. Solo nos queda cruzar los dedos y esperar.

Jenni asintió.

–Lo sé. Gracias. Es solo que ahora que hemos hecho todo lo posible, no hay nada que hacer. Y… es que… y si…

Los ojos se le llenaron de lágrimas y Ben le apretó las manos con fuerza, esperando poder cumplir su promesa y traerle a Oscar de vuelta.

Capítulo 50

A la mañana siguiente, con los ojos hinchados, el cuerpo hecho polvo y el estómago hecho un nudo, Jenni intentó calmarse y entró a la recepción de Go Big, que estaba redecorada para adaptarse a la última actividad con la que Clive se había obsesionado: el ciclismo.

Jenni se sentía fatal por haber ido a trabajar. ¿Y si Oscar volvía a casa mientras ella no estaba?

Ben le había dicho que se pasaría por allí durante el día para echar un vistazo por el jardín por si aparecía, lo que la tranquilizó un poco.

Después de haber vivido sola tanto tiempo y depender solamente de sí misma, se le hacía extraño volver a tener a alguien que estuviese para ayudarla, así que se andaba con cuidado de no acostumbrarse demasiado. Pero, por el momento, le resultaba reconfortante tener a alguien que se preocupara por ella.

Cuando se acercó a su mesa, Tim, que ya estaba sentado frente al ordenador, la vio compungida, así que se levantó de un salto y fue a darle un abrazo.

—Ven aquí, corazón. Me alegro de verte. —Se apartó para mirarla bien—. ¡Madre mía, qué pintas tienes!

—Gracias, Tim, justo lo que necesitaba oír. —Jenni dejó el bolso en el suelo y echó su silla para atrás—. Pero tienes razón, estoy horrible y me encuentro fatal.

—Mira, ya sé que estás preocupada, pero tienes que cuidarte un poco —le dijo con suavidad cogiéndole de la mano—. Cuéntame qué ha pasado.

—Bueno, pues lleva una semana desaparecido y me estoy volviendo loca —respondió, agotada.

—¿Y qué hay de Ben?

Jenni le lanzó una mirada seca.

—¿De Ben? Pues nada, me está ayudando. Solo eso.

—Perdón, no quería ser indiscreto. Es solo que cada vez que te llamo estás con él y me preguntaba si había pasado algo entre vosotros, no sé.

Tim se inclinó hacia ella y le apretó la mano.

—No, no ha pasado nada, pero… —Jenni dudó—. Bueno. Me gusta. Está siendo muy majo y… supongo que en otras circunstancias…

Jenni dejó la frase a medias con un atisbo de melancolía en el rostro.

—Sé que estás muy preocupada por Oscar y que Ben parece un buen tipo, y por eso te está ayudando, pero ¿estás segura de que no hay nada más? Es que no puedo entender que se esté volcando tanto en buscar a Oscar si no siente nada por ti. —Tim levantó la mano para que no le interrumpiese—. Y mira, lo entiendo. Sé que tienes miedo a que te vuelvan a hacer daño, pero yo creo que esto no va solo de intentar encontrar a Oscar. Yo creo que a él también le gustas y creo que deberías arriesgarte, igual que hice yo cuando conocí a Paul.

—Puede, pero es que es tan difícil. ¿Qué voy a hacer si no encontramos a Oscar? ¿Cómo puedo estar siquiera pensando en tener algo con Ben en esta situación? Y, además, ¿qué pasa con todo lo que nos dijimos en las notas antes de conocernos? Es tan complicado, Tim…

Jenni se tapó la cara con las manos.

—Ay, Jenni, escucha. Solo te lo digo porque quiero que seas feliz.

Ella levantó la mirada y miró a su amigo mientras este seguía hablando.

–La situación es tan complicada como tú quieras hacerla. Has conocido a alguien que te gusta. Y parece que tú también le gustas. Vale, lo de conocerse a través de las notas anónimas tal vez pueda ser algo raro, pero también puede ser la historia más fortuita y memorable que haya ocurrido nunca. En cualquiera de los dos casos, solo tienes una opción: ser valiente. Tienes que pensar en el futuro y proyectar una imagen de cómo quieres que sea tu vida; y quizá sea en la casa de tus sueños y viviendo en ella con Ben.

Jenni sonrió.

–Es una de las cosas más profundas y con más inteligencia emocional que te he oído decir nunca.

–Todo un halago, pero no intentes cambiar de tema.

Jenni respiró hondo y después repitió, con algo de miedo y tan bajito que Tim casi no pudo oírla:

–Vale. Seré valiente.

Capítulo 51

Evie se agachó para mirar dentro de la casa de Oscar.

–No está aquí. –Miró a Ben–. ¿Crees que volverá?

–Pues la verdad es que espero que sí –respondió Ben–. Hemos hecho lo que hemos podido para intentar encontrarlo.

Evie asintió con un gesto serio.

–He visto los carteles en los árboles. Pobre Oscar.

–Seguiremos buscándolo. Jenni, su dueña, cree que deberíamos poner algún cartel más este fin de semana, así que puedes ayudarme a hacerlos –sugirió Ben.

–Vale –accedió Evie, contenta de que le pidieran ayuda–. Iré a por mis rotuladores con purpurina, que están en mi mochila.

Aquella mañana le había llamado Penny, que estaba que se subía por las paredes. La habían citado en el juzgado por sorpresa y necesitaba que fuese a recoger a Evie al colegio. La verdad es que le había venido bien tener una distracción después de todo el desasosiego por el tema de Oscar. Y de Jenni.

Había algo entre ellos que había cambiado. La barrera que los separaba ya no era tan grande, así que no podía dejar de pensar en ella. Cada vez que veía su dolor y la preocupación por Oscar, le costaba más resistirse a abrazarla y no soltarla.

Ben llevó a Evie de paseo por el parque y pararon en Scrambled de vuelta a casa. Mientras Evie se abría paso entre la montaña de nata montada del chocolate caliente que había pedido con la condición de no decir nada a su madre, Ben echó un vistazo a la cafetería, más tranquila después de la hora punta por la salida del colegio, y se acordó de la primera vez que había estado ahí con Jenni: las horas de charla, lo fácil y cómodo que había sido todo, la corriente que sintió cuando su pierna rozó la suya bajo la mesa y el momento en el que la pilló mirándole con esos ojos suyos tan grandes, oscuros y bonitos.

Ben creyó que la palabra que mejor lo definía todo era «curioso». Sí, era curioso que ella fuese la persona que recibía sus notas y que, a pesar de no saber quién era, le hubiese confiado cosas que no había compartido con nadie más. Le resultaba horrible admitirlo, sobre todo con Oscar desaparecido, pero le gustaba de verdad. Le gustaba pasar tiempo con ella y no podía quitarse de la cabeza la preocupación de que, en cuanto el gato apareciese, todo acabaría entre ellos.

Sus pensamientos se vieron interrumpidos por el sonido del móvil, y no pudo evitar sonreír con el mensaje de Jenni:

Gracias por pasarte por mi casa para ver si estaba Oscar. Hoy en el trabajo me he sentido muy culpable por si había vuelto mientras yo no estaba. Ya sé que, si lo hubieras visto, me habrías dicho algo, pero quería hablarte para asegurarme.

Ben le respondió al momento:

No, lo siento. Me temo que no hay ni rastro de él.

Después de una pausa, añadió:

Pero, oye, ¿te apetece venir a mi casa esta noche? Estoy con mi sobrina; su madre vendrá a recogerla más tarde, pero puedo hacer algo de cena.

Ben esperó su respuesta con nerviosismo al ver que Jenni estaba escribiendo. Los tres puntitos en la pantalla aparecían, luego desaparecían, volvían a aparecer y desaparecían otra vez.

Me parece genial. Muchas gracias.

Capítulo 52

Jenni, que había sido incapaz de concentrarse en todo el día, se escapó del trabajo un poco antes y volvió a casa a toda prisa para darse una ducha rápida y después ir a ver a Ben.

Al salir de la estación, caminó sin levantar la cabeza para evitar ver todos los carteles con la cara de Oscar, con aquella mancha negra alrededor de un ojo que le hacía parecer un pirata, que la observaba desde cada farola que iba dejando atrás a su paso acelerado.

Le empezaba a entrar el miedo de no saber nunca qué le había pasado y, aún peor, de no volver a verlo. Sacudió la cabeza para deshacerse de ese pensamiento y trató de enfocarse en cómo se sentía por ir a cenar a casa de Ben. Hablar con Tim la había ayudado a darse cuenta de cuánto le gustaba, pero no sabía ni cómo ni mucho menos cuándo reuniría el valor suficiente para sacarle el tema.

Nada más llegar a la esquina de su calle, giró hacia Copestone Road y chasqueó la lengua al tener que esquivar otro enorme montón de arena que habían dejado frente a la casa vacía que estaban reformando. La otra noche casi se tropieza con la hormigonera que los obreros habían instalado en el borde de la calzada. Entre eso y el ruido de los taladros que tenía que soportar todo el día, se moría de ganas de que terminasen la obra de una vez por todas.

Se dio una ducha rápida, se puso unos vaqueros cómodos y una sudadera de La casa de Oscar, cogió una botella de vino de la nevera y dio un portazo al salir.

Ya plantada frente a la puerta del piso de Ben, empezó a ponerse nerviosa. Aunque su sobrina estuviese presente, cenar en su casa despertaba en ella una sensación distinta, como de más intimidad. Y, tras pulsar el timbre, mientras esperaba, sintió un cosquilleo que parecían mariposas en el estómago.

La puerta de la entrada se abrió por fin y una niña pequeña con el uniforme del colegio puesto, el pelo peinado en dos coletas y lleno de purpurina por todas partes le dedicó una sonrisa de oreja a oreja.

–Hola. Soy Evie. Y tú eres Jenni –dijo toda seria antes de darse la vuelta y entrar a la casa–. Ven, –le ordenó a Jenni, que cerró la puerta y la siguió al interior de la casa de Ben.

–Jenni ya ha llegado –anunció Evie mientras la guiaba hasta la cocina, donde Ben estaba metiendo una bandeja llena de palitos de pescado en el horno.

–Hola –la saludó cerrando la puerta del horno de un golpe–. Perdona, la cena va con un poco de retraso. Nos entretuvimos haciendo unos dibujos de Oscar. Para los nuevos carteles –explicó con algo de vergüenza.

–No te preocupes –dijo Jenni–. Y gracias por invitarme –añadió–. Es un detalle por tu parte.

–¿Por qué te sientas con Evie mientras yo recojo un poco?

–Puedes usar mis bolis de colores si quieres –le ofreció Evie con generosidad–. Pero tienes que acordarte de ponerles el tapón porque, si no, se secan.

–Genial, entendido –contestó Jenni antes de seguirla al escritorio de Ben, que estaba cubierto de dibujos de gatos–. Me gusta este –comentó señalando uno de ellos, que era especialmente colorido–. ¿Por qué está encima de un iceberg?

–Hombre, pues porque es el castillo de Elsa.

–Ah, claro, perdona –respondió Jenni, abochornada.

El estar sentada, en silencio, al lado de Evie mientras dibujaba y el olor a palitos de pescado que llegaba desde la cocina le hizo sentirse una niña otra vez, época en la que su única preocupación era no poner los tapones de los rotuladores para que no se secasen.

—La cena ya está lista —dijo Ben.

Al oírlo, Evie se levantó de un salto y fue corriendo hacia la cocina sin cumplir su norma de los bolígrafos.

—¿Saco las bandejas para el sofá? —preguntó a su tío—. Así hacemos un pícnic en el sofá.

—¿Un pícnic en el sofá? —preguntó Jenni, confundida.

—Sí, así le llamamos a cenar en el sofá con el plato en una bandeja mientras vemos la tele. ¿Tú no haces eso nunca? —dijo Evie con el ceño fruncido.

—Ah —respondió—. Yo hago pícnic en el sofá todas las noches. Soy tan experta que no necesito bandeja —añadió, sonriendo.

Eligieron una película de Pixar y, el estar sentados uno al lado del otro con las bandejas en las piernas y los palitos de pescado saliendo, de forma extraña, de una montaña de espaguetis a la boloñesa —una creación de Evie, al parecer— hizo que Jenni se sintiera tranquila por primera vez en todos esos días.

No sentía la necesidad de sacar conversación por compromiso ni de esforzarse por quedar bien; con dejarse llevar y ver la película era suficiente. O, mejor dicho, mirar a Ben mientras él veía la película y sentir una punzada en el estómago cada vez que él giraba la cabeza y la pillaba mirándolo para después dedicarle una sonrisa que hacía que Jenni se derritiese por dentro.

Acababan de terminarse otro de los platos favoritos de Evie —gelatina de arroz y fresas— cuando sonó el timbre, y Ben se levantó para abrirle la puerta a su hermana.

Jenni ayudó a Evie a recoger todos los bolígrafos y los guardó en el estuche. Ella, mientras, estaba organizando los dibujos que había hecho de Oscar y le pasó uno a Jenni.

—Toma, para los carteles. Espero que lo encontréis pronto.

–Gracias. Es un dibujo precioso. Yo también espero que aparezca muy pronto.

Detrás de ella, en el pasillo, Jenni escuchó a Ben susurrar algo a su hermana antes de que ella le respondiera: «Pues claro que no te voy a dejar en ridículo, solo quiero verla con mis propios ojos». Y justo cuando Jenni se preparó, se abrió la puerta de golpe.

Penny, con su metro sesenta, pelo largo y rubio, y conjunto de traje impecable, avanzó hacia ella con una sonrisa amable.

–Hola, soy la hermana de Ben. Siento muchísimo lo de tu gato –le dijo–. Debes de estar pasándolo fatal. De verdad que lo siento.

Jenni, desarmada por la amabilidad y la sinceridad de Penny, asintió.

–Gracias. Me siento impotente, pero Ben me ha estado ayudando a buscarlo y Evie me ha hecho un dibujo precioso para hacer más carteles.

Justo cuando estaba a punto de enseñarle a Penny el dibujo, Ben se dirigió hacia su hermana.

–Bueno, vale, creo que ya es suficiente. Seguro que tienes prisa por volver a casa –dijo guiando rápidamente a Penny, indignada, y a Evie hacia la puerta.

–No pienses que no me he dado cuenta de que estás intentando deshacerte de mí –le susurró Penny en voz alta mientras Ben la acompañaba por el pasillo–. Pero gracias por recoger a Evie. Te llamo mañana. –Abrazó a su hermano–. Parece simpática –dijo en voz baja.

–Sí que lo es –asintió Evie y después abrazó a Ben para despedirse–. Me cae bien.

Ben se encontró a Jenni en la cocina lavando los platos. Se quedó un segundo en la puerta observando cómo el mechón de pelo le caía sobre la cara mientras se inclinaba sobre el fregadero, cómo las mangas remangadas dejaban ver sus delicadas muñecas y cómo el corte de los vaqueros acentuaba la curva de sus caderas y la cintura estrecha.

Ben sintió un impulso repentino por querer rodearla con los brazos y besarle el hueco entre la mandíbula y el cuello. Tras sacudir la cabeza con la intención de deshacerse de esos pensamientos, cogió un paño de cocina y carraspeó antes deponerse a secar los platos.

—No tenías por qué, pero gracias —le dijo—. Y perdona por lo de antes.

—No te preocupes, no pasa nada. —Jenni le sonrió—. Solo te está protegiendo. Lo entiendo.

Ben hizo una mueca.

—Sí, se preocupa por mí. —Hizo una pausa—. Se portó muy bien conmigo después de que rompiera con mi ex. No creo que lo hubiera superado sin ella, y sin Evie tampoco, para qué engañarnos. Sobre todo teniendo en cuenta cómo reaccionó mi padre.

Ben se quedó callado al recordar lo mal que lo había pasado entre el trauma que arrastraba por aquel horrible incendio y el enterarse de la infidelidad, todo tan de repente.

—Debe de ser maravilloso tener un hermano. Cuando mi padre murió, solo tenía a mi madre. Nos llevamos muy bien, pero ella debía afrontar su propio duelo. Sé que tengo mucha suerte de tener amigos como Tim y Amy, pero no sé si es lo mismo que tener un hermano o una hermana.

—Siento mucho lo de tu padre —dijo Ben con delicadeza.

—¿Así que tú has pasado por momentos difíciles con el tuyo? —le preguntó Jenni aclarando el último tenedor—. Lo siento, no tienes por qué hablar de ello si no quieres.

—No pasa nada —dijo Ben—. Es que no es algo de lo que hable mucho. Mi padre no supo cómo gestionar muy bien la crisis que tuve y nuestra relación acabó resintiéndose. Creo que fue porque él también había pasado por algo parecido y se avergonzaba de ello; cosas de otra época, creo. Pero, curiosamente fue Oscar el que hizo que volviéramos a hablarnos. Mi padre me ayudó a construir la casita para él, y eso nos hizo volver a comunicarnos. Me ha hecho entenderle un poco más, así que no siento tanto rencor hacia él.

–Parece una situación muy difícil. ¿Cómo estás ahora? –preguntó Jenni.

Ben se quedó pensativo. ¿Cómo se sentía ahora? Su crisis ya era cosa del pasado, pero aún cargaba consigo el miedo de que esos sentimientos volviesen algún día.

–Hay más días buenos que malos, y ahora sé cómo afrontar los malos. He ido a muchas sesiones de terapia, así que sé que fue una combinación de cosas, no hubo solo un factor que lo provocase.

Ben respiró hondo. Quería ser honesto con Jenni, le parecía importante porque, si no lo era, quizá no tendría una oportunidad con ella. Tenía que ser valiente, tenía que intentarlo.

–El problema no fue dejarlo con mi novia. Fue que descubrí que me estaba engañando justo cuando volvía a casa después de haber tenido que enfrentarme al peor incendio que he visto en mi vida.

De pie, junto al fregadero y mientras secaba el último plato más tiempo del que hacía falta, Ben le contó a Jenni lo que había ocurrido aquel día. Cuando terminó, Jenni se giró hacia él; no dijo nada, pero sus ojos, llenos de emoción, lo decían todo, y Ben valoró eso más que cualquier frase típica. Jenni se acercó a Ben para secarse las manos con el trapo que él tenía cogido y, al hacerlo, sintió que el mundo a su alrededor se detenía. Entonces, mientras Ben se le acercaba, levantó el rostro hacia él y pudo sentir su aliento en la mejilla y el calor de sus cuerpos cuando la rodeó por la cintura con los brazos.

Justo entonces, el estridente sonido del teléfono hizo que se sobresaltase y tirase al suelo un bol que estaba secándose en el fregadero, que cayó al suelo y se hizo añicos.

—Ay, madre mía.

—Joder.

Después de que se hubiese estropeado el momento, Jenni se disculpó rápidamente y salió corriendo a coger el móvil que tenía en la mesa.

—No conozco este número —dijo después de mirar la pantalla.

Luego, mientras se dirigía al pasillo, respondió con nerviosismo.

Ben sacó un cepillo y un recogedor del armario de debajo del fregadero y empezó a barrer los restos del bol roto intentando no escuchar la llamada.

—¿Hola?

—Sí.

—Dios mío. ¿Dónde?

—Sí.

—Vale.

—Gracias. Muchísimas gracias. Enseguida. Gracias.

Una vez que Ben tiró los trozos rotos envueltos en periódico al contenedor de reciclaje, se percató de que Jenni seguía en el pasillo. Se la encontró sentada en el suelo, en silencio. Tenía el rostro pálido y seguía sosteniendo el móvil en la oreja.

—¿Estás bien? —preguntó agachándose a su lado.

Ella abrió la boca para responder, pero no le salieron las palabras.

—Jenni, dime. ¿Qué pasa? ¿Ha ocurrido algo?

Ben le quitó el teléfono de la mano y notó cómo le temblaban los dedos.

—Han encontrado a Oscar.

Capítulo 53

Jenni llevaba desde las 6:30 levantada, duchada y vestida.

Aún no se terminaba de creer que Oscar hubiese aparecido, así que se sentía aturdida y confusa, incluso después de haber dormido, aunque no precisamente del tirón.

El día anterior había contestado al teléfono de mala gana y dispuesta a mandar a paseo a la persona que la había llamado por haberle interrumpido su momento con Ben. Pero, cuando la mujer le preguntó si estaba hablando con el dueño del gato perdido, Jenni sintió cómo se le helaba la sangre y le flaqueaban las piernas al ser consciente de que iba a tener que escuchar la noticia que llevaba temiendo toda la semana.

Pero, al contrario de lo que se imaginaba, la mujer le dijo que la llamaba desde un veterinario en Kent y que habían encontrado a Oscar sano y salvo; un poco hambriento y cansado, pero en perfectas condiciones. No fue capaz de articular palabra, pues estaba tratando de entender cómo demonios había acabado en un lugar a tantos kilómetros de casa.

Jenni escuchó a la veterinaria explicarle que lo había encontrado en un cobertizo de una empresa de construcción que había en la Isla de Sheppey.

Le contó que había opuesto algo de resistencia, pero que el hombre que lo encontró consiguió cogerlo y llevarlo al veterinario para que comprobaran si tenía chip. Al parecer, aquel cobertizo pertenecía a la constructora que estaba trabajando en la enorme reforma de la casa en la esquina de la calle de Jenni y supusieron que, en algún momento, Oscar debió de haberse metido en una de sus furgonetas para echarse una siesta y terminó llegando hasta Kent.

La noticia hizo que Jenni sintiese un alivio inmenso y una eterna gratitud hacia Dave, el albañil que lo había encontrado y que, según le contó la veterinaria, se había ofrecido a traer a Oscar de vuelta con él al día siguiente cuando fuese a trabajar a la obra.

El día siguiente, esa misma mañana, Jenni esperaba ansiosa a que Oscar regresara sano y salvo, tratando de no pensar en lo que podría haber ocurrido entre ella y Ben si la llamada no los hubiese interrumpido.

Le sonó el móvil y, al mirarlo, se llevó una sorpresa cuando vio que era un mensaje de Ben:

Avísame cuando llegue a casa. Espero que esté bien.

¿Qué? Al leer aquel mensaje tan frío se le encogió el corazón. No mostraba ni una gota del afecto que Jenni esperaba recibir de él. Tampoco hacía referencia a lo que había pasado, o casi pasado, entre ellos.

Nada.

Justo cuando estaba pensando qué responder, sonó el timbre. Corrió a abrir y, a través de los cristales de la puerta, pudo vislumbrar la silueta de un hombre sujetando una cuadrada de gran tamaño.

Oscar.

Se le empezó a acelerar el corazón y, después de casi arrancar la puerta de un tirón, le preguntó, sin aliento:

—¿Eres Dave?

—Sip. Y tú debes de ser Jenni.

Jenni asintió y él continuó hablando:

—¡Vaya gato más peleón que tienes! ¡No ha parado de maullar en todo el camino!

Como si Oscar supiese que estaban hablando de él, lanzó un fuerte y prolongado maullido en señal de protesta mientras Dave, con cuidado, le entregaba la caja a Jenni.

–Muchas gracias por traérmelo de vuelta a casa. Estaba preocupadísima por él. ¡No me puedo creer que haya acabado en Kent! –dijo Jenni, abrumada por la alegría de tenerlo por fin en casa.

–No hay de qué, corazón. Me alegra que haya podido volver a casa sano y salvo.

Y, después de eso, Dave se fue caminando tranquilamente por el sendero, con su mono de trabajo lleno de pintura que le quedaba apretado en la zona de la barriga.

–Vamos, chico –dijo Jenni volviendo a su piso y cerrando la puerta–. Vamos a sacarte de ahí.

Apoyó la caja en el suelo de la cocina y abrió la tapa mientras los ronroneos de Oscar llenaban la habitación. El gato restregó la cabeza contra su mano, y ella, inundada por un inmenso alivio, le acarició en el punto mágico –justo detrás de las orejas–, lo que hizo que ronroneara aún más fuerte.

No se lo podía creer: Oscar había vuelto a casa.

Capítulo 54

—Tenéis sesenta segundos para desalojar la zona, ¡VAMOS, MOVEOS! –gritó el jefe de servicio.

Mientras tanto, Ben echaba un vistazo a su alrededor buscando posibles heridos, con la visión nublada por el humo y su propia respiración retumbando en sus oídos por la máscara de oxígeno que llevaba puesta.

A duras penas alcanzaba a ver a Vick delante de él, que estaba levantando dos dedos y señalando hacia su derecha para indicar que quedaban dos habitaciones por revisar. Ben se dirigió hacia el lado contrario del estrecho pasillo, empujó las puertas y asomó la cabeza.

Todo despejado.

Abrieron de un golpe las dobles puertas cortafuegos que estaban al final del pasillo y daban al hueco de la escalera, y bajaron a toda prisa hasta la planta baja para después, por fin, salir del edificio y llegar al aparcamiento al aire libre.

Aunque solo se tratase de un entrenamiento, a Ben le latía muy fuerte el corazón y aún sentía la adrenalina recorriéndole el cuerpo mientras se le llenaban los pulmones de aire limpio y fresco al quitarse la mascarilla de la cara y las correas del tanque de oxígeno de los hombros.

—¡Buen trabajo, equipo! –bramó el jefe–. Evacuación completada con éxito y sin bajas. Todos localizados.

Mientras Ben recogía todo el equipo y preparaba el camión para salir, no pudo evitar pensar en Jenni, y no era la primera vez que le sucedía en el día. Le había mandado un mensaje en un hueco que tenía antes de empezar su turno, pero aún no había recibido respuesta.

Esperaba que Oscar ya estuviese en casa y también esperaba… ¿Qué era lo que esperaba exactamente? Que el gato estuviese bien, claro, pero también esperaba poder seguir viéndolo. Y esperaba también poder seguir viendo a Jenni. Y que Jenni quisiese volver a verlo. No solo verlo, sino pasar tiempo con él; pasar mucho más tiempo con él.

Para su sorpresa, se dio cuenta de que los momentos que había compartido con ella durante la última semana lo habían hecho mucho más feliz de lo que había sido en mucho tiempo, a pesar de estar preocupado por Oscar.

—Ben, ¿vas a cerrar esa puerta de una vez o piensas quedarte mirándola otros diez minutos —le gritó Vick sacándole de sus pensamientos.

Ben cerró de golpe la puerta del compartimento donde guardaban el equipo, le puso el seguro y se subió de un salto al camión para ocupar su asiento.

—Vamos, suéltalo. ¿Qué te pasa? —preguntó Vick, impaciente.

—Ah, nada. Han encontrado al gato —dijo Ben con tristeza.

—Vale, pero eso son buenas noticias, ¿no? —dijo Vick, perpleja—. ¿Por qué tienes tan mala cara?

—Sí, lo son. Es solo que…

—¿Ahora ya no tienes una excusa para quedar con Jenni? —lo interrumpió Vick con una mirada astuta.

—Pues para que sepas, sí. ¿Y si esa era la única razón para verme y ahora todo vuelve… a la normalidad? Yo, otra vez solo.

—Vaya, así que hoy alguien está en modo drama y autocompasión —dijo Vick con una sonrisa—. Invítala a salir y déjate de hacer el tonto, Ben. Eso o secuestra a su gato. Tú decides.

Durante la ducha, después de terminar el turno, Ben se dio cuenta de que Vick tenía razón. Y cuando llegó a casa sabía exactamente lo que tenía que hacer.

Capítulo 55

Jenni enrolló con cuidado el pequeño rectángulo de papel y, mientras Oscar devoraba otra dosis de sus chuches –pues, después de todo lo ocurrido, era incapaz de negarle nada–, le ató la nota al collar con un hilo plateado que le había sobrado de Navidad, lo único que había encontrado. Se aseguró de que estuviese bien sujeto y dio un paso atrás para comprobarlo.

Se había pasado el día complaciendo todos y cada uno de los caprichos de Oscar y el verlo de nuevo en su rincón favorito, recostado en el respaldo del sofá, ajeno al revuelo que había causado su escapada a Kent, le hacía sentir alivio y emoción.

Les había mandado mensajes a Amy, a su madre y a Tim para avisarles de que Oscar ya estaba en casa sano y salvo, pero había algo que le impedía escribir a Ben.

Jenni sabía que tendría que haberle contestado en cuanto Dave dejó a Oscar en casa, pero el tono del mensaje le había desconcertado tanto que no sabía qué ni cómo responderle. Le preocupaba haberse imaginado la conexión que sentía. Pero no. Recordaba la expresión en su rostro cuando ella se había apoyado en él; recordaba lo segura que se había sentido en sus brazos y lo unidos que habían estado durante esa semana.

Solo de pensar en no volver a verlo se sentía… desolada.

Pasar tiempo con Ben le había traído una felicidad que jamás había imaginado poder encontrar tan cerca de casa. Así que, antes de echarse atrás, supo exactamente qué tenía que hacer; tenía que seguir el consejo de Ben y ser valiente: tenía que mandarle un mensaje, el último, a través de Oscar.

Capítulo 56

Después de tirar la bolsa con el equipo junto a la puerta, Ben se quitó las zapatillas de un puntapié y fue a la cocina. Tras soltar un suspiro, puso una olla con agua al fuego y sacó una lata de tomates baratos y un paquete de pasta medio vacía.

Llevaba todo el día esperando noticias de Jenni. ¿Era ahora el momento de seguir su propio consejo y ser valiente? No quería perder lo que creía que había entre ellos sin haberlo siquiera intentado.

Cuando sacó el abrelatas del cajón que estaba junto al fregadero, de pronto tuvo la sensación de que alguien lo estaba observando y, al mirar hacia la ventana, distinguió dos ojos brillantes que lo observaban fijamente: era Oscar.

—Hola, colega —dijo Ben abriendo el pestillo para dejarlo entrar—. ¡Qué alegría verte! ¡Me han dicho que te has ido de vacaciones!

Oscar estaba ronroneando muy fuerte, dando vueltas sobre la encimera y arqueando el lomo mientras Ben lo acariciaba con suavidad.

—Ay, Oscar —susurró Ben—. No sabes cuánto me alegro de verte.

Las lágrimas le inundaron los ojos y el tímido maullido que soltó Oscar le llegó hasta lo más profundo del corazón, algo que nunca se habría esperado.

—Pobrecito mío. Debes de estar muerto de hambre.

Ben se dio la vuelta para sacar del armario las chuches favoritas de Oscar. Y ahí fue cuando se dio cuenta: había una nota atada al collar del gato.

Con el corazón a mil por hora y los dedos temblorosos, que intentaban deshacer el nudo, respiró hondo y desplegó el papel:

Querido Ben:

Si estás leyendo esto, sabrás que Oscar ha vuelto a casa sano y salvo. Hoy le he dado de comer cientos de veces, así que me sorprende que haya sido capaz de saltar las vallas y meterse en tu jardín, pero supongo que así es Oscar: ¡con una chuche de por medio todo es posible!

Lo he pasado fatal con esta situación, pero, gracias a ti, todo ha sido más llevadero. Gracias por ayudarme. Gracias por ser tan bueno y atento conmigo y gracias por preocuparte por Oscar tanto como yo.

Me había acostumbrado a estar sola, pero ahora me he dado cuenta de que echaba de menos tener a alguien con quien compartir mi vida. Tanto los buenos momentos como aquellos muy, muy malos.

Una persona muy sabia me dijo una vez: «SÉ VALIENTE». (Me pareció que las mayúsculas eran necesarias). Así que... ¿te gustaría tener una cita conmigo? ¿Nos vemos mañana a las 20:30 en la galería?

Besos,

Jenni

Capítulo 57

–A ver si lo he entendido bien. En vez de mandarle un mensaje para decirle que Oscar había vuelto, como haría una persona normal, ¿le has enviado una nota a través del gato?

–¡Tim! Me estás poniendo de los nervios. Pensé que sería un gesto, no sé, chulo. Y, además, no estás prestando atención a lo verdaderamente importante: le he pedido una cita. ¿No era eso lo que me dijiste que hiciera?

Jenni se quedó callada esperando a que Tim respondiese.

–Sí –admitió al fin–. ¿Pero no podías haberle enviado un mensaje?

–Sí, pero su mensaje me parecía… no sé… frío.

–Vale, pero quizá tenía prisa o algo. En cualquier caso, estoy orgulloso de ti. Sé que te ha costado mucho volver a abrirte. Y estoy seguro de que volverás a tener noticias de él. Ya te lo he dicho: ningún hombre dedicaría tanto tiempo a buscar el gato de otra persona si no tuviese interés. Ya me contarás qué tal todo. Y lo del gato ha sido un gesto muy chulo –añadió antes de colgar.

Jenni notó que se relajaba un poco. Ahora solo le quedaba esperar a que Oscar regresase de su aventura nocturna y rezar para que trajese con él la respuesta de Ben.

Un golpe seco en el pecho la despertó de repente.

Cuando abrió los ojos y levantó la cabeza de la almohada, se encontró a Oscar a escasos centímetros de su cara, mirándola fijamente mientras amasaba con las patas el edredón arrugado.

«Esto es lo que más he echado de menos», pensó Jenni alargando la mano para acariciar su pelaje suave y recorrerle el lomo hasta llegar al cuello y rascarle detrás de las orejas.

Fue entonces cuando notó que algo le había rozado la muñeca: una nota.

Tiró de ella con cuidado hasta que se soltó y, con el corazón a mil por hora, leyó la única palabra que lo cambiaría todo:

Sí.

Epílogo

Seis meses después

—Aj, Oscar, otra vez no.

Jenni apartó con la mano el paquete de patatas mojado que había encima de la cama. Desde que había dejado de hacer de mensajero entre ella y Ben, se había aficionado a traer a casa toda clase de porquerías con las que Jenni tenía que lidiar: décimos de lotería caducados, envoltorios de caramelos vacíos con el papel ya desgastado y descolorido, sellos arrancados de los sobres… Sin duda alguna, en otra vida había sido un acumulador profesional.

Jenni le echó un vistazo al móvil y vio que aún le quedaba una hora antes de reunirse con Amy y Tim en el estudio.

De solo pensarlo, un cosquilleo de emoción le recorrió el cuerpo.

Tras cerrar el acuerdo con Larry, Go Big había aceptado alquilar el espacio de la galería y cubrir todos los gastos de la reforma para crear un estudio. Por fin se había hecho realidad su sueño de compaginar el proyecto que había desarrollado en paralelo con su nuevo puesto como directora creativa en Go Big trabajando codo con codo con Tim y Amy.

Y el hecho de que el estudio estuviese en la galería, el sitio donde había tenido su primera cita-no-cita, su segunda cita, que no fue una cita porque la dejaron plantada, y su tercera cita, que sí había sido una cita de verdad, lo hacía todavía más especial.

Dejó el móvil a un lado y se acercó a Ben para rodearlo con los brazos y acurrucarse contra su espalda.

–Hola, Treinta y ocho –susurró él medio dormido dándose la vuelta para atraerla hacia su cuerpo y apoyar la barbilla en su frente.

Jenni se acomodó en su cuello, respiró el aroma cálido de su piel y soltó un suspiro de felicidad plena.

–Hola, Sesenta y seis –murmuró ella, que se percató de la sonrisa de Ben, la misma que ponía cada vez que usaban sus apodos secretos.

Después de su tercera cita, habían pasado horas hablando. Al principio, con cautela. Desentrañaron las dudas y los temores que los habían frenado, aunque, en el fondo, eran conscientes de que la conexión que tenían era demasiado intensa para pasarla por alto. Habían acordado tomárselo con calma, no presionarse demasiado y dejar que las cosas fuesen fluyendo.

–Sé valiente –le recordó Jenni cuando le cogió de la mano.

–Buena suerte –le susurró él repitiendo las mismas palabras que había escrito en su nota.

Después, la acercó a él y la besó. Al día siguiente, Jenni le confesó a Amy que la espera había merecido completamente la pena.

El móvil de Ben, que estaba sobre la mesilla, empezó a vibrar y, de mala gana, se apartó de ella para cogerlo, esperando que no fuese una llamada del trabajo. No le tocaba trabajar hasta el fin de semana, y más tarde tenía pensado ir a ver a sus padres para darle la última capa de pintura al cobertizo antes de la gran fiesta de inauguración que su madre estaba organizando.

Ben dejó escapar un suspiro de desesperación.

–¿Es del trabajo?

–No, es un mensaje de mi madre. Otra vez. Quiere saber si tienes alguna alergia para ver qué preparar de comida cuando vayamos.

–¿En serio? –Jenni se rio–. Aún quedan semanas, tiene tiempo de sobra.

–Le hace mucha ilusión conocerte por fin y, al parecer, quiere tener todo listo. Incluso ha liado a Penny para que le eche una mano con los preparativos.

–Ay, qué maja. –Jenni se acurrucó otra vez contra Ben–. ¿Te comentó algo sobre lo de que tu padre te echara una mano con los tendederos? Me pareció superbuena idea hacer algo más resistente en el estudio. Es mejor que la cuerda tan simple que yo pensaba poner.

–De hecho, mi padre me mandó un mensaje anoche. Quiere empezar cuanto antes. Creo que ahora que el cobertizo está casi terminado, está aburrido. También mencionó algo de construir un parque de juegos para Oscar, así que ¡prepárate!

Una vez terminó de responder a su madre, Ben se volvió hacia Jenni y la atrajo hacia él de nuevo, justo cuando Oscar, que había ido a la cocina a por pienso, volvió a aparecer, saltó a la cama y se acurrucó entre ellos.

–Oye, Oscar –gruñeron los dos mientras él se acomodaba y se acurrucaba con la cola enrollada alrededor de su cuerpo.

Oscar, una vez satisfecho, se quedó dormido mientras ronroneaba complacido: su trabajo aquí había terminado.

Agradecimientos

Me gustaría rendir homenaje al incansable amor casi obsesivo de mi madre por la escritura. Cuando estaba embarazada de mí, estaba escribiendo su primera novela. Cuando era pequeña, estaba trabajando en la segunda. Durante todos esos años, siempre la veía enfrascada escribiendo novelas, obras de teatro o asistiendo a algún curso de escritura.

A pesar de los numerosos y agotadores tratamientos para el cáncer de páncreas a los que tuvo que someterse, nunca perdió el deseo de terminar este libro, al que dedicó todo el tiempo que sus fuerzas le permitieron.

Después de su fallecimiento, me he dado cuenta de que lo que yo había visto era tan solo la punta del iceberg, pues he ido descubriendo un gran número de cuadernos llenos de historias que escribió a mano con su exquisita caligrafía durante su etapa de estudiante, documentos en Word y en Google y lápices USB llenos de relatos cortos, guiones y fragmentos de novelas.

La escritura formaba parte de su esencia y, aunque me encantaría que estuviese aquí para verlo, me siento profundamente agradecida de mostrar que esta parte de ella sigue estando presente en este mundo.

Jamie Patel

Índice